KB114678

얼라이브

얼라이브 3

노쓰우드 장편 소설

초판 1쇄 찍은 날 § 2015년 2월 23일
초판 1쇄 펴낸 날 § 2015년 3월 2일

지은이 § 노쓰우드
펴낸이 § 서경석

편집부장 § 권태완
편집책임 § 하형민

펴낸곳 § 도서출판 청어람
등록번호 § 제387-1999-000006호
등록일자 § 1999. 5. 31
어람번호 § 제1-2062호

주소 § 경기도 부천시 원미구 부일로 483번길 40 서경B/D 3F (우) 420-822
전화 § 032-656-4452 팩스 § 032-656-4453
http://www.chungeoram.com
E-mail § chungeorambook@daum.net

ⓒ 노쓰우드, 2015

ISBN 979-11-04-90128-7 04810
ISBN 979-11-04-90086-0 (세트)

노쓰우드 장편 소설
FUSION FANTASTIC STORY

얼라이브

ALIVE

도서출판
청람

CONTENTS

1장

발탁

"그럼 제가 먼저 할까요?"

이우혁이 기다렸다는 듯이 치고 나오는데 그 모습에 자신 감이 가득했다. 장택근이 어깨를 으쓱하며 주변을 둘러보았 다.

조 이사를 비롯한 제작사의 사람들이 흥미로운 표정으로 이우혁을 바라본다.

"그래, 우혁 씨가 선배니까. 그래도 먼저 하는 게 모양새가 좋겠지."

김인숙이 슬쩍 그를 추켜세우며 박수를 쳤다. 자리에서 일 어난 이우혁이 김인숙의 말에 화답하듯 멋들어진 동작으로 고개를 숙여 보이고는 빈 공간을 찾아 섰다.

감정을 잡는 듯 잠시 눈을 감은 그가 호흡을 가다듬는가 싶더니 번쩍 눈을 떴다. 방금 전까지 있었던 호남형의 사내는 온데간데없고 순식간에 사나운 맹수가 된 그가 천천히 입을 열었다.

"너라면 포기하겠어? 이 게임에 인생이 걸렸는데?"

으르렁거리듯 낮은 울림을 담은 그의 음성이 자못 사나웠다.

"병신처럼 소리만 지르고 도망치다가 죽느니, 차라리 난 싸울 거야. 살인? 그게 뭐 어때서. 죽이지 않으면 내가 죽는데."

그의 시선이 소파에 앉은 사람들을 하나하나 훑어보고는 천천히 걸음을 옮겨 기획실의 문고리를 움켜잡았다.

"너희도 선택해. 여기서 내가 문을 나서는 순간, 너희도 내적이야. 따라올 사람은 지금 따라와."

다시 고개를 돌린 그가 위협하듯 말했다.

"다음에 만날 때는 아마도 적일 테니까."

그렇게 말한 그가 기획실 문을 열고는 그대로 기획실을 나섰다. 그러고는 얼마 지나지 않아 다시 문고리를 열고 들어오는데, 꽤나 집중을 해서 연기를 한 모양인지 얼굴이 빨갛게 상기되어 있었다.

"끝났습니다."

다시 평소의 얼굴을 한 이우혁이 고개를 숙이며 말하자, 조이사와 김인숙이 박수를 쳤다.

이우혁은 장필수가 주인공 일행과 결별하고 적으로 돌아서는 그 순간을 선택해 연기를 했다. 위기 상황에서 자신의 생존을 위해 결단을 내린 사내의 결의가 잘 드러나는 연기였던지라, 이필상과 박준규 역시 살짝 감탄하는 표정이었다. 김수종도 감탄한 표정으로 엄지를 추켜세웠다.

"감사합니다."

이우혁이 다시 고개를 숙이고 자리에 앉는데 장택근이 기다렸다는 듯이 몸을 일으켰다.

"그럼 바로 시작하겠습니다."

이우혁의 연기를 아직도 곱씹는 사람들을 향해 짧게 말한 그가 잠시 눈을 감았다.

이우혁의 연기는 훌륭했다. 스폰서를 끼고 들어오는 배우들이 하나같이 내세울 것 없다는 강민식의 말과는 달리, 그의 연기는 장택근이 보기에도 흠잡을 데가 없었다. 때로는 낮고 때로는 내지르는, 이지원이 그토록 강조하던 발성을 완숙하게 구사하는 이우혁의 모습은 그에게 어느 정도 충격을 주었다.

게다가 세련된 어투에 잘 어울리는 미남형의 얼굴이라 저렇게만 나가면 여심이 꽤나 흔들릴 듯했다.

하지만 그뿐이었다. 그의 연기는 보기에도 좋고 듣기에도 좋았지만 치열함이 전혀 없었다.

영화 '도살자'는 그런 보기 좋고 귀가 즐거운 영화가 아니었다. 잘생긴 얼굴로 속삭이듯 관객들에게 다가서는 그런 종류의 영화가 절대 아니었다.

잠시 마음을 가다듬은 장택근이, 아니, 장필수가 눈을 번쩍 떴다.

"오랜만이다."

나른한 듯 지껄인 장필수가 소파에 깊게 몸을 묻었다. 그러고는 천천히 시선을 돌려 사람들을 노려보았다.

"예진이 너도. 오랜만이고."

장필수의 눈빛이 김인숙을 스쳐 가는데 그 눈동자에 섬뜩한 빛이 일렁였다.

"결국 너도 저 새끼 곁에 남는 걸 택했구나."

원망이라고 해도 좋을 말이지만 그 안에 담긴 것은 차라리 증오에 가까웠다. 그 사나운 음성에 옆에 선 이우혁의 얼굴이 바짝 굳었다.

"그만 얼굴 하지 마. 어차피 선택했으면 책임은 네가 져야지. 저 새끼 옆에 남았던 새끼들이 전부 뒈져 버린 것처럼 너도 책임을 져야지."

그렇게 말한 장필수가 얼굴을 펴고는 웃음을 지었다.

"그래도 오랜만에 만나니까 반갑기는 하네."

장필수가 갑자기 몸을 일으키고는 전광석화처럼 상대의

목을 부여잡았다.

"근데 말이야."

명백한 살의로 번들거리는 눈동자를 한 장필수가 그를 노려보며 한 자 한 자 씹어뱉듯이 이야기했다.

"우리가 다시 만날 때는 뭐라고 했지?"

"커억."

상대가 기침을 토해내는 모습을 물끄러미 바라보던 장필수가 아주 작게, 아주아주 작은 음성으로 속삭였다.

"적이라고 했잖아."

귀를 씹어버릴 듯 바짝 얼굴을 들이민 그가 느릿느릿하게 고개를 떼어냈다.

장택근은 핏기 없는 얼굴로 자신을 바라보는 사람들을 바라보았다. 멍한 얼굴로 자신을 바라보는 사람들의 얼굴은 가관이었다. 그중에서도 가장 걸작은 흐트러진 옷을 제대로 추스를 생각도 못하고 그를 질린 듯한 눈으로 바라보는 이우혁이었다.

"죄송해요. 제가 미리 양해를 구했어야 했는데. 몰입하다 보니 저도 모르게 그만."

몰입? 거짓말이다. 지금 자신이 보여준 것은 일전에 보여주었던 것의 반의반도 안 되는 감정이다. 다만 이지원의 특강을 통해서 그 감정이 더욱 선명하게 드러났을 뿐이다.

"죄송합니다."

소파에서 일어난 그가 공손하게 고개를 숙이며 다시 한 번 사과를 해보였다.

"장 배우?"

그래도 전에 몇 번 그의 연기를 봤다고 일찍 정신을 차린 이필상이 얼떨떨한 음성으로 그를 불렀다.

"네?"

천연덕스러운 얼굴로 대답을 하니, 이필상의 굳어 있던 얼굴이 조금씩 펴지다가 끝에 가서는 환한 웃음이 되었다. 그의 웃음소리에 뒤늦게 사람들의 얼굴에 핏기가 조금씩 돌아오기 시작했다. 하얗게 질린 얼굴이 이번에는 흥분으로 빨갛게 달아올랐다.

"잠깐 못 본 사이에 감정이 더 좋아졌는데? 이야, 이건 뭐 말도 안 되는구만. 누가 장 배우를 신인이라고 생각하겠어."

그의 말에 박준규 역시 고개를 끄덕이며 그를 칭찬했다.

"전에는 좀 위태로운 느낌이 없지 않았는데 오늘은 그런 게 없어. 연기가 훨씬 좋아졌어."

그 칭찬에 다시 고개를 숙여 보인 그가 말했다.

"좋은 선생님을 만난 덕분에 그래도 전보다는 조금 더 배울 수 있었습니다."

그는 자신의 연기만 보면 고개를 저으며 독설을 내뱉기 바쁘던 이지원의 모습을 떠올리며 겸양의 말을 했다.

"조 이사님, 김 이사님. 어떠십니까?"

김수종이 잔뜩 흥분한 이필상을 슬쩍 진정시키며 조 이사와 김인숙에게 물었다. 그의 질문에 조 이사가 떨떠름한 얼굴로 헛기침을 하더니 대답했다.

"이건 뭐… 두 친구의 연기 스타일이 워낙에 다르니 뭐라고 말하기가 참 애매하구만."

현격하게 차이가 나는 임팩트였음에도 조 이사는 말을 아꼈다. 눈앞에 선명히 결과가 드러났으니 김인숙 스스로의 입으로 물러나라는 배려나 다름없는 행동이었다. 조금이라도 모양새가 좋아야 차후 서로를 보는 데 불편함이 없지 않겠는가.

그것이 투자자를 자극하지 않기 위한 그만의 처세술이라는 것을 이 자리에 있는 모두가 알고 있었다.

"그… 그럼 다시 해보겠습니다!"

하지만 이우혁은 그의 말을 곧이곧대로 믿은 모양이었다. 잔뜩 뻘게진 얼굴로 벌떡 자리에서 일어나는 게 당장에라도 다른 연기를 보여주려는 모습이었다. 처음과는 다르게 여유한 점 찾아볼 수 없는 그의 얼굴은 자존심이 상한 듯 거북하게 일그러져 있었다.

그것이 그토록 자신했던 연기에서 밀렸기 때문인지, 그도 아니면 방금 전에 장택근에게 멱살을 잡혔을 때 아무런 행동도 못한 자신에게 수치스러움을 느낀 것인지 당장에라도 연기를 시작하려고 거친 숨을 가다듬는 그를 김인숙이 붙잡왔다.

"앉아 있어요."

그 말은 여태 보였던 그 나긋나긋한 음성과는 완전히 다른 종류의 것이었다.

"김 이사님!"

애가 단 얼굴로 이우혁이 그녀를 부르자 그녀의 눈썹이 치켜 올라갔다.

"앉아 있으라고! 여기가 어디라고 목소리를 높여!"

그 높지 않은 음성에 담긴 서릿발 같은 기세에 이우혁이 눈을 크게 떴다가 이내 주춤거리며 다시 자리에 앉았다.

"죄송해요. 이 친구가 아직 젊다 보니 여러 어른들 계신 자리에서 실수를 했네요. 너그럽게 양해해 주세요."

이우혁을 대할 때와는 달리 다시 듣기 좋은 톤으로 이야기한 그녀가 장택근을 물끄러미 바라보았다. 그 시선에 담긴 감정이 너무도 복잡해 장택근은 그저 살짝 고개를 숙여 보이며 시선을 피했다.

"장택근 씨라고 했죠?"

이미 몇 번이나 소개를 받았고, 인사도 받았건만 이제 와서 그의 이름을 확인하는 그녀의 모양새가 조금 우스웠으나 장택근은 허투루 듣지 않고 정중하게 대답했다.

"네, 장택근이라고 합니다."

그의 정중하지만 비굴하지 않은, 그 힘있는 음성에 김인숙이 장택근이라는 이름을 몇 번이나 입안에서 웅얼거리다가 조 이사를 향해 고개를 돌렸다.

"이번 역은 아무래도 택근 씨가 맡는 게 맞을 것 같네요. 이렇게 배역하고 색이 잘 맞는 배우 찾는 게 쉬운 일은 아니니까요."

그녀의 말에 이우혁이 또다시 몸을 움찔거리며 뭐라 하려고 했지만 김인숙의 싸늘한 눈빛에 그대로 입을 다물었다.

"박 감독님, 이 작가님, 축하드려요. 좋은 배우 찾으셨네요."

김인숙의 말에 박준규와 이필상이 민망한 얼굴이나마 기쁜 낯으로 그녀의 말을 받아주었다.

"우혁 씨도 실력이 아주 좋아요. 장필수 역이 아니더라도 다른 배역이 곧 있을 겁니다."

"아무래도 배역을 받자마자 연습 들어간 장 배우보다는 이 배우가 조금 준비가 부족했지. 다음에 제대로 한번 준비해서 보면 좋은 그림 나올 것 같은데 말이야."

박준규의 말에 김인숙이 미소를 지으며 물었다.

"그래요? 그럼 다음에 준비 좀 해서 다시 올까요?"

박준규가 어색한 얼굴로 대답도 못하고 시선을 피하니 김인숙이 웃으며 말했다.

"농담이에요. 뭘 그렇게 정색을 하세요."

그녀가 그렇게 말하며 깔깔거리며 웃자 뒤늦게 사람들이

그녀를 따라 웃었다.

"그럼 우혁 씨는 장필수 역 말고, 잘 어울릴 만한 역으로 하나 넣도록 하지."

조 이사가 능숙하게 상황을 정리하자, 좌중의 얼굴이 한층 가벼워졌다. 단 한 사람, 이우혁만이 굳은 얼굴로 장택근을 노려보았을 뿐이다.

*　　*　　*

"연습 시간만 더 있었어도!"

기획실을 나온 이우혁이 분한 기색이 역력한 얼굴로 말했다. 김인숙이 그런 그를 힐끗 보더니 아무런 말도 없이 걸음을 옮기는데 그 얼굴이 무언가를 생각하는 얼굴이다.

"장필수가 무슨 건달 역할도 아니고! 뭐 저런 깡패 같은 새끼한테……."

아무래도 장택근이 보였던 그 살벌한 눈빛을 떠올렸는지 그가 이를 갈며 장택근을 씹어댔다.

"조용히 해. 보는 눈도 많은데 쪽팔리게 이럴 거야?"

김인숙의 말에 그가 잔뜩 입을 내밀고는 항의하듯 말했다.

"다시 붙었으면 제가 역을 맡았을 텐데 왜 말리셨어요. 박 감독님도 그랬잖아요. 내가 불리했다고. 연습 시간만 충분했어도, 그깟 경력도 없는 듣보잡 새끼한테 내가 이렇게 밀려날

일이 없잖아요!"

앞에서 걸음을 옮기던 김인숙이 그의 말에 그대로 멈춰 섰
다. 또각거리는 소리를 내며 몸을 돌린 그녀가 이우혁을 빤히
바라보았다.

"병신 같은 소리 그만해."

그 입에서 나온 것은 방금 전에 사람들 앞에서 그토록 교양
있게 말하던 그녀와 같은 사람라고는 믿을 수 없을 정도의 폭
언이었다.

"쪽팔리지 말라고 대충 던진 말에 뭐? 연습만 더 했어도?
병신 같은 소리 하지 마. 너는 10년을 준비해도 이번 역 못 뺏
어. 그나마 내 체면 생각해서 다른 역이라도 주는 걸 다행으
로 알아."

신랄한 그녀의 말에 이우혁이 아무런 말도 못하고 입맛 뻥
긋거리다가 이내 입을 다물었다.

"괜히 추한 꼴 보이지 말고 표정이나 제대로 해. 저기 사람
들 모여 있다."

그렇게 말하고는 몸을 돌린 그녀가 다시 평소의 이지적인
모습을 해보였다. 그렇게 꼬리를 만 개처럼 고개를 숙인 이우
혁을 데리고 건물을 나선 그녀가 문득 걸음을 서둘렀다.

"장택근 씨!"

영화사의 건물 앞에 가만히 서 있던 장택근이 그녀의 부름
에 고개를 돌렸다.

집에 돌아온 장택근은 깊은 한숨을 내쉬었다. 집에 돌아오자 뒤늦게 긴장이 풀렸는지 굳어 있던 얼굴이 이제야 풀리는 느낌이다.

마이더스를 나오는 길에 만난 김인숙은 뜻밖의 제안을 했다. 아직 소속이 없는 그의 거취에 많은 관심을 보였는데 중간에 강민식이 끼어드는 바람에 그녀와는 다음을 기약하며 헤어져야 했다.

그 눈빛에 감도는 아쉬움을 떠올리던 장택근은 피식 웃었다. 그녀의 옆에서 똥 씹은 얼굴을 하고 있던 이우혁이 떠오른 탓이다.

자신에게 관심을 보이는 김인숙을 보며 그는 꽤나 약이 오른 기색이었다. 자신 하나를 사이에 두고 김인숙과 강민식이 신경전을 벌이는 모양새를 보이자 더욱더 얼굴을 일그러뜨렸다.

거기에 더해 그가 스타들이나 탈 법한 육중한 밴에 올라타자 잔뜩 붉어진 얼굴로 표정 관리도 못 하고 숨을 씩씩거리던 그 모습이라니, 지금에 와서 생각해 보면 꽤나 통쾌하지 않은가.

잠시 생각에 잠겨 있던 장택근은 이내 마음을 다잡았다.

지금의 조그만 승리에 만족하고 있다가는 언제 이우혁과 같은 꼴이 날지 모른다. 그가 향할 곳은 고작 승냥이도 못 되는 이우혁과는 비교도 안 되는 맹수들이 우글거리는 약육강식의 세계다.

이우혁이 자신의 자리를 빼앗기 위해 이빨을 드러내던 모습이 떠올랐다. 오히려 연기할 때보다 더욱 치열했던 그 모습을 떠올린 그가 다시 한 번 다짐했다. 자신 역시 그처럼 높은 곳에 우뚝 선 그들을 향해 이빨을 들이대고 발톱을 세워야 했다. 하지만 그렇게 이빨과 발톱을 갖게 되기 전까지는 잔뜩 몸을 웅크리고 닥치는 대로 뭐든지 먹어 치워 몸을 키워야 한다.

"배가 출출하네."

하지만 지금은 미팅을 한답시고 내내 굶주린 배부터 채워야 했다.

＊　　　＊　　　＊

시간은 흘러가고 장택근은 착실하게 자신을 발전시켰다.

이제는 이지원이 따로 지시하지 않아도 스스로 자신의 문제점을 찾아 교정하는 것이 일과가 되었다. 큰마음 먹고 구입한 카메라를 고정시켜 두고 그 앞에서 미친 듯이 열연을 펼쳤다.

핸드 카메라를 통해 촬영된 영상을 수십, 수백 번이나 돌려 보았다. 때로는 스스로가 보기에도 감탄이 나올 정도의 그림이 나오기도 했고, 때로는 정말 얼굴이 화끈해질 정도로 부끄러운 연기가 나오기도 했다. 그렇게 그림이 잘 나오든, 안 나오든 노트에 이런저런 개선점을 적어가며 연기를 하다 보니 벌써 다 채우고 처박아 둔 노트가 세 권은 넘게 되었다.

그렇게 하루가 어떻게 가는지 모를 정도로 연기 공부에 매진을 하다 보니 이제는 아주 어렴풋이나마 연기가 무엇인지 감을 잡을 수 있었다.

물론 그 소리를 들은 이지원이 코웃음을 치며 백 년은 이르다고 말해 그를 민망하게 만들었지만 빠르게 성장하고 있는 것만큼은 그녀 역시 인정해 주었다.

"그래도 장필수 역만큼은 지금 어느 누구보다도 자기가 더 잘할 수 있을걸. 다른 배역이라면 또 모르겠지만."

큰 그림보다는 작은 그림을 그리며 오직 장필수 역에 자신을 맞춰가는 그였던지라 그녀가 우려를 표하기도 했다. 이래서야 정작 영화가 끝나고 나면 연기 변신을 하기가 쉽지 않을 거라는 염려였다. 또한 이지원은 영화의 제작이 늦어지는 것에 대해 그가 조바심을 낼까 봐 여러모로 조언을 해주었다.

실제로 이 영화가 도대체 진짜로 제작을 하긴 하나 의문이 들 정도로 제작이 느렸던 터라 그녀의 다독임이 큰 도움이 되었다. 게다가 몰두할 곳이 있다 보니 그나마 조바심을 덜 수가 있었다.

처음에는 자꾸만 연출자의 눈으로 대본을 보던 것이 어느

새 연기자의 입장에서 각 배역의 감정을 떠올리는 것으로 바뀌었다. 그리고 그 무렵이 되어서야 그는 스스로가 정말 연기자가 되었다는 자각을 어렴풋이나마 할 수 있었다.

영화는 본격적인 제작에 착수하기 시작했다.

시나리오 선정과 개발, 그리고 배역을 선정한다. 또다시 배역에 맞추어 시나리오를 교정하고 어느 정도 그림이 나오면 역량 있는 스태프진을 꾸려 장소를 물색해야 한다. 세트 촬영을 할 것인지, 야외 촬영을 할 것인지 그것도 아니면 장소를 대절해서 촬영을 할 것인지.

시나리오와 예산에 맞춰 그렇게 차근차근 실제 촬영을 준비한다.

그 모든 과정이 장택근이 없는 곳에서 이루어진 터라 조바심이 나기도 했지만 차라리 준비할 시간이 길어져서 다행이라고 생각했다.

이제 리허설 일정이 코앞에 닥쳐오고 나니 그간의 조바심을 대신해 아쉬움이 자리를 잡았다. 시간이 조금만 더 있었다면 더 나은 연기를 준비할 수 있었을 텐데.

"이제까지 자기가 한 건 혼자만의 연기야. 영화든 드라마든 그 어떤 연기든지 간에 혼자 하는 건 없어. 상대 배우의 감정선을 이해하고 또 그 선을 그대로 이어받아 자신의 감정까지 더해 돌려줘야지 진짜 연기야."

그녀의 말마따나 상대 없이 혼자 연습한 연기가 느는 것에
는 한계가 있었다. 그녀는 오히려 적당한 시기에 리허설이 시
작되었다며 그를 격려했다.

그렇게 바쁜 시간을 보내고 있는 와중에 반가운 연락이 왔
다.

'요즘 연기 연습하느라 많이 힘들지? 이 누나가 체력 보충
시켜줄 테니까, 나와!'

그간 연락을 틈틈이 주고받았던지라 근황에 대해 어느 정
도는 알고 있던 진재영이다. 아무래도 리허설 날짜가 점점 다
가오고 있으니 더욱 바빠지기 전에 얼굴이나 보자는 의도로
보였다.

안 그래도 집에서 폐인처럼 연기에만 매진하다 보니 요즘
들어 부쩍 사람이 그리워진 장택근이었다. 그는 흔쾌히 그녀
의 제안을 받아들였다.

"이눔 시키, 연기 연습한다고 반쪽이 됐네, 아주. 오늘 누
나가 원상 복귀시켜 줄 테니까 마음껏 먹어."

식사도 걸러 가며 장필수 역에 매진하다 보니 살이 조금은
빠진 모양이다. 진재영의 장난스러운 음성에 다소 걱정이 섞
여 있었다.

"누나 오늘 거딜 날 텐데. 나 오늘 진짜 많이 먹을 거거든."

그렇게 말하며 으름장을 놓으니 진재영이 엄살을 피우다

가 이내 깔깔거리며 웃었다. 오랜만에 만난 그녀의 여전한 태도에 기분이 더욱 좋아진 장택근은 실없는 소리를 해대며 그녀와의 만남을 반겼다.

"지원이도 늦게라도 온데."

한창 이야기를 하다가 이지원의 이야기가 나와 그렇게 얘기하니 진재영이 조금 의외라는 표정을 지어 보였다.

"왜? 부르지 말고 오늘 둘이서 먹을까?"

그 표정이 조금은 주춤해 보여 장택근이 장난을 쳤다.

"그… 그럴까? 누나가 지원이 기지배까지 사주기에는 통장이 좀… 그 기지배가 좀 먹어야지."

그 장단에 맞춰 이야기를 하는 모습에 장택근이 또 웃음을 터뜨리니 진재영이 뒤늦게 그를 따라 웃었다.

"그럼 지원이 올 시간에 맞춰서 자리를 좀 옮겨야겠다."

아무래도 톱스타인 그녀와 함께 자리를 하기에는 지금의 장소가 조금은 불편하다고 생각한 모양인데, 장택근도 같은 생각이었다.

안 그래도 이미 주변의 이목이 은근히 자신들을 향해 있다. 30대 초반의 무르익을 대로 무르익은 진재영의 외모를 보며 많은 남자가 군침을 흘렸고, 한층 샤프해지고 분위기 있어진 장택근을 보는 여자들은 저들끼리 수군거리기 바빴다.

여기에 존재 자체로 자체발광인 이지원이 오면 지금과는 비교도 안 될 정도로 이목이 쏠릴 것이다. 그런 불편한 자리

에서 밥을 먹다가는 밥이 코로 넘어가는지 입으로 넘어가는
지 모를 게 분명했다.

"이야, 근데 너 요즘 관리받니? 스타일이 점점."

진재영이 곁눈질하느라 바쁜 여자들을 힐끗거리며 묻자
장택근이 너스레를 떨었다.

"관리는 무슨. 요즘 방에만 처박혀서 사는 게 완전 폐인이
라니까. 내가 한창 때 게임에 미쳐 있을 때도 이 정도는 아니
었는데, 먹고사는 게 뭔지. 밥 벌어먹기 힘들다니까."

그의 말에 그녀가 고개를 끄덕였다. 뭔가 분위기가 한층 깊
어진 모습이라 자꾸만 시선이 갔지만 자세히 보면 또 하고 온
모양새가 그렇게까지 신경을 쓴 것 같지는 않았다.

"어? 근데 누나 머리 잘랐어요?"

뒤늦게 진재영의 스타일이 미묘하게 변했다는 사실을 깨
달은 장택근이 눈을 크게 떴다. 아마존을 다녀온 이후로 줄곧
길러오던 머리가 귀 아래에서 깔끔하게 잘려 있었다.

"왜? 이상해?"

머리를 자른 지 얼마 안 되었는지 그녀가 아직은 익숙하지
않다는 표정으로 그에게 물었다. 그 표정이 평소와는 다르게
왠지 모르게 어려 보여 장택근이 고개를 저었다.

"아니, 잘 어울려. 누나는 원래부터 긴 머리보다는 짧은 머
리가 잘 어울렸던 거 같아. 솔직히 말하면 누나는 그 뭐냐, 남
자의 로망을 자극하는 그런 게 있거든."

음흉한 표정을 지어 보이며 장난스럽게 이야기를 하자 그녀가 어쩐 일인지 민망한 얼굴을 했다. 그녀답지 않게 부끄러워하는 기색이라 장택근이 괜히 어색한 표정을 지으며 상황을 수습했다.

"그게 누나 오해 하지 말고. 누나가 의사잖아. 거기에 또 몸매도 워낙 좋고 얼굴도 받쳐주고. 그러다 보니까 아무래도⋯ 으아, 나 뭐래, 진짜. 하여간 다른 의미가 있었던 건 아니야."

제 딴에는 그녀의 직업을 떠올리며 던진 농담인데, 상대가 평소처럼 받아주지를 않자 당황한 기색이 역력했다.

"알았어. 뭘 그렇게 부산을 떨고 그래. 남자들이 원래 의사, 간호사, 승무원 좋아한다며. 유니폼 입은 거. 변태 같기는, 너도 남자는 남자구나."

뒤늦게 그녀가 평소와 같은 반응을 보이자 그가 그제야 웃으며 내심 한숨을 쉬었다.

아무것도 아닌 상황에 괜히 진땀을 뺀 장택근이 속으로 고개를 갸웃거렸다. 이제 와서 보니 그녀의 표정이 어딘지 모르게 평소와 많이 달라 보였던 것이다.

평소에는 유쾌한 성격으로 분위기를 주도하던 그녀였는데, 오늘은 어쩐 일인지 그의 말에 주로 웃어주고만 있었다.

여자가 머리를 자를 때는 심경의 변화가 있어서라더니.

무언가 자신이 모르는 일이 있음을 깨달은 그가 슬며시 그녀의 눈치를 보는데, 그녀가 마침 노랗게 익은 삼겹살을 집어 그의 밥그릇 위에 얹어주었다.

"먹어, 먹는 게 남는 거야."

그러고는 정작 자신은 조용히 술잔을 기울이는 게 아무래도 그녀는 오늘의 자리에서 식사보다는 술을 목적으로 한 모양이었다.

"누나, 누나도 좀 먹어요."

장택근이 그녀의 눈치를 보며 슬쩍 안주를 얹어주자 그녀가 미소를 지으며 그제야 고기를 한 점 입에 넣었다.

"음⋯⋯."

이렇게 보니 정말 무슨 일이 있는 게 확실해 보이는 그녀였다. 장택근이 자꾸만 혼자 술을 들이켜는 그녀를 만류했다.

"무슨 술을 그렇게 급하게 들이켜. 이러다가 지원이 오면 또 취해서 실려 갈라고."

장난스레 말해 보았지만 그녀는 말없이 술잔을 기울였을 뿐이다. 결국 참다 못 한 장택근이 그녀에게 물었다.

"누나, 무슨 일 있어? 오늘 좀 그래 보이는데."

그의 말에 그녀가 잠시 고개를 들어 그의 눈을 마주 본다. 그제야 그녀의 눈에 깊게 들어찬 수심을 발견한 그가 걱정스러운 얼굴을 해보였다.

"왜 그래? 진짜 무슨 일 있구만."

그녀가 대답도 없이 한참이나 그의 얼굴을 빤히 바라보더니 다시 술을 들이켰다.

"누나! 진짜 왜……."

"아니야, 누나가 좀 피곤해서 그래."

바보가 아닌 이상에야 그녀의 말을 믿을 사람은 없을 것이다. 하지만 본인이 저렇게 말하기 싫다는데 추궁을 할 수도 없는 터라 그는 한숨을 내쉬고는 그녀에게 고기를 밀어주었다.

"고기라도 좀 먹으면서 먹어. 속 버려."

"우리 택근이 자상하네……."

그녀의 말에 장택근이 내가 누나를 안 챙기면 누가 누나를 챙기냐며 과하게 호들갑을 떨자 그제야 그녀가 미소를 지어 보였다.

"그렇지, 누나 챙겨주는 건 우리 택근이밖에 없지."

평소에도 자주 하던 말인데 오늘따라 왜 이리 다르게 들린 것인지 장택근은 기분이 묘해졌다. 저도 모르게 탐색하듯 그녀를 바라보는데 그녀가 화제를 돌렸다.

"그나저나 얼마 전에 신애 기지배한테 연락 왔다."

생각지도 못한 윤신애의 이름이 나오자 장택근은 눈을 크게 떴다.

"나쁜 년, 반 년 만에 연락 온 거 있지?"

진재영의 말에 서운함과 그리움, 원망이 잔뜩 섞여 있었다.

"아……."

딱히 대답할 말을 찾지 못한 그가 그저 탄성도 신음도 아닌 묘한 소리를 내뱉는데 진재영이 다시 술을 들이켰다.

"잘 지낸데요?"

한참 만에 겨우 꺼낸 말이 너무도 건조해서 정작 말을 꺼낸 스스로도 놀랄 지경이다.

생사를 같이 넘나들고, 동고동락한 윤신애가 가장 힘든 시기에 연락을 끊어버렸다. 심정적으로 서운함을 넘어 원망하는 마음이 생기는 게 당연했다. 하지만 지금은 어떤가 하면 딱히 아무런 생각이 들지 않게 되어버린 장택근이었다.

그냥 이제는 그런 사람이 있었지 하는 마음이 되었달까.

"잘 지내냐고? 못 지내는 것 같던데? 목소리는 안 좋더라. 아무래도 지도 힘든 모양이야."

장택근은 표정을 가다듬었다. 그녀가 힘들게 지내는 모양이라는 말에 저도 모르게 저열한 희열이 고개를 든 탓이다. 혹시라도 진재영에게 자신의 그런 추한 내심을 보일까 걱정된 그가 목소리를 가다듬고는 대꾸했다.

"방송에도 많이 나오고 한창 잘나가는데 못 지낼게 뭐가 있어. 그렇게 원하던 스타의 자리가 코앞인데."

이지원의 특강이 이런 순간 도움이 될지 몰랐다. 억지로 만들어낸 덤덤한 음성이 스스로 듣기에도 자연스러웠다.

"그렇기야 하겠지만. 지년도 오죽 의지할 곳이 없었으면 나한테 전화했겠니."

역시나 품이 넓은 그녀답게 벌써 윤신애를 동정하는 말투였다. 사실 아마존을 다녀온 이후로 가장 먼저 연락이 끊긴 게 그녀다 보니 서운한 감정이 누구보다도 클 텐데도 불구하고 그녀의 얼굴에는 측은해하는 기색이 역력했다.

"아……."

그녀의 선량한 모습에 장택근은 여전히 애매한 소리로 대답을 대신 해야 했다.

"요즘 그때 일을 꿈으로 많이 꾼데."

그때라 하면 아마존을 말하는 것이리라. 윤신애와 '그때'라고 공유할 수 있는 시기는 오직 아마존에 있었을 때뿐이었으니까.

"매번 뭔가에 쫓기는 꿈인데, 그래도 도망치다 보면 네가 나와서 자기를 구해준단다. 기지배, 애도 아니고 무슨."

진재영의 말에 장택근은 결국 참았던 한숨을 내쉬었다. 대체 이제 와서 뭘 어쩌자는 것인지 윤신애의 태도가 답답하기만 했다. 그녀는 무언가를 기대하고 진재영에게 자신의 고충을 털어놓은 것일까. 그도 아니면 정말 기댈 곳이 없어 그런 의미 없는 소리라도 누군가에게 하고 싶었던 것일까.

"분명 악몽인데, 그래도 마지막에는 너하고 나, 지원이를 볼 수 있다고 좋다고 하더라. 모질이 같은 년."

진재영의 말에 장택근은 정말 오랜만에 윤신애를 떠올릴 수 있었다. 싫은 소리도 못 하고 그저 바보처럼 웃는 게 다였던 그 여리디 여린 여인을 떠올리자 그간의 섭섭함이 조금은 옅어졌다.

하지만 그게 다였다. 섭섭함이 사라진다고 그간 무미건조하게 바뀐 그녀에 대한 감정이 이제 와서 새삼 그리움이 생긴다거나 하지는 않았다.

마치 그냥 중, 고등학교 때부터 알고 지냈던 누군가가 어떻게 지낸다더라 하고 들은 느낌이라 그는 별 감흥이 들지 않았다.

"나중에 모이는 자리 있으면 말해 달렸는데, 어떻게 할까? 오늘 전화해 볼까?"

그렇다고 진재영의 측은지심에 찬물을 끼얹고 싶은 생각도 없었던 장택근은 마음대로 하라는 말로 대답을 대신했다.

그 말에 담긴 냉담함을 눈치채지 못한 그녀가 휴대폰을 꺼내 들다가는 그대로 굳어버렸다.

"누나? 왜 그래?"

그 얼굴이 너무도 창백해 장택근은 걱정스레 묻지 않을 수가 없었다. 하얗게 질린 얼굴로 소스라친 그녀가 그의 말에 대답도 없이 휴대폰의 액정만 하염없이 바라보았다.

"누나?"

몇 번이나 그녀를 부르니 그녀가 파리해진 입술로 간신히 대답을 했다.

"택근아, 택근아."

대답을 하는 음성이 언제나 유쾌한 그녀답지 않게 바들바들 떨리는 그런 어조라 장택근은 저도 모르게 자리에서 일어나 그녀의 곁에 앉았다.

　"누나! 왜 그래! 진짜 무슨 일 있어?"

　걱정되는 마음에 그렇게 소리치니 그녀가 손에 꼭 그러쥔 휴대폰의 액정도 채 가리지 못하고는 대답했다.

　"나 어떻게 하냐. 누나 이제 어떻게 해."

　그녀의 울먹이는 음성을 들으며 장택근은 휴대폰의 액정을 살폈다. 매너가 아닌 걸 알지만 진재영의 상태가 너무도 걱정이 되어 어쩔 도리가 없었다.

　[지금 어디 있는지 대답해.]

　[전화 안 받아? 네년이 미쳤구나.]

　[지금 당장 만나서 이야기 해. 아무리 걸레 같은 년이라도 그 정도 예의는 지켜야지.]

　[개 같은 년아. 전화 받으랬지.]

　조그만 휴대폰에 빽빽하게 들어찬 문장이 하나같이 폭언 투성이다. 생각도 못한 그 저주와 폭언에 장택근은 저도 모르게 그녀의 휴대폰을 뺏어 들었다.

　"택근아!"

　그녀가 깜짝 놀라 다시 휴대폰을 뺏으려고 했지만 장택근은 꿈쩍도 하지 않았다. 한 손으로는 진재영을 잡고 한 손으로는 휴대폰의 액정을 만지니 끔찍한 폭언과 협박이 한가득이었다.

장택근의 손에서 휴대폰을 뺏는 데 실패한 진재영은 이제는 완전히 체념한 얼굴로 고개를 숙였다. 그리고 이내 들썩이기 시작한 어깨의 움직임이 너무도 처량했다.

"누나……."

그 모습을 본 장택근이 잔뜩 가라앉은 음성으로 그녀를 불렀다. 그 목소리에 저도 모르게 눈물로 엉망이 된 얼굴을 치켜든 그녀가 눈을 크게 떴다.

"이 새끼 누구야."

차갑게 가라앉은 눈동자가 너무도 살벌해 도저히 그녀가 알던 장택근의 눈빛이라고 생각할 수 없었던 그녀는 저도 모르게 기세에 눌려 더듬거리며 대답했다.

"그… 그 사람이야."

그 사람이라는 말에 장택근이 입술을 짓씹더니 조금은 표정을 가다듬었다.

"누나 뭐 잘못한 거 있어? 왜 이런 소리를 듣고 가만히 있어?"

여전히 차가운 표정과는 달리 걱정스러운 기색이 잔뜩 담긴 음성이었다. 그 말에 진재영이 그 큼지막한 눈에 눈물을 가득 담더니 다시 흐느끼기 시작했다.

"택근아, 아니야. 넌 신경 쓰지 마. 누나가 알아서 할게."

울먹이면서도 필사적으로 휴대폰을 되찾기 위해 발버둥을

치는 그녀의 모습이 너무도 처연해서 장택근은 결국 견디지 못하고 휴대폰을 돌려주었다.

그녀가 가슴에 휴대폰을 꼭 끌어안은 모습이 마치 품 안에 숨기는 듯한 모양새라 장택근은 고개를 절레절레 저었다.

아무래도 남녀관계의 문제다 보니 저들만의 사정이 있는 게 분명할 것이다. 하지만 그렇다고 해도 문자로 이 정도의 폭언을 보내는 남자라면 정상이 아닌 게 확실했다.

흐느끼는 진재영을 품에 안은 장택근은 그녀를 달래기 시작했다.

"누나, 울지 마. 왜 그래, 창피하게."

하지만 그가 언제 여자를 달래본 적이 있겠는가. 자신이 무슨 말을 하는지도 모르고 그녀를 보듬어 안아주니 주변에 있던 사람들이 그들을 바라보며 수군거렸다.

그 수군거리는 게 온갖 추측에 악의가 담긴 것이라 장택근은 진재영을 안아준 채로 주변을 노려보았다. 간신히 진정시켰던 분노가 다시 끓어오른 탓인지 그의 눈빛이 살벌하기 그지없어 진재영과 장택근을 보며 입을 놀려 대던 사람들이 대번에 고개를 돌리며 입을 다물었다.

"누나 일단 일어나자. 여기는 사람들 눈이 너무 많다."

그렇게 말하며 장택근이 그녀를 일으키니 그녀가 마치 끈 떨어진 인형처럼 힘없이 그에게 끌려왔다.

"누나? 차 가지고 왔지? 차키 줘."

계산을 마치고 나온 장택근이 그렇게 말하자 그녀가 엉망이 된 얼굴로 주섬주섬 핸드백을 찾아 키를 내밀었다.

＊　　　＊　　　＊

"누나, 어떻게 된 거야."

조용한 차에서 한참이나 눈물을 흘리던 진재영이 어느 정도 진정되는 기미가 보이자 장택근은 조심스럽게 물었다.

"말하기 힘들면 말 안 해도 되는……."

"그 사람이랑 나 헤어졌어."

혹시라도 간신히 진정된 그녀가 다시 자극받을까 걱정된 장택근이 말을 흐리는데 대뜸 그녀가 그의 말을 잘라냈다.

"아……."

어느 정도 짐작은 하고 있었지만, 그녀의 입을 통해 듣고 나니 조금 더 선명하게 그림이 그려졌다.

"원래부터 그렇게 죽고 못 사는 관계도 아니었고, 아마존을 다녀온 이후로는 더 소원해진 것 같아. 그냥 다른 사람 만나기 번거로우니까 만나는 그런 느낌이었어."

처음에는 가늘게 떨리던 음성이 어느새 제법 담담해졌다. 차분하게 말을 하는 그녀의 눈빛이 차창 저 너머를 바라보듯 먼 곳을 바라보고 있었다.

"원래는 다녀와서 결혼하기로 했었던 사람이거든. 그냥 조

건도 잘 맞고 성격도 어느 정도 맞겠다 싶었고. 근데 아마존에서 그렇게 돌아오고 나니 그게 아니더라고."

그녀의 말이 이어졌다.

유쾌한 진재영이라는 껍데기를 둘러쓰고 하루하루 즐거운 척해 댔지만 현실의 그녀는 너무도 무미건조했다.

그래서였을 것이다. 모두가 말리는 촬영팀의 응급치료전문의 자격으로 아마존 원정에 참가한 것은.

무미건조한 삶을 넘어 치열한 무언가를 느끼고 싶었다. 그리고 그곳에서 그녀는 생각 이상으로 치열하고 힘든 시간을 보내고 와야 했다.

소기의 목적을 달성한 것이다. 하지만 삶의 치열함을 느끼고 나야 지금의 평화로움을 즐길 수가 있을 거라고 생각했던 그녀의 예상과는 다르게 현실의 삶은 더욱 무료해졌다.

잘 만나고 있던 그와의 만남을 정리한 것도 같은 맥락이었다.

만나서 밥을 먹고 술을 먹는다.

그게 끝이었다.

사람들이 보기에는 1등 신랑감인 그였지만 그는 너무도 무미건조했다. 그는 마치 그녀의 건조한 삶의 상징과도 같을 정도로 금욕적이고 메말라 있었다.

숨이 막힐 것 같았다. 하다못해 몸이라도 서로 나누면 그 허전함이 채워질 텐데, 꽉 틀어막힌 남자는 그것조차 마음껏 지르지를 못했다. 이미 처녀가 아닌 자신인데도 뭘 그리 소중하게 지켜주겠다는 건지 그 일방적인 배려 속에서 그녀는 점점 숨이 막혔다.

그대로 있다가는 죽을 것만 같았다. 그래서 그녀는 순간 정신을 놓았다.

언제나와 같은 저녁 식사 자리에서 그녀는 자신이 무슨 말을 하는지도 모르고 한참이나 떠들어 댔다. 그리고 정신을 차렸을 때는 이미 수습할 수 없게 되어버리고 난 후였다.

아마도 장택근의 이야기를 했던 것 같았다. 그만이 자신의 삶에 유일한 생기이고 오아시스라고. 스스로도 꽉 내리누르고 있던 감정이 한번 터지고 나자 봇물이 밀려나오듯 쏟아졌다.

이지원과 축복을 빌어준다. 남모르게 응원해 주고 또 둘만의 자리를 만들어주느라 만취한 연기까지 하던 그녀는 더 이상 없게 되었다.

그래도 너무도 소중한 인연에 그녀는 그런 이기적인 마음을 꾹 눌러 참아야 했다. 스스로가 생각하기에도 자신의 비정상적인 감정이 사랑보다는 집착에 가깝다는 사실을 깨닫고 있었던 탓이다.

그사이에 헤어진 연인은 조금씩 망가졌다. 세상 살면서 처음 만나본 여인이 자신이라며 순진하게 웃어대던 그는 이제 더 이상 없었다. 원망과 증오로 완전히 망가져 버린 사내가 주변을 맴돌며 그녀를 괴롭혔다.

하지만 아무리 순간적으로 정신을 놔버렸던 그녀라고 하더라도 스스로의 잘못을 부인할 정도로 밑바닥은 아니었다. 그녀는 그 모든 폭언과 괴롭힘을 묵묵히 감내했다. 어쩌면 그것으로 자신이 친한 동생의 연인을 마음에 품었었던 죄책감을 조금이라도 덜어내려 했던 것일 수도 있었다.

그리고 그렇게 하루하루를 간신히 참아내며 지내오던 그녀가, 결국 오늘 그와 만나게 되었다.

오랜만에 만난 그는 전보다 더욱 분위기 있었고 멋있어졌다. 보는 순간 가슴이 뛸 정도로 환한 미소를 지은 그가 자신을 반겨주었다.

'왜? 부르지 말고 오늘 둘이서 먹을까?'

대체 뭘 기대했었을까. 그의 장난스러운 말에.

'아니, 잘 어울려. 누나는 원래부터 긴 머리보다는 짧은 머리가 잘 어울렸던 거 같아. 솔직히 말하면 누나는 그 뭐냐, 남자의 로망을 자극하는 그런 게 있거든.'

그의 은근한 농담에 괜히 심장이 두근거렸었다. 뒤늦게 수습을 했지만 사실은 그가 원한다면 얼마든지 들어줄 용의가 있었다.

하지만 이지원을 떠올리며 그녀는 이를 악물고 참아냈다. 술기운에 자꾸만 옅어지려는 이성을 겨우 붙잡고 있던 그녀는 마침내 무너지고 말았다.

전 연인의 문자 한 통, 그간 수십, 수백 통이나 받아온 문자에 그녀는 무너져 버렸다. 그것이 장택근의 앞이라서 그런 것인지 술기운 때문인지, 스스로도 알 수 없었지만 그녀는 결국 참아왔던 모든 것을 내려놓고 말았다.

그리고 지금 그녀는 교활하게도 자신의 이야기를 숨기고 교묘하게 포장해서 그에게 풀어놓고 있었다.

"누나 이제 어떻게 해……."

자신의 시꺼먼 속도 모르는 그가 너른 품으로 자신을 꼭 보듬어 안아주었다.

진재영은 한참이나 장택근의 품에 안겨 흐느꼈다. 평소의 유쾌한 그녀와는 너무도 다른 모습에 왠지 가슴이 더욱 미어진 그는 저도 모르게 그녀를 꼭 끌어안아 주었다.

그렇게 얼마나 서로를 부둥켜안고 있었을까. 눈물이 멈춘 진재영이 슬며시 그의 품을 빠져나갔다.

"미안."

아무래도 뒤늦게 마음이 좀 가라앉자 민망함이 찾아온 모양이라고 생각한 장택근이 담담한 표정으로 이야기했다.

"힘들면 언제든 어깨 정도는 빌려줄 수 있어."

그렇게 이야기하니 진재영이 눈물로 엉망이 된 얼굴로 그를 바라보았다.

"정말? 그래도 돼?"

괜한 호들갑을 보니 그래도 그녀가 평소의 모습을 어느 정도 찾았다 생각한 장택근이 고개를 끄덕여 주었다.

"뭐, 할 수 있는 게 고작 어깨 빌려주는 정도지만. 그래도 언제든지."

그 말에 그녀가 더없이 환한 미소를 지어 보였다. 생각지도 못한 그녀의 반색에 장택근이 잠시 고개를 갸웃거리곤 대수롭지 않게 다시 한 번 고개를 끄덕여 주었다.

더 이상 술자리를 이어가기에는 분위기가 이미 식을 대로 식었던지라 장택근은 차를 몰아 그녀를 집에 데려다주었다. 아무래도 술을 마신 그녀가 걱정이 된 탓이었다.

집 앞에 차를 주차 시켜놓고 돌아서니 그녀가 그를 붙잡았지만 장택근은 고개를 저었다.

"요 앞에서 택시 타면 돼. 들어가."

그렇게 말한 그가 그대로 돌아서서는 뒤도 돌아보지 않고 사라져 버렸다. 그가 사라진 방향을 복잡한 표정으로 바라보던 진재영 역시 몸을 돌렸다.

*   *   *

"아, 맞다! 미안."

뒤늦게 걸려온 이지원의 전화에 장택근은 진땀을 흘렸다. 일부러 스케줄까지 조절해가며 들린다고 하던 그녀를 완전히 잊고 있었던 탓이다.

—뭐야, 지금 겨우 시간 뺐더니.

드물게 투정을 부리는 그녀를 보니 아쉬움이 큰 듯했다. 장택근은 난감한 음성으로 상황을 설명했다. 자신의 이야기가 아닌지라 전부 이야기할 수는 없어서 대충 뭉뚱그려 이야기를 해주니 전화기 저 너머에서 한참이나 대꾸가 없었다.

"미안, 미안. 많이 화났어? 진짜 정신이 없어서……."

—지금은 어딘데?

연락을 받지 못해 많이 서운한 모양이라고 생각한 그가 변명처럼 사과를 하는데 그녀가 그의 말을 잘라냈다.

"나? 집이지."

—알았어. 끊어.

집이라는 말에 짤막하게 대꾸를 하고는 그대로 전화를 끊어버린 이지원의 행동 탓에 장택근은 난감한 얼굴을 했다. 좀처럼 화를 내지 않는 그녀인데 어쩐 일인지 오늘은 조금 기분이 상한 듯했다.

잠시 고민에 빠져 있던 그였지만 애초에 남의 속을, 그것도 여자의 속을 그가 헤아릴 수는 없었던지라 이내 포기하고는 상의를 벗었다.

집에 들어오자마자 이지원의 전화를 받은 탓에 아직도 씻지 못한 몸에서 술 냄새와 고기 냄새가 잔뜩 배어 있었다.

삐비빅.

막 샤워실로 들어가려는데 오피스텔의 문이 열렸다.

"어, 웬일이야? 아까 그게 온다는 소리였어? 진작 말을 하지."

문 앞에 서서 자신을 바라보는 이지원을 보며 그렇게 이야기를 하는데 어쩐 일인지 그녀가 대답도 없이 한참이나 그를 바라보고만 있었다.

"뭐해, 들어와."

우두커니 서서 신발도 채 벗지 않은 그녀에게 다가간 장택근이 그녀의 팔목을 잡는데, 갑작스레 그녀가 그의 품에 안겼다.

"지원아?"

가라오케에서 난리를 피웠던 그날 이후로는 딱히 스킨십이라고 할 만한 행동이 없던 그와 그녀다. 그런데 그녀가 그의 품에 뛰어드니 그가 적잖이 당황한 얼굴로 그녀의 이름을 불렀다.

쿵쿵.

어색하게 늘어져 있던 손을 들어 그녀의 등에 얹으려는데 그녀가 코를 쿵쿵대는 소리가 들렸다. 장택근이 민망한 얼굴로 이야기했다.

"아저씨 냄새 나지? 고기 냄새에 술 냄새, 안 그래도 지금 씻으려던 참이야."

불쾌한 냄새가 쩌들어 있을 스스로를 생각하며 변명처럼

이야기하니 그녀가 그의 가슴에 얼굴을 파묻고는 눈만 치켜들었다.

"왜? 잠깐만 앉아 있어. 금방 씻고 나올게."

갑작스러운 상황에 뭔가 야릇한 기분이라도 느껴져야 정상일 텐데, 이상하게 그녀의 눈빛이 날카로워 그는 다른 마음을 품지 못했다. 괜히 죄라도 지은 기분이 들어 그가 도망치듯 샤워실로 향했다.

샤워실에서 나온 그가 개운한 표정으로 머리에 묻은 물기를 털어내고는 방에 들어섰다. 이지원이 방금 전에 그가 입고 나갔다 온 셔츠를 들고는 그를 바라보고 있었다.

"왜? 아, 그거 네가 사준 거지. 오늘 입고 갔다 왔어. 이쁘다던데?"

웃는 낯으로 이야기를 했지만 그녀는 여전히 대꾸도 없다. 무안해진 그가 다시 입을 열려는 데 그녀가 먼저 말했다.

"뭐야? 왜 자기 옷에서 언니 냄새가 나?"

생각지도 않은 질문에 그가 잠시 눈을 껌벅거리다가 이내 대수롭지 않은 얼굴로 이야기했다.

"말했잖아. 누나가 좀 안 좋은 일이 있어서 우는데… 좀 그랬어."

말을 하다 보니 그녀의 표정이 조금씩 싸늘해지는 터라 그가 뒤늦게 그녀의 눈치를 보기 시작했다.

"언니가 안 좋은 일이 있는데 왜 자기 옷에서 언니 향수 냄새가 나냐고."

조금 전보다 더욱 싸늘한 얼굴을 한 그녀의 얼굴에 주눅이
든 그가 변명하듯 상황을 설명했다. 진재영에게 일어난 일을
대충이나마 설명하자 이지원의 얼굴이 그나마 누그러졌다.

"뭐야, 너 설마?"

그제야 그녀가 질투를 한 것이라는 사실을 깨달은 그가 피
식 웃으며 말했다.

"웃지 마."

하지만 조금 누그러졌다 뿐이지 여전히 싸늘한 그녀의 음
성에 그는 이내 표정을 가다듬어야 했다.

"재영 언니도 여자야. 그리고 난 내 남자 옷에서 다른 여자
냄새나는 상황 절대 이해 못해."

그녀의 말에 담긴 기세가 여간 날카로운 게 아니라 장택근
이 마른침을 삼키며 고개를 끄덕였다.

"나 분명히 말했어. 나 쪽팔리게 만들지 마."

바짝 다가서서 숨결이라도 닿을 듯 얼굴을 들이댄 그녀가
한마디를 더 보탰다.

"만약 쪽팔리게 만들면 바로 끝이야."

그렇게 말하고는 한참을 그의 눈을 빤히 바라보는데, 장택
근은 어설프게 웃어보였을 뿐 아무런 말도 하지 못했다.

그의 눈을 바라보던 이지원이 갑작스레 그의 목을 끌어안
았다. 장택근은 갑작스레 가까워지는 그녀의 얼굴을 보며 눈

을 크게 떴을 뿐 아무런 준비도 하지 못한 채 그녀의 보드라운 입술을 받아들였다.

달콤하면서도 무언가 사람의 기분을 붕 뜨게 만드는 마력이 있는 향이 입안에 가득 퍼져 나갔다. 저도 모르게 눈을 감고 그녀에게 호응해 적극적으로 나서려는데, 그녀가 떨어져 나갔다.

순간적으로 허전해진 그가 눈을 뜨니 이지원이 원래의 자리로 돌아가 있었다.

"내 냄새 다시 묻혀 놓은 거야."

살짝 상기된 얼굴로 그렇게 말하는 모습이 무언가 이중적이었다. 화가 난 듯하면서도 또 다르게 보면 부끄러워하는 것 같아 장택근은 혼란스러웠다.

"어쨌든 나 간다."

그렇게 말한 그녀가 정말로 신발을 신으며 나갈 준비를 하자 그가 서둘러 그녀를 잡았다.

"왜 벌써 가?"

무언가 다급한 어투로 물으니 그녀가 고양이처럼 눈을 가늘게 뜨고는 그를 바라보다가 손가락으로 그의 이마를 튕겼다.

"자기 얼굴 보면 여기 더 있다간 잡아먹힐 것 같아서."

그렇게 말한 그녀가 그대로 몸을 돌려 그대로 문을 나섰다. 멍하니 그녀가 나간 문을 바라보던 그가 멍한 표정으로 입술을 만지며 중얼거렸다.

"표정?"

마침 신발장 중단부에 걸려 있는 거울이 있어 스스로를 살펴보니 과연 그녀의 말대로였다. 한껏 넓어진 코 평수에 묘한 기색을 한 눈빛, 미묘하게 거칠어진 호흡까지 완벽한 한 마리 짐승이 거울 속에 있었다.

괜한 허무함에 와락 얼굴을 찡그린 그가 다시 한 번 그녀의 체취가 남은 입술을 어루만졌다.

잠깐의 입맞춤치고는 그 여운이 너무도 컸다. 장택근은 고개를 절레절레 저었다. 매사 만능이더니 과연 이지원은 키스도 잘했다.

2장

콜드 리딩

장택근은 이른 아침부터 잠에서 깨어 한참을 방황했다. 이리저리 좁은 방안을 오가며 방정을 떠는데, 그게 다 이유가 있었다.

오늘은 영화 '도살자'의 콜드 리딩이 있는 날이다.

콜드 리딩은 대본 리딩의 한 종류로 영화의 대본을 최대한 감정을 배제하고 건조하게 읽으며 배우와 제작진들이 대본의 구성과 주제, 각 캐릭터의 성격 등을 색안경 없이 파악하고 분석하기 위한 작업 과정의 하나이다.

말은 거창하지만 실제로는 배역을 맡은 배우들이 모여 제작진과 함께 그저 대본을 읽는 작업일 뿐이다. 이 사소하다면 사소하고, 중요하다면 중요한 작업에 장택근이 잠까지 설쳐가며 이 난리를 피우는 이유는 영화에 캐스팅되고 난 이후, 그가 처음으로 다른 배우들을 만나는 자리이기 때문이다.

남자 주인공을 맡은 최민혁이야 이미 오디션 장에서 만난 적이 있다지만, 다른 배우들은 그저 어느 역에 누가 캐스팅되었다더라 하는 정도의 정보만 있을 뿐 실제로 만난 적이 없었다. 물론 여자 주인공 역을 맡은 이지원이야 논외의 존재다.

한참이나 방을 서성이며 있는데 휴대폰이 드르륵거리며 진동을 토해냈다. 전광석화와도 같은 동작으로 전화를 받아 든 그가 강민식이 지하주차장에 도착했다는 소리를 듣고는 날듯이 집을 나섰다.

"택근 씨, 오랜만."

언제나처럼 검은 밴을 몰고 온 그의 인사를 받으며 장택근은 차에 올랐다.

"왔어?"

밴 안에는 이지원이 있었다. 그녀 역시 '도살자'의 주역 중 하나였으니만큼 당연하게도 콜드 리딩에 참석해야 했다. 간혹 가다가 콧대 높은 스타들이 콜드 리딩을 제치는 경우가 있다지만 그녀는 일에 관해서는 철두철미한 성격이다.

"으으, 잠도 제대로 못 잤어."

그가 편안한 시트마저 좌불안석이라는 듯 호들갑을 떠니 이지원이 피식 웃으며 말했다.

"내가 말했지. 오늘은 연기고 뭐고 필요 없어. 그냥 서로 배역이 누군지 확인하고 각자 대본 읽으면 된다고."

콜드 리딩 자체야 중요한 작업이라지만 그녀는 크게 비중을 두고 있지 않은 듯했다. 어차피 그녀 정도 되는 배우라면 이미 각역에 대한 분석과 그에 따른 자신의 연기 방향 정도는 준비해 두었을 터, 장택근과는 입장이 달랐다.

"그래도 어떻게 보면 다른 배우들하고 처음 만나는 자리인데."

장택근이 엄살을 피우며 죽는소리를 하니, 이지원이 눈을 동그랗게 떴다.

"의외네. 난 자기가 긴장 안 할 줄 알았는데."

전혀 생각도 못했다는 투로 이야기를 하는 그녀의 모습에 장택근이 슬쩍 강민식의 눈치를 보았다. 둘이 있을 때는 자기니 뭐니 어떻게 부르든 상관이 없었지만 지금은 그들만 있는 자리가 아니었다.

역시나 강민식이 헛기침을 하며 민망한 표를 냈다. 아무래도 늘 도도하고 평생 연애 안 할 것 같던 그녀가 너무도 자연스럽게 장택근을 친근한 어투로 부르니 적잖이 당황한 모양이다.

"험, 험, 그래, 택근 씨. 그냥 오늘은 그냥 인사하는 자리라고 생각하고 마음 편히 먹어."

괜히 민망한 기색을 감추려 말하는 강민식의 모습을 보며 장택근이 쓴웃음을 지었다.

이래저래 마음을 졸이며 있다 보니 어느새 차가 마이더스가 위치한 강남의 번화가에 도착했다.

"택근 씨, 파이팅! 긴장하지 말고 잘해."

강민식의 응원에 고맙다 말하며 내릴 준비를 하는데, 이지원은 여전히 내릴 생각도 하지 않고 있었다. 의아해서 그녀를 쳐다보자 그녀가 피식 웃으며 대답했다.

"시간 꽤 많이 남았어. 자기는 신인이니 먼저 가서 사람들하고 인사해야 하니까 좀 일찍 온 거고. 나는 시간 어느 정도 맞춰서 올라갈 거야."

그녀의 말에 강민식이 말을 보탰다.

"지원이는 지금 바로 올라가면 좀 그래. 택근 씨도 이해하지? 방송국 생리 말이야."

강민식의 말에 대충 상황을 파악한 장택근이 차에서 내리려고 하는데 이지원이 그를 불렀다.

"잘해. 성격 꼬장꼬장한 선배들 많으니까 괜히 성질대로 하지 말고."

그 말투에 담긴 따뜻함보다 마치 어린애를 달래는 듯한 그녀의 말투에 민망해진 그가 얼굴을 붉혔다.

"내가 앤가. 이따 위에서 봐."

괜히 퉁명스럽게 그녀의 말에 대꾸한 그는 차에서 내려 주변을 둘러보았다. 일전에 와보았던 마이더스의 건물을 보는데 또 저번과는 감회가 다르다.

저번에 왔을 때는 투자자의 트집에 배역을 지키기 위한 자리였던지라 그다지 마음이 편하지 않았는데, 지금은 그런 투쟁심보다는 설렘이 더 컸다.

"후읍."

옷매무새를 가다듬은 그가 잠시 심호흡을 하고는 힘차게 걸음을 내디뎠다.

*　　*　　*

로비에 들어서니 일전에 보았던 안내 데스크의 여직원이 그를 반겨주었다.

"아, 안녕하세요!"

고작 한 번 보았을 뿐인데도 반갑게 맞이해 주는 그녀의 모습에 장택근도 웃는 낯으로 인사를 하니 그녀가 조금은 들뜬 얼굴로 물었다.

"장택근 씨, 맞으시죠?"

그녀는 용케도 그의 이름까지 기억하고 있었다.

"네, 또 뵙네요."

마치 이름까지 기억한 자신을 알아달라는 듯이 그녀의 얼굴이 묘하게 상기되어 있었다.

"네, 오늘은 3층으로 가시면 될 것 같아요."

그 말에 고맙다고 말하고는 몸을 돌리려는데, 그녀가 그를 붙잡았다.

"저… 저기요!"

고개를 돌리니 데스크를 벗어난 그녀가 후다닥 다가와 그의 손에 뭔가를 쥐어주고는 다시 제자리로 돌아갔다.

"음?"

손바닥을 펼쳐보니 작은 메모지에 고운 글씨로 연락처와 이름이 적혀 있었다. 생각지도 못한 그녀의 행동에 그가 잠시 눈만 껌벅거리고 있는데, 그녀가 누가 들을 새라 주변을 둘러보다 말했다.

"이혜영이에요! 꼭 연락 주세요!"

그러고는 로비에 누군가가 들어서자 천연덕스럽게 다시 안내를 하는데 그 모습에 장택근은 피식 웃고는 엘리베이터에 올라탔다.

3층의 소회의실로 안내받은 장택근은 심호흡을 하고는 문을 열었다.

"아… 안녕하십니… 까."

안에 있던 누군가가 벌떡 일어나 인사를 하기에 마주 고개를 숙여주고 보니 그의 얼굴이 낯이 익었다. 일전에 투자자와의 미팅 때 보았던 배우 이우혁이다. 빠릿빠릿하게 일어나서 인사를 했던 그가 장택근을 알아보고는 얼굴을 찌푸렸다.

"안녕하세요. 이우혁 씨라고 했죠?"

그 모습이 꼭 선배 연기자가 들어설까 마음 졸이다가 반사적으로 인사를 했는데, 그게 장택근이라는 게 민망한 얼굴이라 장택근이 넉살좋게 그에게 인사를 건넸다.

"네, 안녕하세요."

장택근의 친근한 태도에 어안이 벙벙해진 이우혁이 다시한 번 인사를 해왔다.

"우리가 좀 일찍 왔나 봐요. 하긴 약속 시간까지는 대충 한시간이 넘게 남았죠."

슬쩍 친한 척을 하며 그의 옆자리에 앉으니 그가 얼떨떨한얼굴로 그를 힐끗거렸다.

오늘은 그날과 상황이 달랐다. 그날이야 장필수 역을 두고서로 승부를 걸었던 탓에 서로 날이 선 반응을 보였었다지만이미 승부가 난 지금에 와서까지 서로 으르렁거릴 필요는 없었다.

"저 다른 배우들 보는 게 거의 처음이라 엄청 떨리네요."

그가 엄살을 피우며 말하자 그제야 이우혁이 조금은 편안한 얼굴로 그를 보기 시작했다.

그날의 맹수와도 같은 모습은 온데간데없고 친근하게 다가오니 그도 조금은 마음이 풀린 모양이다. 상처 입은 자존심이야 여전하겠지만 아무래도 오늘의 미팅에서 상대적인 약자라는 공감대가 있으니 그나마 그의 친한 척에 거부감이 생기진 않은 듯했다.

"저도 드라마 말고 영화는 처음이네요. 배역 보니까 쟁쟁한 선배님들 많이 오시던데."

그 역시 긴장되긴 매한가지인지 자꾸만 문 쪽을 힐끗거리는 게 여간 긴장한 모습이 아니었다.

긴장이 된 탓인지 서로 이런저런 이야기를 하며 마음을 가다듬다 보니 생각보다 이우혁이란 사내가 나쁜 성격은 아니라는 것을 알 수 있었다. 그저 이 바닥을 살아가는 사람들이 다 그렇듯이 그저 기회가 왔을 때 잡고 싶은 마음이 간절하다 못해 필사적인 그런 부류의 인물이랄까.

제 딴에는 투자자의 지원으로 비중 있는 장필수 역을 맡겠다고 신이 나서 왔는데 엄한 놈이 자리를 꿰차고 배역을 내어 주지를 않으니 꽤나 애가 닳았던 모양이다. 그 덕에 필요 이상으로 공격적인 태도를 취했던 그가 지금은 꽤나 수더분하게 웃으며 장택근에게 말을 걸어왔다.

"장필수보다는 출연 신이 좀 떨어지지만, 그래도 저한테 잘 맞는 역을 받았어요."

장택근이 맡은 장필수 역보다는 못한 비중이지만 오히려 어떤 면에서는 관객들에게 더욱 어필하기 좋은 역할을 맡은 이우혁의 말이다.

"축하해요. 사실 저도 조금 미안했어요."

이제 와서 사과를 하는 자신의 모습에 장택근은 내심 웃음이 나왔다. 이게 바로 승자의 여유인가 싶어 고개를 젓는데 이우혁이 손사래를 치며 대답했다.

"그런 말 말아요, 이 바닥은 실력입니다. 배역에 더 잘 맞는 배우가 배역을 맡는 건 당연한 일이죠. 그리고 솔직히 그쪽이 원래 장필수 역을 맡기로 되어 있었는데 미안할 게 뭐가 있어요."

그렇게 말하는 이우혁의 얼굴은 지금에 와서는 조금 무른 성격이 아닐까 할 정도로 우유부단해 보였다.

"근데 진짜 일찍 오긴 일찍 왔나 보네요. 아무도 올 생각을 안 하네."

슬슬 미팅시간이 다가오는데도 아무도 올 생각을 하지 않자 그가 투정을 부렸다. 그 순간 꿈쩍도 안 하던 문이 열리며 누군가가 들어섰다.

30대 후반쯤 되었을까. 관리를 잘 받은 탓인지 여전히 곱기만 한 얼굴을 한 여인이 방문을 열고 들어오더니 장택근과 이우혁을 바라보고는 그대로 자리에 앉았다.

"안녕하십니까! 장미연 선배님, 신인 배우 이우혁입니다!"

"안녕하십니까! 신인 배우 장택근입니다!"

그들의 인사에 여인, 장미연은 뒤늦게 그들을 발견했다는 듯이 고개를 들었다.

"어머, 신인 배우들인가 봐요. 반가워요."

고운 얼굴에 잘 어울리는 화사한 미소였지만 왠지 모르게

사람을 불편하게 만드는 얼굴인지라 장택근과 이우혁이 다시
한 번 고개를 숙여 보였다.

"잘 부탁드립니다!"

필요 이상으로 긴장을 한 이우혁과는 달리 조금은 평안을
찾은 장택근이었지만 태도는 공손하기 그지없었다.

장미연, 나이 38세, 연기경력 16년의 베테랑 연기자다. 이
렇다 할 흥행력이 없는지라 주연배우를 한 적은 없지만 다채
로운 조연 경력으로 영화판에서 꽤나 알아주는 이름이기도
하다. 그리고 이지원이 짚어준 까탈스러운 선배 연기자 중 하
나였다.

"그래, 이름이 뭐라고?"

이미 한 번 이름을 들었음에도 그런 것 따위는 안중에도 없
다는 듯이 얘기하는 그녀의 모습은 꼭 새로운 장난감을 발견
한 아이의 즐거움과 다름이 없었다.

"이우혁입니다. 선배님."

"장택근입니다."

다시 이름을 밝히며 고개를 숙여 보인 장택근은 오늘 허리
가 남아나질 않겠구나 하고 내심 쓴웃음을 지었다.

"요즘 젊은 친구들은 참 잘생겼어. 우리 때는 남자답게 생
기면 그게 최고였는데, 요즘에는 회사에서 참 컨셉을 잘 잡아
줘."

그녀가 이우혁과 장택근을 바라보며 입술을 핥았다. 워낙

에 관리를 잘한 덕에 여전히 고운 외모를 한 장미연이 묘한 태도를 보이니 이우혁의 얼굴이 빨갛게 달아올랐다.

"친하게 지내봐요."

딴에는 친근하게 한다고 하는 행동이지만 장택근은 내심 경계심을 키웠다. 이지원은 단순히 장미연의 까다로운 성격만 경고하지 않았다. 이 바닥에서 알 만한 사람은 아는 그녀의 남성 편력, 그중에서 특히나 젊은 신인 배우를 좋아하는 취향을 말하며 그녀는 넌더리를 쳤었다.

주춤거리며 인사를 한 장택근과는 달리 이우혁은 그런 내막도 모르고 아예 그녀의 곁에 앉아 아양을 떨기 시작했다. 제 딴에는 호의적인 그녀의 태도에 용기를 내 친분을 다질 생각이라도 한 모양이다.

"안녕하세요!"

잠시 생각을 정리하는 사이에 누군가가 또 문을 열고 들어섰다. 나이 지긋한 중년 배우 오중석이다. 주연배우로 이름을 날리다 세월의 힘에 밀려나 이제는 주연의 주변인으로 더 자주 등장을 하는 60대의 베테랑 연기자인 그는 성격이 좋기로 유명했다.

반갑게 신인 배우를 반겨주고는 장미연과 인사를 나누는데 둘 사이에 흐르는 미묘한 분위기를 장택근은 깨달을 수 있었다. 이우혁과 벌써 꽤나 친해진 모습을 한 장미연의 모습에 그는 뭔가 불편한 얼굴을 하고 있었다.

다시 또 누군가 들어섰다. 이번에도 선배 연기자다. 장택근은 아예 자리에 일어나 문을 바라보았다. 어차피 연기 경력이랄 것도 없는 자신이다 보니 문을 열고 들어서는 이 중에 그보다 위치가 낮은 사람은 없었다.

조연 배우들이 속속 회의실에 들어왔다. 연기력이 부족하면 쳐다도 보지 않는다는 박준규 감독의 이름값대로 짧게는 오 년, 길게는 수십 년에 달하는 연기 경력을 지닌 배우들이 소회의실에 가득 찼다.

"음, 민혁이하고 지원이는 아직인가?"

오중석이 말하니 그의 곁에 있던 연기자가 대답했다.

"선생님, 아직 시간이 좀 남았습니다."

원래 약속 시간보다 이르게 다들 모였던지라 아직도 시간은 15분이나 남아 있었다. 그 말에 장미연이 슬쩍 얼굴을 찌푸렸다.

"어지간하면 일찍들 와 있지. 엉덩이가 그렇게 무거워서야."

조금은 심기가 상한 어투라 이지원과 각별한 사이인 장택근이 괜히 몸을 움찔거렸다.

"뭐, 지원이나 민혁이나 워낙에 바쁜 애들 아닌가. 우리 같이 배역 하나에 올인하는 사람들하고는 스케줄이 다르겠지."

그래도 성격이 좋다고 유명하더니 역시나 오중석이 장미연의 핀잔에 최민혁와 이지원을 두둔했다. 장미연은 여전히 불만이 있는 얼굴이었지만 그녀에게도 까마득한 선배인 오중석이 그렇게 말하니 별달리 말을 보태지는 못하고 얼굴만 찌푸렸다.

그 순간 이지원이 방문을 열고 들어섰다. 그녀가 들어서는 순간, 연기 경력과 나이를 떠나 모든 사람이 자리에서 일어났다.

"다들 일찍 오셨네요. 제가 늦지는 않은 것 같은데."

당당하게 회의실에 들어선 그녀가 선배 연기자들을 보고는 살짝 고개를 숙여 보였다. 이때만큼은 그녀에 대한 불평을 했던 장미연마저도 엉덩이를 반쯤 들고는 그녀의 인사를 받아주어야만 했는데, 과연 나이와 경력을 초월한 이지원의 카리스마였다.

무표정한 얼굴로 자리에 앉은 이지원이 잠시 장택근에게 눈빛을 보냈다. 다른 이들은 눈치채지 못할 정도로 은근한 염려가 담긴 눈빛이라 그 역시 살짝 입꼬리를 추켜올리는 것으로 그녀의 눈빛에 화답했다.

"민혁이는 또 늦어?"

장미연이 다시 불만을 토해냈다. 약속 시간에 거의 딱 맞춰 도착한 이지원과는 다르게 최민혁은 여전히 소식이 없었다.

"민혁이 지금 그 뭐야, 그 군대 체험 프로그램 한다고 하지 않았나? 그거 때문에 바쁘다고 했는데."

장미연의 말에 누군가가 그렇게 말하니 오중석이 너털웃

음을 터뜨렸다.

"그 '진짜 남자' 였나 그거지? 으허허허허, 군대 생활하는
게 뭐 볼 거 있다고 그렇게 좋아서들 보는지. 세상이 변했어.
우리 때는 다시는 쳐다보고 싶지도 않은 게 군대였는데."

그의 말에 여기저기서 웃음을 터뜨리며 동조를 하는데, 문
이 벌컥 열리며 최민혁이 회의실에 뛰어 들어왔다.

"죄송합니다. 차가 막혀서!"

들어서기가 무섭게 사과부터 내지른 최민혁이 선배들에게
인사를 하고는 자리에 앉았다.

"죄송합니다. 제가 좀 늦었죠?"

그가 민망하다는 얼굴로 얘기를 하니 사람들이 하나같이
바쁜 사정 다 안다며 너스레를 떨었다. 최민혁이 그 말에도
몇 번이나 더 사람들에게 미안하다고 하는데 누군가가 회의
실에 들어섰다.

"왔어? 왔으면 빨리 돌려."

방금 들어선 이는 최민혁의 매니저였는데 양손에 짐이 가
득했다. 유명한 모 브랜드의 커피를 잔뜩 손에 들고 온 그가
사람들에게 인사를 하고는 빠릿빠릿하게 커피를 돌리기 시작
했다.

"어머, 내가 까페모카 좋아하는 거 어떻게 알고."

장미연이 호들갑스럽게 이야기를 하는데 여기저기서 자신
의 취향에 맞는 커피를 보며 호들갑을 떨었다.

"이야, 여전히 꼼꼼하구먼, 최민혁이. 하나도 변하지 않았어."

일회용 컵을 돌려보다 거기에 조그맣게 적힌 자신의 이름을 발견한 오중석이 웃으며 말하니 사람들이 저마다 자신의 이름이 적힌 컵을 보며 신기해했다.

아무래도 연기자 한 명, 한 명에 맞춰 준비를 한 모양인지 취향에 어긋나는 이가 하나도 없었다. 하다못해 자신과 이우혁의 것들까지 취향에 맞는 아메리카노로 준비를 한 그의 치밀함에 장택근은 혀를 내둘렀다.

"늦었습니다."

박준규 감독과 이필상 작가가 가장 늦게 회의실에 들어서는 것으로 미팅의 참석자들은 모두 모였다.

*   *   *

"수고하셨습니다!"

장장 120신이 넘는 대본의 리딩이 마침내 끝이 났다. 중간중간 휴식시간을 포함해 무려 6시간에 가깝게 진행된 미팅에 사람들이 너 나 할 것 없이 지친 얼굴을 해보였다.

"수고하셨습니다."

연기자 중 막내나 다름없는 장택근이다 보니 끝나기가 무섭게 일어나서 선배 연기자들에게 일일이 인사를 했다.

"으아, 진짜 대충대충 하지. 택근 씨도 수고했어."

오중석이 이리저리 몸을 비틀며 말을 하는데 아닌 게 아니라 정말로 피곤한 기색이 역력했다. 그뿐만이 아니었다. 장미연을 비롯한 연기자들 모두가 하나같이 피로가 가득한 얼굴로 테이블에 얼굴을 기대고 있었다.

"박 감독님 스타일 다 아시면서. 선생님도 대충대충 하시고 먼저 일어나셔도 될 것을."

다른 연기자의 말에 사람들이 고개를 끄덕이자 오중석이 고개를 절레절레 저었다.

"선생님은 일찍 죽으셨잖아요. 아까 휴식타임 때 먼저 일어나셔도 됐었는데."

박준규 감독이 조금은 민망한 얼굴로 이야기했다. 안 그래도 남들은 대충대충 넘어가는 콜드 리딩 과정을 무려 여섯 시간에 걸쳐 진행을 한 자신이 민망한 모양이었다.

이래서야 말이 콜드 리딩이지 리허설이나 다름이 없었다. 게다가 중간중간 흥이 난 연기자들이 필요 이상의 열의를 보이면서 시간이 더욱 늘어나 시계를 보니 벌써 자정에 가까운 시간이다.

"아니야. 그래도 그건 경우가 아니지. 그런 식으로 말하면 여기 지원이하고 민혁이 빼고는 중간에 다 일어나게? 영화가 어디 둘만 찍는 영화던가. 자기 배역이 일찍 죽더라도 극이 어떻게 가는지는 알아야지."

오중석이 정색을 하고는 좌중을 둘러보며 말했다. 아닌 게 아니라 장미연을 비롯한 몇몇 연기자는 자신의 역할이 끝나자 중간중간 어딘가를 다녀오기도 했는데, 그의 말에 뜨끔한 기색으로 눈을 피했다.

"하여간 박 감독도 고생했어. 대본 읽는 거 보니까 다들 기본기가 있는 게, 배역 뽑느라 박 감독이 고생 꽤나 했겠어."

배우가 연기를 잘한다는데 감독과 작가만큼 신 나는 사람이 어디 있을까. 지금만큼은 피로를 잊은 얼굴을 한 박준규와 이필상이 서로를 바라보며 뿌듯한 얼굴을 했다.

"그럼 저는 이만 가보겠습니다."

그들이 이야기를 하는 사이에 이지원이 입을 열었다. 최민혁은 진즉에 사라지고 없는지라 주연배우 중에 유일하게 남아 있던 그녀가 자리에서 일어나니 사람들이 분분히 인사를 해왔다.

"지원 씨도 고생했어. 이제 리허설 때나 보겠네."

장미연이 살가운 태도로 이야기를 했지만 이지원은 무표정하게 고개를 숙여 보이고는 회의실을 빠져 나갔을 뿐이다.

"어휴, 저 기지배는 목에다 깁스를 했나. 뭐 저렇게 뻣뻣해."

그녀가 회의장을 비우기가 무섭게 장미연이 태도를 바꿔 그녀와 최민혁에 대한 험담을 하는데, 듣기 민망했는지 사람들이 고개를 돌리며 그녀를 외면했다.

"우리 우혁 씨는 나중에 스타 되도 선배들 무시하면 안 돼."

유일하게 장미연의 곁을 지키고 있던 이우혁에게 그녀가 그렇게 얘기를 하니, 눈치도 없는 이우혁이 고개를 끄덕인다.

지금 자신이 이지원의 태도를 꼬집은 그녀의 말에 동의를 하고 있다는 사실도 깨닫지 못했는지 열렬히 고개를 끄덕이며 맞장구를 쳤다.

사람들이 하나둘씩 제각각 친분이 있는 사람들끼리 무리를 지어 회의실을 빠져나갔다. 이우혁은 장미연과 함께 어딘가로 사라진 지 오래였고, 마지막까지 남아 있던 오중석과 박준규까지 자리를 뜨자 장택근도 회의실을 나섰다.

엘리베이터를 기다리는지 저 앞에 사람들이 몰려 있는 것이 보였다. 오중석과 김현식이라는 조연 배우가 엘리베이터를 기다리고 있었는데 장택근을 보고는 슬쩍 미소를 지어 보였다.

고개를 숙여 보이고는 공손한 태도로 그들의 곁에 서니 오중석과 김현식이 그를 보며 말을 걸어왔다.

"그래, 장택근이라고 했지?"

오중석의 말에 인자한 말투에 장택근이 네 하고 대답을 하니 김현식이 웃으며 말했다.

"이 친구가 전에 그 김석천 PD 드라마에서 '킬러 김한수'로 나왔던 친굽니다. 제가 전에 이야기한 적이 있었죠?"

놀랍게도 그를 알아봤는지 김현식이 '퍼스트레이디'를 언급했다.

"오, 나도 잠깐 봤는데 그게 연기가 아주 인상 깊었어. 그게 이 친구였구만."

오중석이 놀란 눈초리로 그를 바라보더니 이내 그의 등을 두들겨 주며 칭찬을 했다.

"장래가 보이는 친구구만. 이번에 맡은 역이 장필수였지? 그때 보였던 연기만큼만 해도 이 바닥에서 이름 금방 날 거야."

생각지도 못한 오중석의 덕담에 장택근이 몸 둘 바를 모르겠다는 태도로 감사하다 말하니 그가 또 너털웃음을 터뜨렸다.

"대본 읽을 때는 누가 건달을 데려다 앉혀놨나 했더니 실제로 보니 아주 예의바른 친구네그려."

그 말에 장택근이 얼굴을 붉혔다.

콜드 리딩이란 최대한 감정을 배제하고 객관적으로 대본을 읽어내는 과정인데, 대본을 읽다 보니 그만 자기도 모르게 몰입해서 제법 열을 올렸던 장택근이다.

그간의 연습이 그세 몸에 뱄는지 오히려 또박또박 읽는 게 더 힘들었던 탓이었는데, 박준규는 그런 그를 말리지 않았다.

말려야 할 사람이 말리기는커녕 오히려 새로 산 장난감을 자랑하지 못해 안달이 난 것 같은 얼굴로 그를 더욱 부추기는 바람에 장택근은 중간중간 몸짓까지 섞어가며 연기를 해 보였다. 그때 보인 연기들이 하나같이 껄렁껄렁하고 또 살벌한 장필수 역에 꼭 맞는 모습이라 오중석이 놀리듯 이야기했다.

마침 엘리베이터가 도착해 사람들은 잠시 말을 멈추고는 엘리베이터에 올라탔다.

"그래, 인상 깊었어. 지금은 내가 너무 피곤하니 좀 그렇고 다음에 우리 차라도 한잔합시다."

조용히 엘리베이터의 문을 바라보고 있던 장택근이 오중석의 말에 허리를 굽혀 보였다.

"예, 선생님. 불러만 주십시오."

"그래, 현식이 자네가 이 친구 번호 좀 받아둬. 나이를 먹으니까 영 이런 것도 시원치가 않아서."

손가락을 꼬물거리며 휴대폰을 두들기는 시늉을 한 오중석이 앓는 소리를 하자 김현식이 웃으며 앞으로 나서 그의 연락처를 받아갔다.

"그럼 조심히들 들어가십시오."

차량까지 그들을 배웅한 장택근이 고개를 숙여 보이니 오중석이 웃으며 손을 흔들어주었다. 그가 탄 차가 저 멀리 시야에서 사라지는 것을 본 장택근은 한숨을 내쉬었다.

차라리 달리기를 6시간 하라고 해도 이것보다는 덜 힘들겠다.

정신적 피로를 느낀 그가 한숨을 내쉬는데, 어디선가 클랙슨 소리가 들렸다.

빵·빵.

눈에 익은 검정색 밴, 이지원의 차량이 그의 앞에 와 스르륵 멈춰 섰다.

"뭐해, 빨리 타."

강민식의 재촉에 장택근이 차에 올라탔는데 이지원은 보이지 않았다.

"지원이는요?"

"아, 그 기지배는 뭐 일이 있다고 먼저 갔어. 스케줄 내가 뻔히 다 아는데 뭔 일이 있다는 건지. 나는 굳이 택근 씨 기다려 주라고 난리를 쳐서 기다리고 있었지."

무언가 허전한 기분에 장택근이 다시 한 번 한숨을 내쉬는데, 강민식이 다시 물었다.

"지원이한테 이야기 들었어. 선배들 앞에서 제대로 보여줬다던데?"

"처음이다 보니 이게 덤덤하게 읽는 게 더 어렵더라고요."

뺨을 긁적이며 민망한 얼굴로 대꾸한 장택근에게 그가 다시 말했다.

"아냐. 이게 사실 신인이 대충대충 하면 또 선배들 보기에 좀 그렇게 보일 수도 있거든. 잘했어."

말을 들어보니 또 그럴 수도 있겠는지라 장택근은 안도의 한숨을 내쉬었다.

"어때? 선배들은 좀 어떤 거 같아?"

그의 말에 장택근은 곰곰이 생각하는 얼굴이 되었다.

최민혁은 주연답지 않게 살가운 편이었고 또 유쾌했다. 오중석 역시 엄한 선생님이라기보다는 인자한 스승과도 같은 분위기였고 김현식을 비롯한 다른 이들도 꽤나 인상이 좋았다.

다만 한 명 조금 거북스러운 이가 있었다면 장미연이었다.

"아, 그 아줌마 아직도 그러고 다니네. 조심해. 영계 킬러야. 내가 그 아줌마랑 엮인 친구들 중에 잘된 사람을 못 봤어. 추파 던진다고 받아주지 말고 단호하게 대해. 그 아줌마 틈만 주면 머리를 들이미는 진상이니까."

그 말을 들은 강민식의 평이 꽤나 신랄했다.

"그 이우혁이란 친구는 보나마나 오늘 나이 든 아줌마 육보시 해주겠네. 그 아줌마가 무서운 게 연기해서 번 돈을 죄다 몸에다 처발라서 관리는 또 끝장이거든. 그래서 젊은 친구들이 꽤 많이 넘어가."

안 그래도 살갑게 대해주는 장미연의 태도에 반쯤 넘어간 듯한 이우혁이었다. 강민식의 말을 듣고 보니 그들이 오늘 어디로 향했을지가 뻔히 보여 장택근은 한숨을 내쉬었다.

정말 별의별 사람이 다 있구나.

예상했던 것과는 다른 종류의 피곤함에 그는 강민식이 떠드는 소리가 조금씩 멀게 느껴지기 시작했다.

* * *

꿈속의 그는 우거진 밀림 속에 서 있었다. 어쩐 일인지 다른 때와는 달리 그를 쫓는 그림자도 무엇도 없어 그는 느긋한 심정으로 그 진녹색의 풍경을 즐길 수가 있었다.

느긋한 걸음으로 산책하듯 주변을 둘러보는데, 갑작스레 세상이 돌변했다. 진녹빛의 수림이 색을 잃어가기 시작했다.

싱그러운 빛을 하고 있던 잎사귀는 창백하게 질려 회색빛이 되었고, 두터운 줄기와 가지는 점점이 퍼져 가는 회색 얼룩에 이내 온통 물들어 버렸다.

그리고 마침내 이윽고 그를 둘러싼 세상이 전부 회색으로 변했을 때 누군가의 음성이 들렸다.

'오빠…….'

* * *

"택근 씨! 택근 씨!"

언제 잠이 들었을까. 장택근은 강민식이 부르는 소리에 천천히 눈을 떴다.

"이야, 택근 씨 진짜 피곤했나 보네. 다 왔으니까 들어가서 자."

몽롱한 의식이 미처 돌아오지 않아 한참을 눈을 끔벅거리다 보니 서서히 시야가 또렷해졌다. 눈 가득 들어오는 강민식의 사내다운 얼굴에 주변을 둘러보니 이지원의 밴 안이었다. 아마도 중간에 깜박 잠이 든 모양이었는데 불러도 일어나지 않자 강민식이 그를 흔들어 깨운 듯했다.

"아……."

무언가 기묘하게 현실감이 느껴지지 않아 애매한 소리로 대답하니 강민식이 웃으며 그를 밀어냈다.

"언능 들어가. 들어가서 쉬고. 나도 후딱 회사에 차 두고 좀 쉬게."

뒤늦게 그에게 고맙다고 대답한 그가 차에서 내렸다.

"푹 쉬어!"

강민식의 인사를 뒤로 하고는 오피스텔의 입구에 들어서는데 기분이 묘했다. 뭔가 중요한 것을 깜박한 것 같은 기분이랄까. 마치 시험공부를 안 하고 팽팽 놀다가 시험 전날 침대에 누운 듯한 기분이었다.

꿈을 꾼 것 같은데…….

차에서 뭔가 꿈을 꿨던 것 같은데 이상하게 기억이 잘 나지를 않았다. 뿌연 안개에 가려진 것처럼 무언가 보일 듯 말 듯 기억이 떠오르지 않아 그는 고개를 세차게 털어냈다.

몇 번이나 그렇게 고개를 흔들고 뺨을 두들기다 보니 뒤늦게 몽롱했던 정신이 돌아왔다. 잠깐 잠을 잤음에도 불구하고 오히려 더욱 커진 피로에 한숨을 내쉰 그가 오피스텔의 문을 열었다.

끼이익.

문틈 사이로 보이는 자신의 방이 새까맣다. 기이할 정도로 선명하게 경계가 생겨 버린 어둠에 그는 왠지 한기를 느꼈다.

주춤거리며 서 있다 보니 그나마 앞을 비춰주던 복도의 등이 꺼져 버렸다. 잠시 놀라 몸을 떨고 난 그는 동작을 감지해 켜지고 꺼지는 야간 센서를 기억해 내고는 몸을 이리저리 움직였다.

다시 복도가 밝아졌다. 하지만 여전히 어둡기만 한 자신의 집을 보고 있자니 자꾸만 거부감이 생겨 그는 차마 발걸음을 옮기지 못했다.

익숙하면서도 익숙하지 않은 기묘한 느낌이 그를 짓누른다. 한 발이라도 내디뎠다가는 뭔가가 뛰쳐나와 그를 집어삼킬 것만 같아 그는 마른침을 삼켰다.

'정신 차려. 여긴 서울이다. 밀림이 아니야.'

수없이 속으로 되뇌며 자신을 설득한 장택근이 한참 만에 발을 내디뎠다.

등 뒤에서 들어오는 조명의 불빛에도 여전히 방은 어두웠고, 뭔지 모를 불길함이 서려 있었다. 재빠르게 손을 놀려 조명을 켜니 팟 하고 방 안이 밝아졌다.

그제야 안심이 된 장택근이 한숨을 내쉬며 신발을 벗다가, 뭔가 기묘한 기분이 들어 고개를 들었다. 그러고는 그대로 굳어버렸다.

그의 침대 위, 이불 속에 뭔가가 웅크리고 있었다.

등가로 식은땀이 흘러내렸다. 마치 악몽 속으로 돌아간 것 같은 기분에 그는 순간적으로 가슴이 짓눌리는 기분이 들었다.

얼어붙은 듯 그 자리에 들러붙은 다리가 움직이지 않아 그는 그 상태로 침대 위에 웅크린 무언가를 노려보았다.

그는 심호흡을 했다.

일어날 수 없는 일이라고, 아무것도 아니라고 수없이 스스로를 다독이며 마음을 가다듬다 보니 한참 만에 온몸을 내리누르던 긴장감이 옅어지기 시작했다.

조심스러운 걸음으로 침대에 다가간 그가 이불 끄트머리를 움켜잡았다. 그러고는 천천히 숨을 들이켜고는 손을 제쳤다.

"아우……."

그곳에는 몸을 웅크린 채 잠이 든 이지원이 있었다. 갑작스레 맥이 탁 풀려 그 곁에 주저앉으니 곤히 잠들어 있던 이지원이 눈꺼풀을 파르르 떨었다.

"어? 자기 왔어?"

이내 눈을 뜬 그녀가 잠시 눈을 깜박이다가 장택근을 발견했다. 잔뜩 잠긴 목소리에 그는 안도의 한숨을 내쉬었다.

"여기서 뭐해?"

아직도 잠이 제대로 깨지 않았는지 멍한 표정으로 자신을 바라보는 그녀의 이마를 쓸어주며 묻자 그녀가 웅얼거리는 어투로 대꾸했다.

"아, 자기 기다리다가 깜박 잠들었나 봐. 지금 몇 시야?"

그녀가 여전히 일어날 생각도 하지 않은 채 고개만 빼꼼 내밀고는 그에게 물었다.

"한 시 반이야."

"아우, 무슨 인사를 한 시간이 넘게 해. 누가 잡았어?"

마치 투정을 부리는 듯한 그녀의 말투에 드물게 애교가 담겨 있었다. 그게 너무도 사랑스러워 장택근은 그녀의 이마에 입을 맞췄다.

"피곤하지? 더 자."

코끝을 간지럽히는 특유의 향기에 그는 한참이나 그렇게 그녀의 이마에 입을 맞춘 채 그 생생한 향을 느끼고 있었다.

이지원은 다시 잠이 들었다. 아무래도 그간의 피로가 한꺼번에 몰려온 듯, 그의 품에 달라붙어 미동도 없는 그녀의 모습을 바라보던 장택근은 생각에 잠겼다.

이제는 다 잊었다 생각했건만 아까 전에는 왜 그렇게 두려움에 떨었을까. 자신을 노리는 그 무엇도 없는 그만의 보금자리에서 무엇을 그리 두려워했던 것일까.

품에 안겨 축 늘어진 이지원을 보다 보니 자꾸만 악몽 속에서 허무하게 목숨을 잃었던 그녀가 겹쳐 보여 그는 더욱 바짝 그녀를 끌어안았다.

가슴과 가슴이 겹치자 그녀의 심장박동이 느껴졌다. 그녀의 목덜미에 코를 파묻으니 귓가로 그녀의 느린 숨결이 닿아왔다.

한참을 그녀를 끌어안고 그 생기를 느꼈다. 조금씩 불안했던 마음이 천천히 가라앉았다.

그녀는 살아 있다. 살아 있는 이지원이다.

그 온전하게 와 닿는 생생함을 더욱 느끼고 싶어 그는 그녀를 더 세게 끌어안았다.

"아우……."

무언가 필사적인 그의 손길에 그녀가 앓는 소리를 냈다. 시선을 떼어보니 그녀가 눈을 껌벅거리며 그를 바라보고 있었다.

"아, 미안. 나 때문에 깼어?"

장택근이 미안한 얼굴로 물었다. 하지만 그녀는 대꾸도 없이 한참을 그를 바라만 보았다. 물끄러미 그의 얼굴을 바라보던 그녀가 그를 꼭 안아주었다.

"왜 그래, 무슨 일이야."

아무래도 그의 표정이 평소와 다름을 느낀 모양이다. 그녀의 음성에 염려가 가득 담겨 있었다.

"아냐, 좀 피곤하기도 하고… 영화 촬영 날짜가 이제 코앞이라서 긴장했나 봐."

대충 얼버무리며 말하니 그녀가 다 이해한다는 표정으로 그를 품에 안았다.

두근두근.

그녀의 풍만한 가슴 너머로 느껴지는 그 규칙적인 박동이 좋아 그가 더욱 그녀의 품을 파고들었다.

그렇게 마치 어미의 품을 파고드는 새끼처럼 얼마나 있었을까. 문득 장택근은 이지원의 숨결이 조금은 거칠어져 있다는 사실을 깨달았다.

그러고 보니 아까까지만 해도 포근했던 그녀의 심장박동 소리가 어쩐 일인지 급하게 들렸다.

"으음……."

그가 고개를 든답시고 품 안에서 꼼지락거리니 그녀가 낮게 신음을 내뱉었는데 그게 또 묘하게 그의 심장을 뛰게 만들었다. 그가 뒤늦게 자신이 그녀의 가슴에 얼굴을 마구 비비고 있었다는 사실을 깨닫고는 그대로 굳어버렸다.

그가 움찔거리며 굳어버린 것을 느꼈는지 그녀의 심장 소리가 더욱 빨라졌다.

그 역시 한 번 자신의 꼴을 인식하자 괜스레 얼굴에 열기가 몰리고 입술이 바짝바짝 말랐다.

한참을 그렇게 있다 보니 그녀의 숨결이 이제는 귀에 들릴 정도로 거칠어져 있었다. 그 역시 몸 한구석 어딘가에서 피어오르는 열기가 온몸으로 퍼져 나가는 듯한 느낌에 숨이 거칠어졌다.

장택근은 고개를 떼어냈다. 뺨에 가득 닿았던 그 뭉클한 감촉이 사라지자 허전함이 느껴졌다.

왠지 모를 아쉬움에 그 허전함을 채우기 위해 그는 눈을 굴렸다.

이지원의 빨갛게 달아오른 얼굴이 묘하게 유혹적이다. 눈을 감은 채 반쯤 열린 입술로 숨을 몰아쉬는 그녀의 모습에 그는 저도 모르게 얼굴을 가져갔다.

"흡."

그녀가 숨을 들이켰다. 하지만 집어삼킬 듯 입술을 틀어막은 장택근의 입술 덕에 그녀가 그토록 원하던 공기 한 줌 대신 그의 혀가 딸려 들어왔다.

본능적으로 그녀는 그 뭉클한 살덩어리를 받아들이고 신음 소리를 냈다.

혀와 혀가 얽혀든다. 숨결과 숨결이 오가고, 그 사이로 더욱 뜨거워진 열기가 피어올랐다.

장택근이 손을 움직여 그녀의 허리를 쓸었다. 군살 하나 없는 배를 어루만지던 그의 손길이 상의를 비집고 들어갔다. 형용할 수 없는 그 매끈한 감촉에 그는 몇 번이고 살결을 쓸어내리고 쓸어 올렸다.

그녀의 숨결이 더욱 거칠어졌다. 그것이 더욱더 거칠어진 입맞춤 때문인지, 그도 아니면 누구의 손길도 허락한 적 없던 살결을 쓰다듬는 그의 손길 때문인지. 그녀가 그를 와락 끌어안았다.

장택근은 온몸을 터뜨릴 것 같은 열기에 더욱 그녀의 입술을 탐했다. 그녀의 입안에 가득한 달콤한 그것을 빨아들이고 목을 축였다.

뭉클한 감촉이 느껴졌다. 움푹 파인 겨드랑이 언저리를 맴돌던 손이 풍만한 언덕을 오르기 시작했다.

"하아……."

그녀가 더 이상 참기 힘들었는지 입술을 떼어냈다. 그 사이로 이어지는 가늘고 투명한 실타래가 달콤한 향을 풍겼다.

거칠게 숨을 몰아쉬는 그녀를 멍하니 바라보던 그가 이내 다른 곳을 찾기 시작했다. 그의 손길이 훑고 간 탓에 이미 반쯤 올라가 있던 그 달덩이처럼 하얗고 풍만한 살덩이가 그대로 드러났다.

그 참을 수 없는 유혹에 그가 그녀의 등과 침대 사이로 손을 넣어 손가락을 놀려댔다.

딸칵하고 풀리는 버클 소리가 천둥보다 더욱 크게 들렸다.

"천천히……."

그가 그녀의 새하얀 속옷을 위로 밀어내는데 그녀가 그의 뺨을 감싸 안았다.

그 얼굴에 가득한 열기 너머로 두려움이 보여 장택근은 고개를 끄덕이곤 이마에 입을 맞춰주었다.

그러고는 천천히 고개를 들고 조심스러운 동작으로 반쯤 밀려 올라간 그녀의 속옷을 거둬냈다.

"아……."

그는 한창 열이 오를 대로 오른 상황 속에서도 감탄을 내뱉고 말았다. 살짝 옆으로 흘러내릴 듯 퍼진 그 풍만한 가슴은, 손에 묻어날 듯 하얗고 그 첨단에 매달린 과실은 크지도 작지도 않은 분홍빛이다.

그가 손을 내밀어 봉긋한 그것을 어루만졌다. 손가락이 파묻히듯이 빨려 들어가고 그녀의 가슴이 마구 찌그러지고 요동을 쳤다. 단순한 살덩이를 만졌을 뿐임에도 장택근은 감동했다.

이토록 아름답고 순결한 가슴을 자신이 탐하고 있다는 사실에 온몸이 고조되었다.

도저히 참지 못한 그가 그대로 얼굴을 파묻고는 마구 깨물고 핥아대고 또 주물러댔다.

그때마다 터져 나오는 그녀의 비음 가득한 탄성에 더욱 신이 난 장택근이 혀를 놀리고 손을 바삐 움직였다.

그의 손이 천천히 아래를 향했다. 움푹 파인 배꼽을 지나 매끈한 살결을 따라가다 보니 거친 천의 질감에 막혀 손이 더 이상 나가지 않았다. 파고들 틈도 없는 그 벽 앞에 부딪힌 그의 손길이 그대로 두 갈래의 갈림길 사이로 파고들었다.

거친 질감 너머 느껴지는 열기가 묘하게 습하고 또 뜨거웠다. 누르고 쓰다듬고 다시 눌렀다.

"하아…"

그녀가 움찔거리며 몸을 떤다. 자꾸만 몸을 비틀고 고개를 들려다가 이내 다시 쓰러지고 마는 그녀의 모습에 장택근이 그녀의 몸 위로 올라탔다.

조금이라도 열기를 식히기 위해 상의를 벗으니 그녀가 반쯤 감긴 눈으로 그를 올려다보았다.

"괜찮겠어?"

눈가에 서린 그 뜨거운 열기만큼이나 커진 두려움이 그대로 보이는 그녀의 얼굴에 장택근은 이율배반적인 기분을 느꼈다.

두려움에 가득한 그녀의 얼굴이 안쓰러웠다.

평소와 다른 그녀의 얼굴을 더욱 엉망진창으로 만들고 싶었다.

도도하고 당당한, 흔들림 없는 그녀의 얼굴을 마구 일그러뜨리고 그 차분한 목소리를 한껏 올려 비명을 내지르게 만들고 싶었다.

"응, 대신 천천히……."

그녀가 잔뜩 물기를 머금은 음성으로 대답했다. 그는 그 말이 떨어지기가 무섭게 그녀의 늘씬한 하체를 꽁꽁 싸맨 청바지를 벗겨냈다.

짙푸른 천이 내려가자 드러나는 것은 역시나 감탄스러울 정도로 하얀 살결, 그 매끄러운 곡선에 잠시 넋을 잃고 바라보던 그가 이내 허겁지겁 그녀의 바지를 완전히 벗겨냈다.

그리고 드러난 그녀의 완전한 나신, 얇은 천 하나로 가린 그곳을 제외하고는 모든 것이 드러났다.

한국인이라고는 생각할 수 없을 정도로 늘씬하고 길게 뻗은 다리에 잘록한 허리, 그리고 풍만한 가슴까지 어디 하나 아름답지 않은 구석이 없었다.

"보지 마……."

그녀가 눈을 내리깔며 조그맣게 이야기했다. 그 모습이 또 그의 마음에 불을 지폈다.

그는 정신없이 그녀의 몸을 탐했다. 아름다운 육체가 금세 시뻘건 자국이 가득해졌다. 그리고 그 흔적이 깊고 짙어질수록 그녀의 숨소리가 거칠어졌다.

그녀의 온몸이 덜컥거리며 떨려오고 촉촉한 입술 사이로 흘러나오는 것은 단내 가득한 신음성이다.

그리고 마침내 그들이 하나가 되었을 때, 그녀는 비명처럼 외쳤다.

"사랑해, 사랑해!"

확연하게 와 닿는 그녀의 감정에 그 역시 작게 화답해 주었다.

"나도 사랑해."

*　　　*　　　*

길고 고운 속눈썹에 매끈하게 뻗어 나간 콧날, 그리고 그 아래 자리 잡은 앙증맞은 입술, 그 모든 것이 흠잡을 데 없는 완전한 아름다움 그 자체였다.

멍하니 이지원의 얼굴을 홀린 듯이 바라보던 장택근은 슬 며시 그녀의 뺨을 어루만졌다.

이렇게 아름다운 여자가 자신의 여자다. 세상 모든 남자가 여신이라고 숭배하는 그녀가 자신의 여자였다. 그 기묘한 정복감에 그는 왠지 모를 자부심을 느꼈다.

하지만 그보다 더욱 크게 그를 고양시키는 건 그녀와 깊게 연결된 감정적 교감이다. 전날 밤의 관계를 통해 서로의 감정을 숨김없이 드러내고 나자 이제는 그녀에 대한 감정이 걷잡을 수가 없었다.

가만히 그녀의 뺨을 쓰다듬고 있는데 그녀의 눈꺼풀이 파르르 떨렸다. 움찔 놀라 손을 떼어낸 그가 한참을 그녀를 바라보는데 그녀가 눈을 뜨지 않았다.

요것 봐라.

아무래도 깨어나고도 눈을 뜨지 않는 것 같아, 그가 장난스러운 눈빛을 해보였다. 슬쩍 손을 이불 속으로 집어넣어 손끝에 닿는 풍만한 감촉을 즐기니 그녀의 얼굴이 새빨갛게 달아올랐다.

그래도 여전히 눈을 뜨지 않는 그녀의 모습에 장택근은 손가락을 바짝 세워 어딘가를 꼬집었다.

작살 맞은 연어처럼 몸을 퍼득거린 그녀가 결국 묘한 소리를 내며 눈을 떴다.

"뭐하는 거야!"

질책하는 어투에 힘이 하나도 없다.

"그러게 왜 자는 척을 해."

장택근이 장난스럽게 그녀의 이마를 튕기며 말하자 그녀가 시뻘게진 얼굴로 입을 오물거렸다.

"차… 창피하단 말이야."

이게 정말 그 도도하고 당당한 이지원이 맞단 말인가. 너무도 사랑스러운 그녀의 모습에 장택근이 함박웃음을 지으며 그녀를 꼭 끌어안아 주었다.

"사랑해……."

그의 갑작스러운 포옹에 발버둥을 치던 그녀가 그 한마디
에 그대로 멈췄다. 그녀가 쭈뼛대며 손을 뻗어와 그를 마주
안더니 작게 대답했다.

"나도 사랑해……."

3장

도살자

"야! 거기 조명 똑바로 설치해!"

"카메라! 카메라 어딨어!"

사람들이 분주하게 뛰어다니며 고함을 지른다.

"이 새끼야, 소품 제대로 안 깔아? 이따 배우들 와서 그때 시작할래?"

"죄… 죄송합니다!"

"이 새끼가 정신을 못 차리고! 죄송하다 말할 시간에 가서 제대로 세팅하라고! 답답한 새끼야!"

여기저기서 성난 고함 소리가 터졌지만 사람들은 제 할 일 하느라 바빠 고개도 돌리지 않았다.

"박 감독, 좀 앉아 있어."

관자놀이를 꾹꾹 누르며 인상을 찌푸리고 있던 박준규는 느긋한 목소리에 눈을 부릅떴다.

"아니, 지금 준비가 개판 오 분 전인데 내가 앉아 있게 생겼어?"

괜히 말을 걸었다가 본전도 못 건진 이필상은 뜨끔한 얼굴로 시선을 돌렸다. 박준규의 말마따나 스태프들이 분주하게 움직이는데 뭔가 어수선하기만 할 뿐 정리가 되지를 않았다.

"왜 다들 이제야 난리들인데! 미리미리 해두라고 내가 했어, 안 했어!"

결국 분통이 터진 박준규가 고함을 빽 지르니 촬영장을 바쁘게 뛰어다니던 스태프들이 그대로 얼어붙어 버렸다.

"이 새끼들이 빠져가지고. 발 보이지? 어? 어? 내 눈치를 왜 봐! 일 안 해?"

평소에는 싫은 소리 한 번 하지 않는 그였지만 촬영 당일이 되자 호랑이가 따로 없었다. 그의 말 한마디 한마디에 스태프들이 깜짝깜짝 놀랐다.

"조감독 어디 갔어!"

"네! 여기 있습니다!"

박준규의 쩌렁쩌렁한 고함 소리에 밀려서 조명팀과 뭔가 이야기를 하던 조감독이 핼쑥해진 얼굴로 달려왔다.

"배우들은? 스케줄 체크 확실하게 했지?"

"네! 주연배우들은 한 시간 내로 도착한다고 연락 왔고, 조연 분들은 도착한 순서대로 메이크업 들어갔습니다."

"그래? 근데 준비가 이렇게 안 돼서 어떻게 할래?"

박준규의 입에서 호통이 터질 때마다 조감독이 벼락이라도 맞은 것처럼 몸을 떨었다.

"박 감독, 릴렉스, 릴렉스. 작품 한두 번 하는 것도 아닌데 왜 이렇게 열을 올려. 보니까 다 끝나가는 것 같은데 열 좀 식혀. 여기 물!"

촬영장에서 유일하게 박준규에게 주눅 들지 않은 이필상이 박준규에게 물을 건네주며 말하니 조감독이 살았다는 얼굴로 스태프들에게 달려갔다.

"어휴, 속 터져. 하나부터 열까지 내가 안 하면 제대로 굴러가는 게 없어."

냉수를 마시고 나니 그나마 열이 좀 가라앉는지 박준규가 자리에 앉으며 한숨을 내쉬었다.

"어휴, 이 땀 좀 봐. 촬영 시작하기도 전에 사람 쓰러지겠네."

이필상이 손부채를 해보이며 그에게 흔들어대니 박준규가 잔뜩 찡그린 얼굴을 풀고는 피식 웃었다.

"그래도 이 작가 덕분에 그림은 좀 나오겠어."

"그래야지. 그러라고 내가 몇 날 며칠을 잠도 안 자고 미친 놈처럼 대본 쓴 거 아니야."

이필상의 말에 박준규가 그의 등을 두들겨 주었다.

"기껏해야 홍보 영상인데 이렇게 힘들다, 그지? 먹고살기 참 힘들어."

그의 엄살에 이필상이 고개를 절레절레 저었다. 어지간한 감독이라면 제작 발표 영상 정도는 간단한 대본 리딩 정도로 준비할 수도 있을 텐데, 박준규는 그렇게 하지 않았다. 평소에는 느긋한 호인이지만 일에 관해서는 완벽주의자에 가까운 그인지라 미리 준비해 둔 세트장에서 리허설을 방불케 할 정도로 일을 크게 벌였다.

영화 '도살자'의 촬영이 대부분 이뤄질 실내 세트장도 촬영이 시작도 하기 전인데 벌써 완성이 되어 있었다. 벌집처럼 다닥다닥 붙어 있는 새하얀 방들을 뛰어다니는 사람들이 마치 일벌이라도 되는 양 바빠 보였다.

영화 '도살자'는 알 수 없는 이유로 거대한 미로와도 같은 장소에 갇힌 사람들이 살아남기 위해 서로 죽고 죽이는 스릴러 무비다.

제각각 과거를 숨긴 채 49개로 이루어진 방을 통과하여 탈출하기 위해 필사적으로 애를 쓰는 인물들이 서로 배신하고 싸우고 마침내는 몇 명만이 살아남는 이야기였는데, 벌써부터 호화로운 제작진과 출연진으로 음으로 양으로 입소문을 타는 중이었다.

촬영하기도 전에 몰린 관심이 아무래도 부담스러운지라

박준규가 홍보 영상에 이렇게나 열을 올리는 것이다.

"선생님들 도착했습니다!"

저 멀리서 조감독이 소리를 치자 박준규가 다시 벌떡 일어나며 소리 질렀다.

"메이크업 순서대로 들어가고! 대본 다시 확인시켜!"

＊　　　＊　　　＊

진즉부터 촬영장에 도착해 있던 장택근은 메이크업까지 끝내고 스태프가 뛰어다니는 모습을 보고 있었다.

고성이 오가고 사람들이 바쁘게 뛰어다니는 모습을 보니 왠지 방송국에서 일하던 시절이 떠올라 저도 모르게 쓴웃음이 새어 나왔다. 괜히 혼자만 촬영장의 분위기에서 동떨어진 것 같아서 뭐라도 해야 하지 않을까 싶었지만 지금의 그는 배우지 스태프가 아니었다.

당장 얼굴에 두껍게 얹어진 분장의 그 껄끄러움이 자신이 배우로 이 자리에 서 있다는 사실을 실감하게 했다.

"그래, 택근 씨는 이런 거 처음인가?

방금 막 도착해서 의상을 갈아입고 메이크업을 시작한 오중석이 그를 보며 물었다.

"배우로는 처음입니다."

후줄근한 정장에 잔뜩 주름이 진 얼굴을 한 오중석, 극중

배영수의 역할에 꼭 맞는 모습을 한 그가 예의 인자한 얼굴을 해보였다.

"아, PD 출신이라고 했었지. 뭐, 스태프들은 한창 정신이 없겠지만 배우들은 의외로 시간이 남거든. 이럴 때 대본이라도 좀 읽고 그래."

그 말에 뒤늦게 대본을 꺼내 든 장택근이 대본을 읽는 시늉을 했지만 사실 홍보 영상에 나오는 그의 분량은 그렇게 많지 않았다. 기껏해야 10초나 될까 말까한 분량에 대사가 있으면 얼마나 있겠는가.

그래도 선배 연기자의 말을 무시할 수 없어 대본을 펼쳐둔 그가 눈으로 대본을 훑었다.

"뭘 그렇게 겁을 먹고 그래."
"그렇게 겁을 먹으면 나도 모르게 널 죽이고 싶어지잖아."

딱 두 줄에 불과한 대사는 전형적인 악당의 대사다.

주인공들과 절친한 사이인 장필수가 잔인한 살인게임 속에서 살아남기 위해 일행에서 뛰쳐나갔다가 시간이 흐르고 다시 재회했을 때의 대사였다.

오중석의 말이 아니래도 딱히 할 일도 없었던 터라 장택근은 소리 내서 대사를 곱씹었다. 이미 수백 번이 넘게 반복해서 연습했던 대사가 마치 입버릇과도 같이 입에 착 달라

붙었다.

"뭘 그렇게 겁을 먹고 그래."

웃는 얼굴이지만 눈빛만큼은 살기가 번들거리는 얼굴로 상대를 향해 말한다.

"그렇게 겁을 먹으면 나도 모르게 널 죽이고 싶어지잖아."

여상스러운 말투 뒤에 숨겨진 살의와 폭력성을 숨김없이 드러낸다.

집에서 연습했던 대로 몇 번이고 대사를 읊어대니 누군가가 곁에 다가와서 그의 어깨를 쳤다.

"택근 씨! 뭘 벌써부터 그렇게 힘을 빼고 그래."

일전에 오중석과 함께 인사를 나눴던 김현식이 그를 보며 말하는데 표정이 어딘지 모르게 핼쑥해져 있었다.

"네? 안녕하세요! 선배님!"

뒤늦게 정신을 차린 장택근이 인사를 하자 김현식이 양팔을 부여잡고 너스레를 떨었다.

"진짜 누가 보면 택근 씨가 주인공인 줄 알겠다. 뭔 놈의 눈빛이… 어휴 소름 돋은 거 보여?"

그의 엄살에 장택근이 민망한 얼굴로 뺨을 긁적였다. 곁에 있던 오중석이 김현식의 말에 흐뭇한 얼굴로 대꾸했다.

"이거, 이거, 이 작가가 택근 씨 때문에 대본을 수정했다는 말이 있던데 그게 거짓말이 아닌가 봐. 처음 받았던 대본에는 장필수가 그렇게 임팩트가 있는 역이 아니었거든."

그의 말마따나 오디션을 볼 무렵에 받았던 대본과 지금의 대본은 많은 부분이 달라져 있었다. 그저 살인게임에 휘둘려 본능에 충실한 살인마였던 장필수가 지금에 와서는 꽤나 사연도 많고, 고뇌도 많은 캐릭터가 되어버렸다.

게다가 오늘 있을 홍보 촬영에서 그의 분량이 아무리 적다 하지만 주연들 바로 다음으로 분량이 많았다. 기껏해야 150초가 넘을까 말까 한 영상에 무려 10초에 가까운 시간이 그의 단독 신이다.

정작 오중석마저도 그 분량이 5초 남짓한 상황인데 신인 배우에 불과한 장필수의 분량이 그 정도나 되니 그가 괜한 말을 한 것도 아니었다.

민망한 얼굴로 그들의 말에 그저 고개만 숙이다 보니 배우들이 속속 촬영장에 도착했다. 그리고 이지원과 최민혁이 도착할 무렵이 되자 촬영장의 분위기도 어느 정도 정리가 되었다.

*　　　*　　　*

"어때요? 오늘 잘되겠어?"

출연진들의 동선을 점검하고 대본을 체크해 촬영 준비에 박차를 가하는 스태프들 사이로 조 이사가 불쑥 모습을 나타냈다. 그의 곁에는 김인숙도 있었는데 꽤나 공을 들인 세트장의 모습에 흐뭇한 얼굴을 하고 있었다.

"네, 뭐 배우들이 워낙에 쟁쟁하니 그림은 제대로 나올 겁니다."

촬영을 앞두고 신경이 날카로워진 것인지 대답하는 박준규의 말투가 무뚝뚝했다.

본인들 말로는 격려차 왔다지만 보나마나 잘되어가는지 확인하러 왔을 것이 뻔한 탓에, 그들이 촬영장을 헤집고 다니는 것이 별로 마음에 들지 않은 기색이었다.

"어이쿠, 우리 박 감독님. 촬영할 때는 호랑이가 따로 없다더니 여기 있다가 괜히 불호령 받지 말고 우리 배우들이나 보러 갑시다."

촬영의 전권이야 감독에게 있다지만 투자자의 심기를 거슬러 좋을 게 없다 생각했는지 박 감독의 불쾌한 기색을 눈치챈 조 이사가 김인숙을 이끌고는 배우들이 모인 자리로 갔다.

"어! 안녕하십니까!"

가장 먼저 그들을 발견한 이우혁이 허리를 꺾으며 인사를 하니, 메이크업을 받고 대본을 보느라 열을 올리던 배우들이 하나둘 인사를 했다.

"오 선생님, 오랜만이죠? 그간 잘 지내셨어요?"

김인숙이 살갑게 웃는 얼굴로 선뜻 인사를 하니 오중석이 웃는 낯으로 인사를 받아주었다.

"김 이사님은 여전히 미인이십니다. 어째 나만 나이 먹는 것 같아서 억울한데?"

그의 너스레에 김인숙이 곱게 눈웃음을 치며 손사래를 치자 곁에 있던 조 이사가 끼어들었다.

"우혁 씨도 있구먼. 김 이사 얼굴에 먹칠 안 하게 열심히 해. 이 바닥에서 김인숙하면 매의 눈으로 유명한데 자네가 잘해야 김 이사도 그 명성을 이어가지."

일전에 장필수 역을 주지 못했던 것이 조금 신경 쓰이는지 조 이사가 등을 두들겨 주며 말하니 이우혁이 힘찬 어조로 맡겨만 달라며 가슴을 두들겼다.

"우리 지원 씨는 여전히 고와. 어쩜, 같은 여잔데도 반할 것 같은데? 우리 민혁 씨는 언제 봐도 잘생겼어. 이번 영상 나가면 또 여럿 쓰러지겠어."

김인숙이 살가운 태도로 이지원과 최민혁에게 친한 척을 했다.

"김 이사님 같은 미인이 쓰러지면 제가 당장 업고 병원까지 뛰어갈 텐데 말입니다."

호탕하게 웃으며 김인숙의 말을 받는 최민혁의 말투가 능글능글했다.

"네, 감사합니다."

최민혁과는 달리 이지원은 짤막하게 고개만 끄덕여 보이며 고맙다 말하는데, 곁에서 지켜보고 있던 장택근이 괜스레 찔끔할 정도로 그 태도가 냉담했다.

하지만 정작 김인숙과 조 이사는 그녀의 그런 태도를 전혀 개의치 않는지 다른 배우들과 인사를 주고받고 또 격려를 해 준다.

"아, 오랜만이죠? 잘 지냈어요?"

다른 이들과 인사를 대충 마친 김인숙이 장택근에게 다가오며 반가운 기색을 보였다.

"네, 염려해 주신 덕분에 잘 지냈습니다."

지난 만남에서 러브콜까지 받았음에도 따로 연락을 하지 않았던 그였던지라 어색한 얼굴로 인사를 받았다. 난감한 마음을 숨기고 그녀를 마주 보는데 다행스럽게도 곧 촬영을 시작한다며 고함을 치는 조감독의 목소리가 들렸다.

"곧 촬영 시작할 것 같으니 시간 더 뺏기는 그렇고, 이따 끝나고 연락이라도 좀 줘요?"

저쪽에서 곧 촬영을 시작한다고 고래고래 소리를 지르며 스태프들을 닦달하는 박준규의 모습에 그녀가 아쉬운 얼굴로 명함을 주고는 물러났다.

그가 내심 안도의 한숨을 내쉬는데 조감독이 달려와 촬영 시작을 알렸다.

"촬영 들어갑니다! 배우분들 대기해 주세요!"

*   *   *

촬영은 하얀 방 안에 시체처럼 누워 있던 사람들이 천천히 몸을 일으키는 것으로 시작되었다.

정신을 차린 사람들은 눈을 껌뻑이며 주변을 둘러보다가 자신들이 곧 납치, 감금되었다는 사실을 깨닫고는 겁에 질리기 시작했다. 하얗게 질린 얼굴로 주변을 둘러보던 김아영(이지원)이 마치 좀비처럼 몸을 일으키는 사람들을 보고는 덜컥 겁먹은 얼굴로 방의 한구석에 몸을 웅크렸다.

김민수(최민혁) 역시 그렇게 뒤늦게 정신을 차린 사람들 중 하나였다. 몸을 일으킨 그는 자신이 낯선 장소에 있음을 깨달았고, 그 곁에 10명이 넘는 사람이 똑같은 상황이라는 것을 파악했다.

"꺼내줘!"

"당신들 누구야! 당신들이 날 데려온 거야?"

처음에는 눈치를 보며 주변을 둘러보던 사람들이 빠져나갈 곳 하나 없는 방 안에서 서서히 흥분하기 시작했다.

"좋은 말 할 때 봐주지? 내가 누군 줄 알고!"

화려한 옷을 입은 여인(장미연)이 사람들을 노려보며 손톱을 세웠다. 그 곁에 있던 후줄근한 양복 차림을 한 남자(오종석)가 그런 그녀를 달래보려 노력했다.

"어라? 필수? 그리고 아영이까지?"

김민수가 뒤늦게 사람들 틈에서 끼어 있던 자신의 지인들을 발견하고는 눈을 크게 떴다.

"컷!"

박준규의 컷 사인이 시원스럽다. 흡족한 얼굴로 고개를 끄덕인 그가 이야기했다.

"좋아요! 좋아! 5분 쉬었다가 바로 다음 신으로 넘어갑니다!"

그 곁에 있던 이필상이 사람들을 둘러보다가 재빠르게 대본에 뭔가를 적기 시작했다.

"그래도 다들 베테랑이라 그런지 잘해주네. 첫 신부터 길게 잡아서 걱정했었는데 말이야. 신인들도 제법 잘 따라와 주고 있고."

긴장된 얼굴로 배우들 틈에서 대본을 확인하고 있는 장택근을 바라보는 그의 눈빛에 대견하다는 빛이 가득했다.

5분이라는 시간은 무척 짧았다. 스태프들이 달라붙어 배우들의 메이크업을 고치고 떨어져 나가니 물 한 모금 마시지 못하고 바로 촬영이 재개되었다.

사람들이 모여 있다. 김민수가 발견한 쪽지를 보고는 몰려든 것이다.

"이곳을 나가고 싶다면 모든 방을 통과해야 한다?"

그의 한마디에 사람들이 난리를 떨었다. 미친놈의 장단에 맞춰줄 필요는 없다며 제각각 한마디씩 내뱉는데 유독 김아영만이 겁에 질린 얼굴로 사람들에게 이리 치이고 저리 치이고 있었다.

잠시 그런 그녀를 안쓰러운 눈빛으로 바라보던 김민수가 쪽지를 마저 읽기 시작했다.

쪽지에는 이 자리에 모인 사람들이 이유도 없이 끌려온 것이 아니며, 제각각 이 자리에 올 만한 이유가 있다고 쓰여 있었다. 그리고 덧붙여서 쓰여 있기를 각 방마다 식량이나 약품, 또는 다른 유익한 무언가가 있으니 재주껏 구해보라고 되어 있었다.

"그게 무슨 미친 개소리야!"

"컷!"

박준규의 컷 사인이 또다시 떨어졌다. 아무래도 홍보 영상이다 보니 짤막하지만 임팩트 있는 영상을 찍어내야 했다. 그러다보니 영화 촬영 팀을 데려다 놓고 마치 뮤직 비디오라도 찍듯이 컷들이 계속해서 끊어졌다.

"민혁 씨 클로즈업으로 한 번 더 가고 지원 씨도 바로 클로즈업 갑니다! 옆에 배우 분들은 대본대로 자리 지켜주세요!"

방금 전에 촬영했던 장면들이 주연들에 포커스를 맞춰 다시 한 번 촬영이 들어갔다. 모니터 가득 보이는 주연배우들의 능숙한 연기를 보며 박준규는 씨익 미소를 지었다.

최민혁도 이지원도 역시나 괜히 몸값이 비싼 배우들이 아니었다. 잦은 컷 사인에 감정 잡기가 쉽지 않으련만 그들은 흠잡을 데 없는 연기를 보여주고 있었다.

"컷!"

스타트가 좋다. 원체 연기가 되는 배우들을 데려다 놓으니 여태 NG 한 번 나지 않았다. 지금까지 찍은 분량보다 훨씬 더 많은 분량이 남아 있었지만 배우들 면면을 보니 이후로도 촬영이 순조로울 것 같았다.

"장비 이동해서 다음 세트에서 촬영 들어갑니다!"

조감독이 외치는 소리를 들으며 박준규가 모니터를 감아 보고 있는데, 이필상이 불쑥 얼굴을 들이밀었다.

"깜짝이야! 이 양반이 갑자기 왜……."

박준규가 놀랐다는 표정으로 핀잔을 주었다. 이필상은 그런 그에게 전혀 미안한 표정도 없이 대본을 내밀었다.

"뒤에 조금만 수정하자. 주연들도 좋은데 '도살자'가 살려면 조연들이 살아야 돼. 지금 너무 포커스가 주연들한테만 간다."

그의 말에 와락 인상을 찡그린 박준규가 대본을 받아 들며 물었다.

"아니, 이 작가가 몇 날 며칠을 밤을 새우며 썼잖아. 근데 이제 와서 뭘 또 수정해."

이 작가는 박준규의 투정을 한 귀로 흘리고는 대본을 수정했다. 그렇게 수정된 대본을 뻔뻔한 얼굴로 들이미는데, 차마 뭐라고 할 수도 없어 박준규가 한숨만 푹푹 내쉬었다.

잔뜩 줄이 쳐지고 내용이 덧붙여진 대본을 잠시 훑어보던 박준규가 눈썹을 찡그렸다.

"뭐야. 이게 무슨 수정이야. 장필수 분량만 늘어난 거잖아."

아닌 게 아니라 대본에 빼곡하게 적힌 것들이 전부 장필수의 분량이다. 단 두 줄뿐인 대사도 몇 줄이나 첨가가 되어 있었고.

이 대본대로 촬영을 들어가려면 클로즈업 분량도 꽤나 많아져 버린다.

"아깝지 않아? 저기 봐. 지금 장필수가 저기 저렇게 병풍처럼 멀뚱히 서 있을 그런 역할은 아니잖아."

아무래도 제작 발표회에 쓰일 홍보 영상이다 보니 이름값이 높은 최민혁와 이지원 위주로 신을 잡은 상태였다. 그런데 지금 이필상은 슬쩍 장택근을 부각시키자고 말하고 있었다.

"응? 우리가 봤던 그 얼굴, 그 얼굴의 반의반, 다시 또 그 반만 담아내도 제대로 이슈화될 거야. 박 감독, 할 수 있잖아."

그의 말에 박준규가 한참 전에 보았던 장택근의 연기를 떠올렸다. 마치 당장에라도 달려들어 자신의 목줄을 물어뜯을 것만 같은 그 압도적인 눈빛, 만약 화면에 담아낸다면 어떨까.

고민에 고민을 하던 박준규가 고개를 흔들며 말했다.

"있어 봐. 일단은 몸값 비싸고 바쁜 사람들 먼저 끝내고, 따로 빼서 하든지 하자고, 알지? 오늘 하루 만에 다 일 끝내야 하는 거. 괜히 어설프게 일 크게 만들었다가는 죽도 밥도 안 돼."

이미 이지원과 최민혁을 비롯한 이들의 야외촬영은 진즉에 끝낸 상태였다. 오늘 있을 촬영만 잘 마무리하면 2주 뒤에 있을 제작 발표회에 올릴 영상이 완성된다.

알게 모르게 제작 전부터 입소문을 탔다고 해도 그건 대중들이 아니라 기자를 비롯한 관계자들의 관심을 받은 것이다. 이번 영상을 통해 처음으로 대중들과 만나게 될 영화니만큼 신중에 신중을 기할 수밖에 없었다.

"일단은 있어 봐. 찍을 것들 마저 찍고 다시 말하자고."

한발 양보한 박준규의 말에 이필상이 씨익 미소를 지었다. 욕심이야 박준규가 자신보다 더할 테니 그가 자신의 요구를 받아줄 거라 예상한 탓이다.

그리고 그의 예상은 정확하게 맞아떨어졌다.

저녁까지 이어진 촬영이 간신히 끝이 났을 때 박준규가 장택근을 따로 불러낸 것이다.

"택근 씨, 아직 더 찍을 수 있겠어?"

이미 자신의 분량을 끝이 내고 기진맥진한 얼굴을 하고 있던 장택근이 박준규의 말에 눈을 크게 떴다. 영문을 몰라 눈만 껌벅이다 할 수 있다고 대답하니 곁에 있던 이필상이 그의 어깨를 두들겼다.

"내가 장 배우 역을 조금 손 봤거든. 괜찮지?"

대본을 들이밀며 마치 칭찬이라도 해달라는 얼굴로 웃는 그의 얼굴이 너무도 맹목적이라 장택근은 저도 모르게 고개를 끄덕여 보였다.

"시간 많지 않으니까, 가서 대본 빨리 훑어보고 십오 분 뒤에 바로 시작하자고."

이필상은 자리로 돌아간 장택근이 대본을 펼치는 것을 보며 흐뭇한 얼굴을 했다.

"일단은 찍어두자고. 제작 발표회 때 못 써먹으면 어디 써먹을 데가 있겠지."

*　　　*　　　*

"어?"

촬영이 대충 끝나자 자리를 벗어나려던 최민혁이 그대로 멈춰 섰다.

"민혁 씨, 뭐해. 라디오 하러 가야지."

바쁘게 걸음을 옮기던 최민혁의 매니저가 그를 재촉했지만 최민혁은 요지부동이었다.

"형, 라디오 얼마나 남았지? 그래도 좀 시간 있지 않아?"

그 말에 매니저가 눈을 껌뻑거리다가 수첩을 꺼내 스케줄을 확인해 주었다.

"두 시간 정도 남았어. 지금 출발하면 가는 길에 대충 밥은

먹을 수 있을 거야."

그의 말에 최민혁이 고개를 끄덕이고는 다시 촬영장을 향해 걸음을 옮겼다.

"뭐해, 민혁 씨!"

"형, 나 밥 여기서 먹을게. 나 뭐 좋아하는지 알지? 도시락 좀 사다줘. 아니다, 여기 스태프들 거 전부 좀 해서 사다줘."

그렇게 말하고는 아예 자리를 잡는 그의 모습에 매니저가 영문을 몰라 얼굴을 일그러뜨렸다.

"대체……."

"진짜 재미있는 게 곧 나올 거야. 놓치기에는 너무 아깝거든."

그의 시선이 저 멀리서 다시 메이크업을 받는 장택근을 향해 있었다.

* * *

"지원 씨? 지원 씨도 안 가?"

늘 자신들의 분량이 끝나기가 무섭게 사라지던 최민혁과 이지원이 아예 촬영장에 자리를 틀고 앉아버리자 사람들이 의아한 얼굴을 했다.

"네, 저것 좀 보고 가려고요."

이지원의 말에 사람들이 고개를 돌리자 다시 카메라가 세팅이 되는 세트장의 모습이 보였다.

"또 찍을 게 남아 있데? 다 끝났잖아."

장미연이 의아한 얼굴로 고개를 갸웃거리자 누군가가 장택근을 가리켰다.

"저기 택근 씨가 메이크업 받고 있는데? 택근 씨 분량 뭐잘 안 나왔나? 곧잘 한 거 같더니만."

김현식이 그렇게 말하는데 이필상 작가가 장택근에게 다가가 끊임없이 뭔가를 설명하는 것이 보였다.

"바쁘지 않으신 분들은 좀 보다 가세요. 지금 놓치면 후회할 걸요."

최민혁이 장난스러운 말투로 말하니 사람들이 더욱더 혼란에 빠져들었다.

"민혁 씨는 라디오 있다고 하지 않았어?"

김현식이 곁에서 물으니 최민혁이 씨익 웃어보였다.

"이거 좀 보다 가야죠. 어차피 시간 조금 남았어요."

주연배우들이 그렇게 관심을 집중하자 다른 이들도 슬쩍슬쩍 의자에 엉덩이를 붙이는 분위기가 되었다.

"그럼 나도 뭐 집에 가봐야 할 것도 없는데 좀 보다 갈까."

오중석이 다시 자리에 앉자 이우혁이 그 곁에 착 붙어 앉았다.

"뭐해, 우혁 씨. 나랑 커피 한잔 안 해?"

장미연이 눈썹을 꿈틀거리며 말하자 이우혁이 다시 엉거

주춤하게 엉덩이를 들며 말했다.

"그게… 선배님. 택근 씨 하는 것만 보고 가면 안 될까요? 사실은 저도 장필수 역에 도전했다가 튕긴 거라서."

그렇게 말하는 이우혁의 얼굴이 그녀의 눈치를 보면서도 마치 뭔가를 기대하는 듯한 눈빛이라 장미연이 차마 화도 내지 못하고 한숨을 내쉬었다. 결국 자리에 주저앉은 그녀가 사람들을 둘러보며 말했다.

"아니, 신인 하나 연기하는데 뭘 다들 이렇게 호들갑이야."

사람들의 눈빛을 보자니 뭔가를 기대하는 눈초리라 입으로는 불평을 하면서도 장택근을 향해 시선을 고정했다.

이지원이 그런 사람들을 보며 슬쩍 미소를 지었다. 이필상이 아까 전부터 뭔가를 적더니 장택근의 분량을 수정한 모양이라고 생각한 그녀는 내심 뿌듯함을 느꼈다.

"어? 지원이 넌 왜 웃어?"

눈치 없는 최민혁이 끼어들지만 않았으면 그 뿌듯함을 조금 더 즐길 수 있었을 것이다.

"안 웃었는데요."

이지원이 뻔뻔한 얼굴로 그렇게 말하는데 그 어투가 너무도 싸늘해 넉살좋기로 유명한 최민혁도 꿀 먹은 벙어리가 되었다.

사람들이 자신을 쳐다보는지도 모르고 장택근은 이필상의 설명에 한참 집중을 하고 있었다.

"알았지? 그냥 대본에 있는 내용대로만 하면 되니까. 너무 긴장하지 말고."

그의 말에 장택근이 속으로 실소를 머금었다. 어디 대본대로 하는 게 쉬운 일이던가. 그게 그렇게 쉬운 일이면 발연기라는 말이 왜 유행했겠는가.

그래도 그가 보여준 대본을 보니 꽤나 자신을 위해 신경을 많이 쓴 게 그대로 드러나는지라 장택근이 그에게 고개를 꾸벅 숙여보였다.

"어! 움직이면 안 된다니까요!"

마침 그의 입가에 피딱지를 만들어 넣고 있던 스태프가 인상을 찡그리며 말하자 장택근이 민망한 얼굴로 사과를 했다.

"에이, 참. 늦으면 나만 혼난단 말이에요."

스태프의 불평 속에서 메이크업을 마친 장택근이 몸을 일으켰다.

"장필수! 장필수 준비됐으면 촬영 시작합니다!"

멀리서 조감독이 부르는 소리를 들으며 그는 천천히 세트장을 향해 걸음을 옮기기 시작했다.

카메라가 온통 장택근을 향하고 있었다. 조명도, 카메라도, 심지어 감독마저도 지금 이 순간만큼은 오로지 그를 향해서 열기를 뿜어내고 있었다. 아까 전에도 단독 샷을 찍어내긴 했지만 다른 배우들 틈에서 짧게 카메라를 받았던 그때와는 또 분위기가 달랐다.

머리 위의 조명, 숨 막히는 침묵이 그를 찍어 누르듯이 압박했다. 숨이 조금씩 거칠어졌다. 하얗게 뜬 얼굴이 꼭 누군가에게 목이라도 졸린 것 같은 얼굴이 되었다.

"저거 너무 긴장한 거 아니야?"

이필상이 장택근의 표정을 보고는 걱정스레 말했다. 박준규가 보기에도 아무래도 촬영장의 분위기에 뒤늦게 위축이 된 듯했다.

신인 배우 중에 더러 저러는 경우가 있었다. 단독 컷만 들이대면 갑자기 몸이 굳고 머리가 하얗게 변하는, 카메라 울렁증이라고 할까.

막 입을 열어 그의 긴장을 풀어주려고 하는데 장택근이 천천히 눈을 감았다가, 감았을 때만큼이나 느린 동작으로 다시 눈을 떴다.

"카메라 돌려!"

박준규가 소스라치게 놀라며 소리쳤다. 그렇게 장택근의 단독 촬영은 슬레이트 부딪치는 소리도 없이 호들갑스럽게 시작되었다.

4장

살인마 장필수

"저기……."

장필수의 나직한 음성에는 기이한 울림이 있었다. 차마 끝내지 못한 뒷말이지만 그것은 그가 소심해서라기보다는 뭐라 할 말을 찾지 못해서였다.

"우리가 얼마 만에 본 거지?"

번들거리는 눈동자로 허공을 노려본다. 한참이나 기다려 보지만 대답은 들리지 않았다. 장필수는 천천히 고개를 꺾으며 다시 혼잣말처럼 이야기했다.

"이 주야, 이 주."

나직한 그의 음성이 꽤나 떨리고 있었다. 하도 오랜만에 만난 상대가 반가워서? 아니면 그 오랜만에 만난 상대가 그토록 그리워하던 이예진이라서?

아니었다. 근 일주일 만에 처음으로 말을 했더니 빌어먹게도 말하는 법을 까먹기라도 한 것처럼 목울대가 불편해서였다.

"이 주 만에 겨우 만난 거라고, 우리."

지금도 되는대로 지껄여 대는 자신의 음성이 꼭 잔뜩 가래가 낀 것처럼 텁텁하고 탁했다. 잠시 목을 가다듬어 볼까도 생각했지만 그는 이내 고개를 저었다.

지금 중요한 것은 자신의 목소리가 얼마나 중요한지가 아니었다. 꿈에도 그리던 사람들을 만났다는 사실이 중요했다.

"그간 잘 지냈어?"

그렇게 물었지만 여전히 상대는 대답이 없었다. 그는 피식 웃음 지었다. 하지만 너무 오랜만에 지은 웃음이라 자신이 정말 제대로 웃어 보였는지는 확신할 수 없었다.

상처가 그득한 손을 들어 얼굴을 매만졌다. 입꼬리가 살짝 올라가 있는 것이 아마도 제대로 웃지 않았을까 생각이 들었다.

마치 남의 얼굴을 더듬듯 자신의 얼굴을 어루만지던 장필수가 손을 내렸다.

"잘 지낸 모양이야. 마지막으로 헤어졌을 때 모습 그대로네."

변하지 않았다. 상대는 전혀 변하지 않았다. 마지막으로 헤어졌을 당시처럼 상대는 겁을 집어먹은 눈동자로 세상을 바라보고 있었다.

그 변하지 않은 모습에 왠지 반가운 기분이 느껴졌지만, 그 반가움은 텁텁한 무언가에 꼭꼭 싸매어진 불쾌한 것이었다.

"왜 하필 네가 지금 내 눈앞에 있는 거지? 왜 하필 지금이야."

그의 음성이 씁쓸하기만 하다. 그토록 그리워 찾아 헤맬 때는 보이지도 않더니, 왜 이제 와서 그녀는 자신의 눈앞에 있는 걸까.

왜 하필 지금일까.

"진짜 미치도록 너희가 보고 싶었거든. 외로워서 죽을 것 같았어. 이 지옥 같은 곳에서 홀로 떨어져 있다는 사실이 미칠 듯이 힘들었어."

상대가 입술을 달싹였다. 아무런 소리도 들리지 않았지만, 왠지 그는 '이제라도 만나서 다행이야'라는 그녀의 말소리가 들리는 것 같았다.

웃음이 터져 나왔다. 키득거림으로 시작된 웃음이 이내 목울대를 거칠게 울리는 그런 종류의 웃음이 되었다. 한참을 그렇게 어깨를 들썩이며 웃어대던 그가 얼굴을 감싸 잡았다.

"왜 하필 지금이냐고."

웃는지 우는지 구분가지 않는 얼굴을 움켜쥔 그가 손가락 사이로 눈을 부릅떴다.

"어제만 만났어도, 아니, 몇 시간 전에만 만났어도. 나는 너희를 반겼을 텐데……."

손톱 사이에 가득 낀 누군가의 살점과 검붉은 핏자국, 그리고 온통 붉은 그의 손가락 사이로 보이는 눈이 시퍼렇게 번득이고 있었다.

"반가워, 예진아."

*   *   *

처음 장택근이 카메라 앞에 섰을 때까지만 해도 사람들은 시큰둥한 얼굴을 하고 있었다. 하얗게 질린 얼굴로 숨을 몰아쉬는 그의 모습이 전형적인 초짜 배우의 모습이었다.

"대사 까먹었겠다."

장미연이 이죽거리자 다른 사람들이 쉿 하고 입을 모았다. 무안해진 그녀가 괜히 불만스러운 눈으로 장택근을 노려보는데 하얗게 창백한 얼굴로 숨을 몰아쉬는 모습이 위태롭게만 보였다. 저래 가지고 대사나 제대로 읊을까 싶었는데 갑작스레 그의 분위기가 변했다.

마치 렌즈라도 낀 것처럼 그의 눈알이 번들거렸다. 잇새로 새어 나오는 음성이 어찌나 탁하고 거북스럽던지 사람들은 저도 모르게 눈살을 찌푸렸다.

마치 시체처럼 창백한 얼굴로 지껄여 대는 그의 얼굴이 기괴했다. 반가움과 원망, 깊디깊은 외로움과 희열, 그리고 권태로움 뒤로 기이한 욕망마저 휘몰아쳤다.

웃는 것도 우는 것도 아닌 그의 얼굴을 보던 사람들이 마른침을 삼켰다.

"진짜 미치도록 너희가 보고 싶었거든. 외로워서 죽을 것 같았어. 이 지옥 같은 곳에서 홀로 떨어져 있다는 사실이 미칠 듯이 힘들었어."

절절한 감정이 잔뜩 담긴 음성이지만 어딘지 모르게 그 감정이 모호했다. 누군가에게 하소연한다기엔 어딘지 섬뜩한 구석이 있는 모습이었다.

그가 갑작스레 어깨를 들썩인다. 그러더니 금세 커다랗게 웃는데 그 소리가 이상할 정도로 귀를 파고들었다.

"어제만 만났어도, 아니, 몇 시간 전에만 만났어도. 나는 너희를 반겼을 텐데……."

웃음을 그친 그가 작게 한마디 했다. 그 한마디에 사람의 등골이 서늘해지는 뭔가가 있었다. 마치 숲 속에서 시퍼런 광망을 흘리는 짐승을 만났을 때의 기분이 그러할까. 등 뒤로 식은땀이 흘러내리고 숨통이 막혀왔다.

"반가워, 예진아."

그가 환하게 미소를 지으며 얘기를 하는 순간 누군가가 흡하고 숨을 들이켜는 소리가 들려왔다.

*   *   *

촬영장에는 기묘한 공기가 감돌고 있었다. 잔뜩 열기를 토해내는 조명 탓에 후끈해야 정상일 촬영장의 공기가 지금은 마치 에어컨이라도 돌린 것처럼 싸늘하기만 했다. 어디 싸늘하다 뿐인가, 바늘 떨어지는 소리라도 들릴 정도로 조용하기까지 했다.

마치 시간이 멈춘 듯한 광경이었다.

"커… 컷!"

박준규의 컷 사인이 떨어졌다. 뭔가에 잔뜩 짓눌린 듯한 컷 사인에 얼어붙어 있던 공기가 조금씩 흔들리다가 이내 깨어져 나갔다. 마치 진공 상태에서 갑작스레 공기가 퍼져 나가듯 사람들의 숨소리가 일제히 터졌다. 무겁던 촬영장의 공기가 원래대로 돌아왔다.

"이야! 택근 씨! 잘했어! 완전 잘했어!"

박준규의 격앙된 음성에 뒤늦게 정신을 차린 사람들이 입을 쩍 벌리고 서로를 바라보았다. 뭐라고 말이라도 하고 싶은데 말이 나오지 않는 듯 서로를 바라보며 입만 뻥긋거리는 모습이 우스꽝스러웠다. 하지만 그들 중 아무도 웃을 수 없었다.

한겨울의 바다 속을 들어갔다 나오기라도 한 것처럼 온몸이 떨렸다. 가쁘게 숨을 몰아쉬는 심장이 마치 100미터를 전력으로 달리기라도 한 것처럼 요란스럽게 뛰어댔다.

하얗게 질린 얼굴로 자신을 바라보는 상대방의 모습에 자신의 얼굴 역시 그리 다르지 않을 것임을 깨닫고는 사람들이 양손으로 몸을 끌어안았다.

"대… 대박! 소름 돋은 거 봐!"

누군가의 한마디에 사람들이 자신의 팔뚝을 내려 보았다. 솜털까지 바짝 선 팔뚝에 닭살이 오돌토돌하게 올라와 있었다.

"우와! 나 심장 떨어지는 줄 알았어."

누군가 그렇게 얘기하자 여기저기서 동조하는 소리가 들려왔다.

"이건 기대 이상이라고 해야 하나… 아니면 뭐라고 해야 하나."

얼떨떨한 얼굴을 한 최민혁이 더듬거리며 말을 꺼냈다.

"이게 민혁 씨가 말한 재미있는 볼거리야?"

곁에 있던 매니저가 싸한 음성으로 얘기를 하니 최민혁이 고개를 끄덕였다.

"이게 무슨 재미있는 거야! 오늘 잠은 다 잤구먼!"

악몽이라도 꿀 것 같다며 매니저가 죽는소리를 했다. 사람들이 그 호들갑스러운 말에도 아무런 말도 하지 못하고 서로를 바라보았다.

"이름도 없는 신인 배우를 박 감독이 데려다 놨다기에 무슨 바람이 불었나 했네. 이유가 있었구만."

오중석의 나직한 음성에 사람들이 고개를 끄덕였다.

"우혁이 너도 원래는 장필수 역 하려고 했었다고?"

김현식이 질린 얼굴로 물어보니 이우혁이 손사래를 쳤다.

"아! 아니요. 회사에서… 회사에서 괜찮은 배역이 있다고 한번 도전해 보라고 했던 거죠."

새빨갛게 달아오른 얼굴로 이우혁이 대답하는데 그 얼굴에 민망한 기색이 가득했다. 그런 이우혁을 바라보던 장미연이 상기된 표정으로 장택근을 홀린 듯이 바라보았다.

이지원만이 아무런 말도 없이 장택근을 물끄러미 바라보고 있었을 뿐, 다른 이들은 장택근의 연기에 대해 떠드느라 호들갑을 떨고 있었다.

장택근의 연기에 감탄을 토하는 건 배우들뿐만이 아니었다. 방금 전까지 카메라를 잡고 있던 카메라 감독이 손바닥을 펴 드는데 땀이 흥건했다. 바지춤에 대충 땀을 닦은 그가 주변을 바라보니 다들 귀신이라도 본 듯한 얼굴이었다.

"씨부럴, 이게 뭔 난리여."

주변을 바라보던 카메라 감독이 목덜미를 타고 흐르는 땀을 닦아내며 작게 중얼거렸다.

"내… 내가 말했지? 분명 대박 날 거라고?"

이필상이 격앙된 음성으로 입을 열었다. 잔뜩 달아오른 얼굴로 박준규를 바라보는 게 꼭 칭찬이라도 해달라는 것 같아 박준규가 피식 웃음 지었다.

"누가 뭐랬나. 근데 저 친구 진짜 물건이네. 나눠서 찍을 걸 한번에 가버렸어."

원래는 중간중간 카메라 구도를 바꿔야 했는데, 장택근의 분위기에 압도당한 스태프들이 그대로 끝까지 가버렸다. 다행스럽게도 앵글을 여유 있게 잡아 카메라 세 대를 함께 돌렸으니 망정이지 필름 값 아낀다고 따로 돌렸으면 천추의 한이 될 뻔했다.

"택근 씨! 수고했어! 진짜 대박이야!"

이필상이 호들갑을 떨며 장택근에게 다가서는데 장택근은 여전히 미동도 하지 않았다.

"내가 말했잖아! 대본대로만 하면 택근 씨 충분히 잘할 수 있다고."

그의 표정이 어딘지 모르게 이상하다는 사실을 깨닫지 못한 이필상이 어깨를 두들겨 주니 장택근이 고개를 돌렸다.

"어?"

장택근의 시선과 마주한 이필상의 안색이 창백하게 질렸다. 갑작스레 다리에 힘이 풀렸는지 휘청거리는 그를 장택근이 잡아주었다.

"작가님, 괜찮으세요?"

왠지 모르게 장택근의 시선을 마주하기가 거북스러워진 이필상이 더듬거리며 괜찮다고 말하자 장택근이 그를 바로 세워주었다.

"수… 수고했어."

떨리는 음성으로 수고했다 말하며 그의 눈치를 보니, 그의 얼굴이 평소와도 같았다. 왠지 숨통이 트인 이필상이 뒤늦게 한숨을 내쉬었다.

"택근 씨, 혹시 렌즈 꼈어?"

이필상의 뜬금없는 질문에 장택근이 어리둥절한 표정을 지어 보였다.

*   *   *

홍보 영상 촬영이 끝나고, 박준규와 이필상과 따로 자리를 만들었다. 이필상의 등쌀에 박준규가 장필수의 캐릭터를 전면적으로 수정하기 위해 고민하기 시작한 탓이었다.

면밀한 상담과 간단한 연기 시연 이후 급조된 미팅이 마무리되었다.

하이라이트를 받쳐줄 기초 신들을 소화해 낼 역량이 조금은 불안정하긴 했지만 박준규는 전격적으로 캐릭터의 수정을 결정했다. 흐름에 휘말려 인성이 망가져 버린 장필수의 캐릭터는 그렇게 이필상과 박준규의 손을 거쳐 새로운 캐릭터로 거듭나게 되었다.

그런 상황 속에서 장택근은 더욱더 연기 연습에 몰두할 수밖에 없었다. 극적인 부분을 연기할 때에는 과할 정도로 넘치는 표현력이 평이한 신을 연기할 때는 신인 배우의 수준을 벗어나지 못했기 때문이다.

덕분에 바빠진 건 이지원이었다. 바쁜 스케줄을 오가며 장택근의 연기를 지도해 주는 그녀는 어쩐 일인지 평범한 신만을 연습할 것을 강요했다.

그러는 사이에 장택근은 수정된 대본을 받아볼 수 있었다.

"분량이 꽤 많이 늘어났는데? 이 정도면 비중 있는 조연이 아니라 거의 주조연급이겠는데?"

그가 수정된 대본을 읽으며 희희낙락하는데 이지원이 무거운 얼굴로 자신의 대본을 읽어보았다.

"장필수는 화분을 들어……."
"장필수는 잡아먹을 듯한 시선으로……."
"장필수는……."
"장필수는……."

그녀가 보는 것은 수정된 자신의 분량이 아니었다. 전반과 후반을 통틀어 어마어마하게 비중이 커진 장필수의 부분을 보고 있었다.

"이 배역 진짜 할 수 있겠어?"

한참을 대본을 읽던 그녀가 조심스럽게 물었다. 그 뜬금없는 질문에 장택근이 눈을 껌뻑이다가 피식 웃었다.

"무슨 소리야. 지금 나 때문에 대본까지 수정된 마당에. 할 수 있고 없고를 떠나서 당연히 해야지."

지난 촬영 이후 자신감이 부쩍 늘어난 그답게 대답하는 음성이 거침없었다.

"아니, 배역이 조금 어렵기도 하고."

그녀답지 않게 뭔가 핵심의 주변을 빙빙 도는 듯한 말투라 장택근이 대본을 덮었다.

"대체 뭐 때문에 그래? 할 말 있으면 해."

그의 말에 한참이나 망설이는 얼굴을 하고 있던 그녀는 전혀 다른 이야기를 꺼내 들었다.

"혹시 요즘에도 꿈꿔?"

장택근이 도무지 의도를 파악할 수 없는 그녀의 질문에 물끄러미 그녀를 바라보았다.

"그… 우리 아마존에 있을 때 그 꿈. 요즘에도 꿈에 나와?"

정말 오늘 여러 가지 보는구나, 하고 생각한 장택근이 드물게 보는 이지원의 새로운 얼굴에 피식 웃고는 대수롭지 않게 대답했다.

"가끔?"

"마지막으로 꾼 게 언젠데?"

"한 2주일 됐나?"

"혹시 그게 저번 홍보 영상 촬영 때야?"

마치 스무고개라도 하듯 질문을 던져대는 이지원의 태도에 뒤늦게 이상함을 느낀 그가 그녀를 바라보니 그녀의 얼굴이 창백하게 질려 있었다.

"어, 맞아. 그날일 거야. 근데 그게 왜? 얼굴은 또 왜 그래?"

마치 급체라도 걸린 사람처럼 핏기가 싹 가신 얼굴을 한 그녀가 걱정되어 그렇게 물었지만 그녀는 대답 대신 다시 질문을 해왔다.

"어떤 꿈이었는데?"

그녀의 질문에 장택근이 미간을 찌푸렸다. 그녀의 태도에 기분이 상했다기보다는 막상 꿈을 떠올리려고 하자 기억이 나지 않았던 탓이었다. 꿈을 꾸고 난 다음 날 하루 종일 기분이 좋지 않았을 정도로 강렬한 꿈이었는데 아무것도 기억이 나지 않다니 뭔가가 이상했다.

"그게… 기억이 하나도 안 나네."

신음처럼 한마디를 내뱉으니 이지원이 벌떡 일어나 그의 뺨을 어루만졌다.

"기분 나빠하지 말고 들어. 다 자기 생각해서 하는 말이야."

가슴을 짓누르는 갑갑증에 그가 대답도 않고 인상을 찌푸리고 있는데 그녀의 손길이 부드럽게 이마와 뺨을 쓸어갔다.

"내가 잘 아는 선생님이 있어. 가서 이야기 좀 해보자."

"선생님?"

그 와중에도 선생님이란 말을 듣고 의문을 표하는 그에게 이지원이 조심스럽게 얘기했다.

"정신과 쪽에서는 저명한 분인데, 택근 씨한테 도움이 될 거야."

그제야 그녀의 의도를 알아차린 장택근이 인상을 일그러 뜨리는데 그녀가 와락 그를 안아주었다.

"오해하지 말라니까. 원래 이런 캐릭터 연기하는 배우들은 종종 상담도 받고 그래. 연기라는 게 우리 몸에 다른 사람을 덧씌우는 거나 마찬가지잖아. 캐릭터가 부정적일 때는 우리 도 영향을 안 받을 수가 없어."

평소와는 너무도 다른 그녀의 어투가 마치 어린아이를 달 래듯 조곤조곤했다.

"그래도 정신과라니, 혹시 너도 내가 아마존에서 했던 말 들이 헛소리라고 생각하는 거야? 내가 미쳐 있었다고 생각하 냐고!"

악몽과 여러 가지 초자연적인 일들을 겪었던 그였던지라 그 모든 사실을 그녀에게 허심탄회하게 털어놓은 적이 있었 다. 그런데 그 모든 사실을 아는 그녀가 정신과 상담을 권유 하자 배신감마저 들 지경이었다.

"아니, 믿어. 처음부터 말했잖아. 믿는다고. 택근 씨는 정상이었어."

그의 등을 끊임없이 쓸어주며 그녀가 다시 이야기했다.

"근데 여기는 아마존이 아니잖아. 이제 우리는 안전한 곳에 있는데, 그런데도 택근 씨는 종종 불안해 보여."

그녀의 말에 담긴 진심에 그가 조금은 누그러진 얼굴을 해 보였다.

"내가 택근 씨한테 장필수 역을 추천했는데, 괜히 걱정돼서 그래. 그러니까 날 생각해서 한번 만나보자."

속삭이듯 말하는 그녀의 어조가 하도 간절해 장택근은 결국 고개를 끄덕여 주었다.

＊　　　＊　　　＊

그리고 며칠 뒤 장택근은 강민식의 손에 이끌려 서울 외곽의 한적한 어딘가에 가게 되었다.

"지원이가 직접 오고 싶어 했는데, 걔는 얼굴이 워낙에 알려져서 이런데 들락거리다가 괜히 기사라도 뜨면 큰일이거든. 그래서 내가 대신 왔어."

강민식의 말에 대충 알았다고 대답하고는 병원에 들어서는데 그의 얼굴에 불편한 기색이 가득했다. 정신과 상담이라는 게 사회에서 인식이 워낙에 좋지 못하다 보니 그 역시도

꺼리는 마음이 없지 않아 있었던 탓이다.

"어떻게 오셨습니까."

들어서자마자 다가온 여인이 물었다. 안내원이라도 되는지 흰색 유니폼을 깔끔하게 차려입은 그녀의 모습이 왠지 모르게 무감정해 보여 그는 떨떠름하게 대답했다.

"두 시에 예약이 되어 있는데요. 장택근이라고."

그의 말에 잠시 품안에 안은 차트와도 비슷한 것을 확인한 여인이 고개를 숙여 보이며 그를 어딘가로 안내했다.

"선생님, 상담 예약하신 장택근 씨 오셨습니다."

"들어오세요."

낭랑한 음성에 곁에 있던 여인이 그를 문을 열어주었다. 장택근은 불편한 얼굴을 숨기지 않고 그대로 상담실로 들어섰다.

"이쪽으로 앉으세요."

크게 튀는 색조 하나 없이 아늑하게 꾸며진 상담실의 한편에 놓인 소파에 앉은 여인이 그에게 인사를 했다. 하얀 의사 가운이 잘 어울리는 30대 초반의 이지적인 인상의 여성이다.

"많이 불편하신가 봐요. 부담 가지실 필요 없어요."

자신을 정수연이라 밝힌 상담의사는 부드러운 얼굴로 장택근의 긴장을 풀어주려 노력했다. 하지만 그녀가 아무리 말해봐야 이 상황 자체에 대한 거부감을 지울 수 없었던 장택근은 도리어 딱딱한 얼굴을 해보였을 뿐이다.

"이지원 씨에게 간단한 이야기는 들었습니다. 일단은 아마존에서 조난당한지 몇 달 만에 구조가 되셨고 지금은 배우로 살인마 역할을 하고 계시군요."

안경을 추켜올리며 말하는 그녀의 태도에 장택근은 대답도 없이 고개를 끄덕여 주었다.

"요즘 어떻게 지내세요?"

그렇게 소소한 안부 인사와도 같은 질문으로 시작된 상담은 한 시간가량 진행되었다.

"수고하셨습니다. 다음에도 이 시간에 방문 가능하세요?"

특별하게 이야기한 것도, 무언가를 조언받은 것도 없는데 그녀는 상담이 끝났단다. 의아한 얼굴을 해보이자 그녀가 부드러운 웃음을 지어 보이며 말했다.

"그냥 편하게 속에 있는 이야기를 털어놓는다고 생각하세요. 아직은 힘들겠지만 언젠가는 속 이야기를 할 수 있을 겁니다. 지금은 그냥 서로 신뢰를 쌓아가는 과정이라고 생각하세요."

어딘지 모르게 자신이 생각했던 정신과 상담에 대한 편견, 뇌 사진을 벽에 붙여놓고는 환상이 어쩌고 환청이 어쩌고 알아듣지 못할 소리를 잔뜩 할 거라 생각했던 것과는 완전히 달랐다.

"상담에도 여러 가지가 있으니까요. 어쨌든 편하신 시간으로 약속 잡고 오시면 되요. 단 일주일 내로는 오셔야 합니다."

그녀가 유일하게 내건 조건이라는 것이 일주일 내로 한 번 더 방문해 줄 것뿐이라 장택근은 어리둥절한 얼굴로 대충 대답을 해주고는 상담실을 빠져나왔다.

"어땠어?"

차에 올라타니 강민식이 물었다. 딱히 대답할 것이 없었던지라 장택근은 그저 소소한 이야기를 늘어놓다 왔노라 대답했다.

"원래 그래. 나도 몇 번 받아봤는데, 정 선생님이 특이한 건지 아니면 원래 정신과 상담이라는 게 이런 건지… 좀 특이하더라고."

그의 말에 장택근이 고개를 끄덕였다. 정수연은 어딘지 모르게 특이한 여자였다. 게다가 그 상담 방식이라는 것도 꽤나 인상이 깊어 더욱 기억에 남았다.

"근데 민식 형님은 왜?"

아무 생각 없이 질문을 한 장택근이 아차 싶은 얼굴로 입을 막았다. 정신과 상담이라는 게 민감한 부분이 있을 수 있어 방금 자신이 한 질문이 실례라는 것을 뒤늦게 깨달은 탓이다.

"아, 별건 아니고 불면증이 좀 있었거든. 그래서 약이나 받아볼 생각으로 다녀본 건데 이게 의외로 효과가 있더라고."

하지만 정작 강민식 스스로는 대수롭지 않게 생각하는 모양이다. 아무렇지도 않게 대꾸해 오는 그의 얼굴에 한 점 그

늘도 보이지 않았다.

"어쨌든 다녀보니까 알겠더라고. 거 외국에서는 감기 때문에 병원 다니는 것처럼 정신과도 뻔질나게 다닌다잖아. 우리 나라야 정신과 상담만 받아도 정신병자니 뭐니 떠들어 대는데 확실히 도움은 되는 것 같더라고."

그의 대수롭지 않다는 듯한 이야기에 조금은 마음이 홀가분해진 장택근이 고개를 끄덕였다. 드르륵거리는 소리와 함께 바지 주머니에서 진동이 느껴졌다.

휴대폰을 꺼내드니 이지원이었다.

—잘 갔다 왔어?

꽤나 염려가 된 모양인지 대뜸 던지는 한마디가 상담은 잘 받았는지에 대한 질문이다.

"응. 지금 받고 가는 길이야."

수화기 너머에서 뭔가 꼼지락거리는 기척이 느껴지는 게 당장 자세하게 물어보고는 싶은데 참는 기색이 역력했다. 왠지 실 웃음이 나온 장택근이 가볍게 이야기했다.

"별건 없었고, 그냥 어떻게 살고 있는지 그런 거나 이야기하다 왔어. 예약 다시 잡아두고 왔으니까 너무 걱정하지 마."

그제야 이지원이 안도의 한숨을 내쉬며 그를 격려해 주었다. 이런저런 이야기를 하며 대화를 나누던 장택근이 문득 생각났다는 듯이 이야기했다.

"그나저나 오늘이 발표회 날이지?"

지난번에 촬영했던 홍보 영상이 풀리는 날이 오늘인지라 그렇게 물으니, 이지원이 덤덤하게 대꾸했다.

—응. 이따가 민식 오빠 오면 바로 출발할 거야.

그녀의 말에 장택근은 새삼 가슴이 두근거리기 시작했다.

*   *   *

박준규 감독이 17번째로 메가폰을 잡은 〈도살자〉 제작 발표회 현장.

장택근은 발표회가 끝나기가 무섭게 올라온 기사를 기다렸다는 듯이 클릭했다. 이런저런 미사여구로 잔뜩 치장된 기사가 보기 피곤했지만 그는 한 자 한 자 읽어 내렸다.

역시나 충무로에서 이름값이 높은 박준규 감독과 이지원, 최민혁을 비롯한 초호화 출연진으로 인해 관심이 뜨거운 듯했다.

기사에 첨부된 사진에 있는 취재진의 뒤통수만 봐도 참석한 이들이 어마어마하게 많았음을 알 수 있었다.

박준규 감독의 17번째 작품.

〈도살자〉(제작: 마이더스필름, 감독: 박준규, 주연: 최민혁, 이지원)가 지난 5월 29일 오후 6시 컨벤션 센터 아트홀에서 열린 제작 발표회를 통해 힘찬 시작을 알렸다.

이번 제작 발표회에는 박준규 감독, 주연배우인 최민혁과 이지원이 참석했고, 소설가이자 영화 〈도살자〉의 작가인 이필상 작가가 함께 참석해 언론의 스포트라이트를 받았다.

박준규 감독, "이제껏 한국 영화사에서 한 번도 보지 못했던 독특한 스릴러 장르가 될 것."

최민혁, "새로운 장르에 대한 도전이 부담도 되지만 절대 실망시키지 않을 것."

이지원, "처음 시나리오를 봤을 때부터 꼭 해보고 싶었던 작품이었으니만큼 최선을 다할 것이다."

이필상 작가, "감독과 배우, 환상적인 조합이니만큼 색다른 영화가 될 것이라고 믿는다."

2015년을 뜨겁게 달굴 것으로 예상되는 〈도살자〉의 화려한 출사표!

한국 영화계의 흥행 신화를 이어가는 박준규 감독의 17번째 작품인 만큼, 이날 제작 발표회 현장에는 많은 취재진뿐만 아니라 많은 영화계 관계자도 참석했는데 배우 강지형, 이병연 등 다수의 스타들까지 참석, 박준규 감독의 새로운 시작을 축하해 그 명성을 확인할 수 있었다.

마이크를 잡은 박준규 감독은 "평소 늘 탐이 나던 배우들과 함께하게 되어 무척 기대가 된다. 대본과 배우들까지 완벽하게 준비가 된 만큼 책임이 막중하다. 꼭 좋은 영화로 관객들에게 다가가겠다."라며 최민혁과 이지원을 비롯한 배우들과 이필상 작가에 대한 무한한 신뢰를 드러냈다.

'김민수' 역의 최민혁은 "박준규 감독님하고는 처음 하는 작품이다. 하지만 충무로에 명성이 자자한 박준규 감독님의 카리스마와 리더십을 믿는다. 믿고 따르다 보면 〈도살자〉를 통해 한층 더 성장할 수 있다고 생각한다. 배우 최민혁의 성장이 관객들에게도 즐거운 일이 될 수 있었으면 한다."라며 캐스팅 소감을 밝혔다.

'이예진' 역의 이지원 역시 "감독과 작가 배우, 스태프 누구 하나 할 것 없이 너무도 실력 있는 분들과 작업하게 되어 마음이 설렌다. 이제껏 많은 영화를 찍어왔지만 이번에는 더욱 열심히 해야겠다는 생각이 든다." 라고 야무진 결의를 보였다.

이필상 작가는 박준규 감독과 2002년 〈달무리〉, 2008년 〈마을버스 특급 살인 사건〉, 2012년 〈살벌한 사랑〉 이후로 벌써 네 번째 호흡을 맞추게 되었다. 이필상 작가는 "역량 있는 감독과 실력 있는 배우들이 내 시나리오를 영상화시킨다는 것을 너무도 기쁘게 생각한다."

하나같이 열의에 찬 모습에 기자회견장의 열기는 연주회장을 방불케 할 정도의 열기가 느껴졌다.

박준규 감독은 "많은 것을 보여드릴 수는 없다. 하지만 대중의 호기심을 채워줄 정도의 영상정도는 준비했다. 백 마디 설명보다는 홍보 영상을 보고 판단해 주기를 바란다."라며 영화에 대한 자신감을 표출했다.

그리고 박준규 감독의 자신감처럼 홍보 영상을 보고 난 뒤 취재진의 반응은 폭발적이었다. 박준규 감독 특유의 색감이 잘 산 홍보 영상에는 극도의 스트레스에 내몰린 사람들의 연기가 너무나도 잘 표현되어 있었다.

비록 2분 40초의 짧은 영상에 불과했지만 연출과 배우들의 연기까지 무엇 하나 부족함이 없어 감독과 배우들의 명성이 거짓이 아니었음을 다시 한 번 확인할 수 있었다.

또한 박준규 감독은 "영상을 보면 알겠지만, 최민혁과 이지원을 제외한 제3의 주연이 있다. 이번 영화를 통해 그를 만난 것은 큰 행운"이라며 영상 속에 등장했던 수수께끼의 인물에 대한 믿음과 기대를 드러냈다.

이와 같이 제작 발표회를 통해 뜨거운 관심을 모은 영화 <도살자>는 극한의 상황 속에서 인간들이 얼마나 잔인해지고, 얼마나 나약할 수 있는지가 주된 전개가 되는 박준규 감독의 17번째 작품이다. 더불어 요즘 충무로를 뜨겁게 달구고 있는 배우 '이지원'과 '최민혁'이 각기 주연으로 캐스팅된 영화이다.

현재 <도살자>는 2013년 11월 크랭크인을 목표로 준비 작업에 박차를 가하고 있다.

취재. 문화 캐스트 허경영 기자.

장황한 기사를 읽어본 장택근은 떨리는 손길로 하단에 첨부된 홍보 영상을 클릭했다.

*　　　*　　　*

일산 백석동에 사는 조 씨는 자칭, 타칭 영화광이었다. 바쁜 하루 아무리 몸이 고되고 힘들더라도 영화 한 편을 보지 않으면 잠이 오지 않는 그였다.

오늘은 며칠간이나 애를 태우며 기다리던 DVD, 그것도 플래티넘 감독판이라는 거창한 이름이 붙은 DVD가 집에 도착한 날이었다. 이른 오후에 받은 택배기사의 '경비실에 맡겼음' 이라는 문자가 어찌나 반갑던지 도대체 시간이 가지를 않았다.

게다가 재수 없게도 잔업이 없는데도 불구하고 과장이 퇴근을 하지 않아 회사의 직원들이 모두 똥 씹은 얼굴로 화면을 노려보고 있었다. 조 씨 역시 자신을 기다리는 DVD와의 만남을 뒤로 미룬 채 화면을 노려봤다.

순간 메신저 아래의 창 하나가 반짝거리며 새로운 메시지가 왔음을 알린다. 마우스를 클릭해 보니 메시지는 평소 아마추어 영화 평론가 모임에서 가깝게 지내던 지인 김 씨의 메시지였다.

김 씨 : 뭐하삼.
조 씨 : 미친 부장 새끼가 회사에 꿀 처발라놨는지 버티고 앉아서 집에 못 가고 있는 중. 무슨 일임.
김 씨 : 헐.

김 씨 : 지못미.

조 씨 : 저번에 말한 그 한정판 DVD가 경비 아찌에게 인질로 잡혀 있음. 빨리 가서 구출해야 하는데 지금 딥빡 상태임.

김 씨 : 저번에 말한 그거? 대박! 님 그거 어디서 구했음. 나도 구하려고 했는데 완판. ㅜㅜ

김 씨의 메시지에 흐뭇한 미소를 지은 그가 한참을 무용담을 늘어놓는데 김 씨가 슬쩍 화제를 바꿨다.

김 씨 : 님. 박준규 신작 홍보 영상 뜬 거 알고 있삼?

조 씨 : 헐. 그게 오늘 떴음?

평소 박준규 감독을 유럽리그에서 국위 선양하는 프로 축구 선수들보다 더욱 윗줄로 쳐주던 조 씨가 깜짝 놀라 인터넷 검색창을 열었다.

김 씨 : 남주 최민혁에 여주 이지원 여신님이심.

김 씨 : 보기 전엔 말이 안 통하니 빨리 보고 오삼.

조 씨 : 기달. 검색 중.

박준규 감독이 17번째로 메가폰을 잡은 〈도살자〉 제작 발표회 현장.

유명 포털사이트에 메인으로 올라온 기사를 클릭한 조 씨는 인터뷰 내용을 한 자 한 자 읽어 내리고는 가장 하단에 첨부된 영상을 클릭했다. 도대체 뭘 하는지 아까부터 인상을 잔뜩 찌푸리고 모니터를 노려보는 과장의 눈치를 보며 슬쩍 귀에 이어폰을 꽂았다.

한 사내가 도심을 질주하고 있었다.

"도둑이야!"

그를 뒤따르는 나이 든 여인의 음성에 사람들이 웅성거리며 사내를 보지만 사내는 그 모든 시선을 뿌리치고 복잡한 시내를 달리고 또 달렸다.

"소매치기 좀 잡아줘요!"

여인이 뾰족하게 비명을 지르지만 사내의 질주를 막는 사람은 아무도 없었다. 여인이 턱 끝까지 차오른 숨에 바닥에 그대로 주저앉는데, 저만치 앞에서 달려가던 사내가 갑자기 허공에 떠오르더니 아스팔트 바닥을 뒹군다.

"도대체가 요즘 젊은 새끼들은 일해서 돈 벌 생각은 안 하고."

그렇게 바닥을 뒹구는 사내의 앞에 후줄근한 야상을 걸친 사내가 건들거리며 나타났다.

"뭐야, 이 새끼야!"

바닥에 널브러져 있던 사내가 벌떡 몸을 일으키며 번뜩이는 날붙이를 꺼내 들었다. 무슨 일인가 싶어 몰려들었던 사람들이 그걸 보고 비명을 지르는데 남자는 태연했다. 입에 담배를 꼬나물고는 불을 붙인 남자가 성큼성큼 사내에게 다가섰다.

"가까이 오지 마!"

사내가 위협적으로 날붙이를 휘둘렀지만 남자는 아랑곳하지 않았다. 지척까지 다가선 그가 갑작스레 몸을 튕기며 사내를 제압했다. 시퍼런 과도를 채 휘두르지도 못한 채 남자에게 제압당한 사내가 욕설을 내뱉는데 남자가 허리춤에서 수갑을 꺼내 들었다.

"저 민순데요……."

[2014년 사람들이 갑자기 사라지기 시작했다!]

"꺼내줘!"

"당신들 누구야! 당신들이 날 데려온 거야?"

사방이 새하얀 벽으로 가로막힌 방 안, 열 명 남짓한 사람이 아우성을 친다.

[도대체 그들은 왜 낯선 곳에서 눈을 떠야 했나!]

"저는 문화일보의 기자 남래식입니다."

후줄근한 정장을 입은 중년의 사내가 인사를 하자 주변을 둘러싸고 있던 사람들이 하나둘 일어나서 자신을 소개하기 시작했다.

"저는 이희란이에요. 가수랍니다."

새빨간 드레스를 입은 농염한 여인이 농염한 눈초리로 좌중을 훑어보는데 뚱뚱한 여인이 일어났다.

"김순자고요. 주부예요. 우리 애들 학원에서 올 시간인데."

울상을 지은 여인이 불안한 얼굴로 이야기했다.

[평범한 사람에게도!]

"내가 원해서 그런 게 아니라고! 나도 원해서 사람을 죽인 게 아니야!"

죄수복을 입은 사내가 비명과도 같은 외침을 토해냈다. 온통 피칠 갑을 하고 선 그를 둘러싼 사람들이 비명을 질러대며 난리를 떤다.

[살인자에게도!]

"선생님!"

아름다운 여인이 자신을 부르는 아이들의 음성에 해맑게 미소를 짓는다. 그녀의 환한 미소에 금세 노란색 옷을 입은 아이들이 까르르 거리며 몰려든다.

[누구에게나 비밀은 있다!]

사내는 기괴한 얼굴이었다. 창백한 얼굴로 우는 것인지 웃는 것인 지 모를 표정으로 얘기한다.

"우리가 얼마 만에 본 거지?"

"2주야, 2주."

왠지 모르게 듣기 거북한 음성으로 지껄이는 사내의 눈동자가 투 명하게 번들거린다.

"2주 만에 겨우 만난 거라고, 우리."

"그간 잘 지냈어?"

입꼬리를 쭉 추켜올린 사내의 얼굴이 어딘지 모르게 어색하다. 상 처투성이의 손이 사내의 잔뜩 일그러진 얼굴을 가린다.

"잘 지낸 모양이야. 마지막으로 헤어졌을 때 모습 그대로네."

"왜 하필 네가 지금 내 눈앞에 있는 거지? 왜 하필 지금이야."

마치 울먹이는 것 같기도 하고 웃음을 참는 것 같기도 한 사내의 음성이 섬뜩하기만 하다.

"진짜 미치도록 너희가 보고 싶었거든. 외로워서 죽을 것 같았어. 이 지옥 같은 곳에서 홀로 떨어져 있다는 사실이 미칠 듯이 힘들었어."

사내가 갑작스레 웃음 터뜨렸다. 어깨를 들썩이며 한참을 웃어대던 사내가 투박한 손으로 얼굴을 움켜쥔다.

"왜 하필 지금이냐고."

"어제만 만났어도, 아니, 몇 시간 전에만 만났어도. 나는 너희를 반겼을 텐데……."

붉고 노란 액체와 덩어리들이 가득 끼인 손톱 사이로 보이는 눈동자가 마치 사냥감을 앞에 둔 포식자와도 같다. 사내가 손가락 사이로 시퍼렇게 눈을 번뜩이며 웃어보였다.

"반가워, 예진아."

[2014년을 뜨겁게 달굴 박준규 사단의 17번째 작품!]

"꺄아아아아아아아아!"

얼굴을 감싸 쥔 여인이 찢어지는 비명을 내지른다. 덜덜 떨며 주저앉은 그녀의 주변에는 온통 피투성이 시체들뿐이다.

[도살자!]

"뭘 그렇게 겁을 먹고 그래."

마치 악귀와도 같은 표정을 한 사내가 씨익 웃었다.

"그렇게 겁을 먹으면 나도 모르게 널 죽이고 싶어지잖아."

[이제 시작합니다!]

*　　　　*　　　　*

띠링.

조 씨는 문득 스피커에 울리는 메시지 알림음에 정신을 차렸다. 홍보 영상을 본다는 것이 저도 모르게 한참이나 모니터에서 물러났던지라 PC의 본체에 연결해 두었던 이어폰이 빠져 스피커가 시끄럽게 알림음을 토해내고 있었다.

띠링. 띠링.

멍하니 화면을 바라보다가 메시지를 클릭해 보니 김 씨의 메시지가 한가득이다.

김 씨 : 보는 중?

김 씨 : ㅋㅋㅋㅋㅋ 회사라더니 기저귀는 차셨음?

김 씨 : 보고 있구먼. ㅋㅋㅋ

김 씨 : 레알 지릴걸.

김 씨 : 어이! 조 씨!

김 씨 : 기절한 거 아님? ㅎㅎ

김 씨 : 119 부르겠음 ㅋㅋㅋㅋㅋ

김 씨 : 대답 바람.

띠링띠링띠링.

메시지를 확인하는 이 순간에도 계속해서 알림음을 토해
내는 메신저를 보다가 몸을 부르르 떤 조 씨가 떨리는 손으로
키보드를 두들겼다.

조 씨 : 씨발. 미리 알려주지. 나 지금 레알 지림.

김 씨 : ㅋㅋㅋㅋㅋㅋㅋ 나도 당했음.

조 씨 : 이거 주연 최민혁, 이지원 아님?

김 씨 : 맞음. 근데 제3의 주연이 있댔음. 그 생퀴가 너님 염통
쫄깃하게 만든 그 생퀴인 듯 ㅋㅋㅋㅋㅋ

"누가 일 안 하고 메신저질이야!"

한창 김 씨와 홍보 영상에 관해 이야기를 하려는데 과장이
벌떡 몸을 일으키며 소리쳤다. 하나같이 몸을 움츠린 직원들
이 슬쩍 조 씨를 바라보자 과장이 잔뜩 일그러진 얼굴로 다가
왔다.

"조 대리! 지금 야근하기 싫다고 시위하는……."

과장이 다가오자 의자에서 일어난 조 씨가 뭐라고 입을 열
려는데 과장이 걱정스러운 얼굴로 물었다.

"조 대리, 어디 아파? 아프면 이야기를 하지. 사람이 미련
하게."

"네?"

과장의 뜬금없는 말에 영문을 몰라 눈을 껌벅대니 과장이 그의 등을 떠밀었다.

"어휴. 미련하게스리. 언능 병원이라도 가봐. 얼굴이 아주 그냥 저승사자라도 본 얼굴이구만."

과장의 말에 정신을 차린 그가 사무실 한쪽 벽에 걸린 거울을 바라보았다.

그곳에는 핏기 하나 없이 창백한 얼굴을 한 자신이 식은땀으로 흥건하게 젖은 모습으로 몸을 떨고 있었다.

*　　*　　*

각종 포털사이트의 메인에 '도살자 홍보 영상', '도살자 살인마', '도살자 제3의 주연'이 실시간 검색어 상위권에 올라가기 시작했다.

사람들은 박준규 감독이 말한 '제3의 주연'을 찾기 위해 혈안이 되었지만 정보가 너무 없었다. 온갖 영화와 드라마 팬들이 나서서 추측성 발언을 하고, 연극 팬들까지 나섰지만 결국 제3의 주연은 찾을 수 없었다.

비록 살인마 역을 맡은 배우가 누구인지 밝혀지진 않았지만 영상은 각종 영화 동호회와 유튜브를 비롯한 수많은 사이트에서 어마어마한 조회 수를 기록했다.

그렇게 '도살자'의 홍보 영상은 대한민국의 국민들에게 '도살자'라는 영화 제목과 '제3의 주연'이라는 말을 강렬하게 각인시켰다.

그리고 그 현상에 가장 신이 난 건 제작사와 제작진이었다. 박준규 감독의 안목을 믿었지만 그래도 신인 배우 기용에 대한 찝찝함이 남아 있던 제작사의 임원들과 투자자들은 이번 기회에 그 찝찝함을 완전히 날려 버릴 수가 있었다.

또한 박준규 감독은 아직 크랭크인에 들어가지도 않은 영화가 벌써부터 검색어 상위권에 랭크되며 사람들의 관심을 받고 있으니 어찌 기쁘지 않을쏜가. 지금만 같다면 벌거벗고 광화문 한복판에서 춤을 추래도 할 수 있을 것 같은 기분이었다.

"어휴, 젊은 처자도 아니고 시꺼먼 아저씨가 그러면 신고당합니다, 신고."

곁에 있던 이필상 작가의 말에 박준규가 여전히 웃는 낯으로 대답했다.

"말이 그렇다는 거지! 이 사람아! 저도 좋으면서 앙탈이야, 앙탈은!"

그의 말에 어이없다는 얼굴을 해보인 이필상 작가였지만 이내 입꼬리가 쓰윽 올라갔다. 장필수 배역을 수정하고 분량을 늘일 것을 가장 강력하게 주장했던 이가 그였으니만큼 지금 대중이 보이는 홍보 영상에 대한 반응에 절로 어깨가 으쓱였다.

"그나저나 이렇게 영상에서 제3의 주연이니 뭐니 떠들어 대고 막상 뚜껑 열어보니 조연이다 하면 욕먹는 거 아냐?"

박준규가 짐짓 걱정스럽다는 투로 얘기했지만 이필상은 기도 안 찬다는 표정으로 귀를 후비며 한마디 툭하고 던졌을 뿐이다.

"분량이 중요한가. 임팩트가 중요하지."

그 말에 박준규가 언제 그랬냐는 듯이 다시 너털웃음을 터 뜨리며 말했다.

"그건 그렇지! 그리고 분량만 치면 민혁 씨하고 지원 씨 바로 다음이기도 하고. 명실상부한 주조연이지."

박준규가 껄껄거리고 말하고 이필상이 그 말에 장단을 맞추며 콧노래를 부른다.

*　　　*　　　*

[그렇게 겁을 먹으면 나도 모르게 널 죽이고 싶어지잖아.]

화면 안의 사내가 번들거리는 눈동자로 지껄여 대는데 그 모습이 너무도 섬뜩했다. 하지만 화면을 바라보고 있는 장택근은 전혀 어두운 얼굴이 아니었다.

도대체 몇 번이나 봤는지 모른다. 김석천 PD의 강압에 못

이겨 '킬러 김한수' 역을 했을 때와는 차원이 다른 감동이었다. 그냥저냥 시키는 대로 화면 앞을 몇 번 오갔을 뿐이었던 전과는 다르게 이번에는 온전하게 자신이 노력하여 만들어낸 연기였다.

그는 다시 한 번 영상을 재생시켰다.

[왜 하필 네가 지금 내 눈앞에 있는 거지? 왜 하필 지금이야.]

자신이 저렇게 다양한 얼굴을 할 수 있었던가. 늘 이지원에게 구박만 받던 자신인데 저렇게나 자연스러운 모습이라니 새삼 감회가 새로웠다.

[반가워, 예진아.]

섬뜩한 얼굴을 한 자신이 환하게 미소를 지어 보인다. 이렇게만 보면 또 정말 살인마 같아 보이기도 했다. 그게 못내 신기했던 장택근은 몇 번이나 더 영상을 재생하다가 자리에서 일어났다.

─영상 봤어!

만약 진재영의 전화가 아니었다면 그가 도대체 몇 번이나 더 영상을 재생했을지 몰랐다.

"아, 누나. 누나도 봤어?"

웃음기 머금은 목소리에 숨길 수 없는 자부심이 드러났다.

―그래, 정말 너 아닌 거 같더라.

그녀의 말에 감탄하는 기색이 역력해 그는 저도 모르게 흘러나오려는 웃음을 꾹 참았다.

"발연기라며! 언제는!"

장난스럽게 대꾸해 주니 진재영이 바로 맞받아쳤다.

―어휴, 지원이가 고생 많이 했겠어.

짐짓 한숨을 내쉬며 그렇게 이야기를 하고는 이내 목소리를 가다듬고 그에게 축하의 말을 건네는 진재영이다.

―검색어 상위권에, 영상은 온 영화 사이트고 뭐고 다 퍼져 나갈 기세고. 축하해.

그녀의 조금은 이른 축하 인사에 장택근이 이제 시작이라며 다부진 각오를 드러냈다. 별 내용이랄 것도 없는 통화를 마친 장택근은 다시 컴퓨터 앞에 앉아 인터넷을 검색하기 시작했다.

기사에 달린 댓글과 영상에 수두룩하니 올라온 코멘트를 보며 시간을 보내던 장택근은 거의 새벽이 될 무렵에나 자리에서 일어났다.

한참이나 컴퓨터 앞에 앉아 있었더니 온몸의 관절이 비명을 내질렀다. 어마어마하게 단련된 육체도 폐인 생활 앞에서는 당해낼 재간이 없는 모양이다.

이리저리 몸을 비틀어대던 장택근은 시간이 벌써 새벽 세

시를 가리키자 침대에 누워 잠을 청했다.

아직까지도 들뜬 기분이라 쉽게 잠이 올 것 같지 않았지만 그는 억지로라도 잠을 청했다.

*　　　*　　　*

"장택근 이 개새끼!"

날카로운 고함 소리에 이어 무언가가 깨져 나가는 소리가 들렸다. 사람들이 목을 움츠리며 사내, 차동수의 눈치를 살폈다.

"동수 씨, 진정해. 응? 뭘 그렇게 흥분하고 그래."

나윤섭 PD가 주눅이 든 얼굴로 그를 달래보려 하지만 차동수는 이미 화가 잔뜩 난 상태였다.

"이제 얼굴 안 보게 됐나 했더니… 또! 또!"

차동수의 고함 소리에 곁에 있던 나윤섭이 고개를 절레절레 저었다.

언제부터였을까. 차동수는 장택근에 대한 열등감을 강하게 드러내기 시작했다. 장택근과 관련된 일이라면 사사건건 흥분하며 이성을 잃는 그의 모습에 나윤섭은 의아하지 않을 수 없었다.

저번 일만 해도 그렇다. 손보석에 대한 살인혐의, 비록 '장택근이 손보석을 폭행했다', '이빨이 다 부러지는 바람에 손

살인마 장필수 153

보석은 밥도 제대로 먹지 못했다' 라며 몇 마디 의혹을 제시했을 뿐이라지만 사건의 여파는 만만치 않았다.

검찰은 장택근을 살인 용의자로 지목하고 조사를 하기 시작했고, 그 여파로 장택근은 결국 방송국에서 퇴출되어 버리고 말았다.

차동수를 따라 장택근을 곤경에 빠뜨린 나윤섭이었지만 사실 그렇게까지 일을 크게 벌이려던 것은 아니었다. 아마존에서 여러 가지로 의견 충돌이 있기도 했지만 그저 괘씸하다는 생각뿐이었지 뼛속까지 그에 대한 원한이 사무친 것도 아니었다.

그런데 차동수는 그와 달랐다. 검찰과 방송국 윗사람들과 아슬아슬한 줄타기를 마다하지 않고 결국 장택근을 파멸시켰다.

도대체 뭐가 문제일까. 곰곰이 생각해 봤지만 나윤섭은 알 수 없었다.

"꼴도 보기 싫은 새끼! 보석이를 그렇게 만들고 뭐? 영화배우?"

차동수가 다시 한 번 고함을 터뜨리며 유리잔을 집어 던졌다. 한쪽 벽에 가득 묻은 지저분한 위스키와 그 아래 굴러다니는 유리조각을 섬뜩한 눈으로 노려보던 차동수가 숨을 몰아쉬었다.

한참이나 거친 호흡을 몰아쉬던 그가 겨우 마음이 가라앉았는지 표정이 한층 누그러졌다.

"동수 씨, 일단 한 잔 해."

나윤섭이 슬쩍 잔을 내미는데 그는 요지부동이었다. 뭔가를 생각하는 듯 한참이나 그렇게 있던 그가 입을 열었다.

"너희는 나가 있어."

그때까지 차동수의 눈치를 보며 꿔다 놓은 보릿자루마냥 있던 아가씨들이 눈치를 보며 주춤주춤 몸을 일으켰다.

"동수 씨, 왜 또… 파트너가 마음에 안 들어? 나는 괜찮은데, 미나야 여기 앉아."

나윤섭이 반쯤 벌거벗다시피 한 여인의 손목을 붙들며 자신의 무릎 위에 앉히는데 차동수가 싸늘하게 말했다.

"나가 있으라고 했지."

다시 또 얼굴이 시뻘게지는 게 무시했다가는 사고라도 칠 것 같아 나윤섭은 아쉬운 얼굴로 파트너를 놓아줬다.

여자들이 룸을 나서자 차동수가 술을 들이켰다. 잔 가득 따라져 있던 위스키를 한 번에 비워낸 그가 입가를 쓰윽 훔쳐냈다.

"안 되겠어, 나 PD. 우리 무슨 수를 쓰던지 해야지. 보석이 새끼를 죽인 놈이 저렇게 활개를 치고 다니는 건 도저히 못 보겠어."

차동수의 말에 나윤섭이 인상을 찌푸렸다.

"보석이가 그렇게 된 건 사실 따지고 보면 우리가 버

리······."

"나 PD!"

나윤섭의 말을 단번에 잘라낸 차동수가 벌떡 몸을 일으켰다.

"내가 요 입, 요 입 조심하라고 했지."

지척까지 다가선 그가 나윤섭의 입술을 꼬집어 이리저리 흔들며 눈을 번뜩였다.

"응? 왜 내 말 안 들어. 요 입 때문에 한번 진짜 장택근 새끼 꼴 나봐야 정신을 차리지. 응?"

예능국에서는 왕처럼 군림하는 PD가 마치 큰 잘못을 한 초등학생처럼 아무런 저항도 없이 그의 행동을 받아준다. 차동수의 정도를 넘어선 행동에도 그저 하얗게 질린 얼굴로 고개를 끄덕였을 뿐이다.

"어쨌든 나는 그 새끼 저렇게 잘되는 거 못 봐."

차동수의 사나운 한마디에 나윤섭이 눈치를 보다가 조심스럽게 입을 열었다.

"근데 괜찮을까? 한 번만 더 건드리면 이지원이 가만있지 않겠다고 했잖아."

일전에 만났던 이지원의 표독스러운 얼굴이 떠올랐는지 그가 몸서리를 치며 말했다.

여신이니 뭐니 떠받들지만 아는 사람은 다 안다. 이지원이 얼마나 독종인지를. 만약 독종이 아니었다면 스폰서의 압박과 각종 로비에서 그녀가 깨끗함을 유지하지 못했을 것이다. 모든 사람이 미련한 짓이라며 곧 사라질 그녀의 운명을 비웃었지만 그녀는 결국 대한민국의 톱스타로 우뚝 섰다. 대체 얼마만큼의 뚝심과 독기가 있어야 가능할지 나윤섭은 짐작도 할 수 없었다.

"그년이 뭐! 제 년도 그렇게 말만 했지, 아무것도 못할걸? 당장 가장 크게 다치는 건 그년이라고."

차동수가 술잔에 술을 따라 거칠게 들이켰다.

나윤섭이 질린 얼굴로 차동수를 바라보았다. 사실 따지고 보면 피해자는 이지원과 장택근인데 왜 저렇게 차동수는 그들을 못 잡아먹어서 안달일까.

들쑤셔 봐야 자신들에게 좋을 것이 하나도 없었다. 당장 이지원의 협박이 아니더라도 성폭행 미수 사건의 암묵적 동의자가 자신들이고, 손보석의 사망에 가장 밀접한 관련이 있는 이 역시 자신들이었다.

그런데도 자꾸만 이지원과 장택근을 쥐고 흔들려는 차동수가 이제는 정상으로 보이지 않는 나윤섭이었다.

"이지원 알잖아. 진짜 그러고도 남는다고. 우리도 다칠 수 있으니까. 그냥 서로 모르는 척하고 살자, 이제. 그 정도면 동수 씨도 택근이한테 당한 굴욕 충분히 갚아줬잖……."

제 딴에는 용기를 내어 차동수를 설득하던 나윤섭이 그대로 입을 다물었다. 차동수가 시퍼렇게 눈을 번뜩이며 자신을 노려보는데 그 눈빛이 정말로 미친 사람 같아 보였다.

나윤섭은 마른침을 삼키며 그의 시선을 피해 어깨를 움츠렸다.

"그리고 누가 우리가 직접 나서겠대?"

차동수의 말에 나윤섭이 고개를 들었다.

"윤신애, 윤신애한테 연락해."

차동수의 입가가 잔뜩 비틀려 올라갔다.

5장

윤신애

홍보 영상이 공개되고 어느덧 이 주라는 시간이 지났다. 영상에 대한 반응은 뜨거웠지만 정작 가장 이슈가 되는 '제3의 주연'이 밝혀지지 않자 그 관심은 고스란히 영화 '도살자'로 향하게 되었다.

제작사는 이슈를 이어가기 위해 크고 작은 기사들을 이슈화시키며 여론을 이어갔다. 그 바람에 바빠진 건 박준규 감독을 비롯한 제작진이었다. 그들은 원래 예정되어 있던 크랭크인 일정을 더욱 서두르기 시작했다.

하지만 원래대로라면 가장 바빠야 할 장택근은 한가로운 시간을 보내고 있었다. 당분간은 연기 연습 없이 휴식을 취하라는 이지원의 말이 아니더라도, 그간 계속 받아왔던 상담의사 정수연의 조언이 있었던 탓이었다.

아무래도 아마존을 다녀온 이후로 항상 무언가에 몰두한 채 시간을 보냈던 그이니만큼 여유를 갖고 주변을 둘러보라는 말이 제법 와 닿았다.

"푸하하하하!"

TV 화면을 통해 흘러나오는 시답지 않은 개그에 폭소를 터뜨리며 바닥을 뒹굴던 그가 문득 고개를 들어 시간을 확인했다.

시간 더럽게 안 가네.

예전에는 그렇게 쉬고 싶다고 노래를 불렀는데 막상 쉬려고 하자 너무도 무료했다. 아니, 무료함을 떠나서 가슴 한구석에 커다란 돌덩이가 내려앉기라도 한 것처럼 불편하기까지 할 지경이었다.

책상 위에 아무렇게나 펼쳐진 대본이 보였다. 벌써 몇 번이나 읽어봤는지 꼬질꼬질해진 대본을 홀린 듯이 바라보던 장택근은 퍼뜩 정신을 차리고 고개를 세차게 털었다.

이번 주까지는 대본을 쳐다보지도 않기로 이미 이지원과 약속을 한 상태였다. 제 스스로도 그간 너무 자신을 몰아붙였음을 느끼고 있었고, 그녀와의 약속을 지키겠다는 의지도 한결 명확하던 터라 그는 애써 대본을 외면했다.

하지만 자꾸 고개가 저 혼자 돌아가는 것만큼은 그도 어쩔 수 없었다.

할 게 없어도 너무 없었다. 그간 너무 일에만 몰두해서 지냈나 싶을 정도로 쉬는 시간이 되자 할 일이 없었다. 게임이라도 해볼 생각으로 컴퓨터 앞에 앉아 봐도 뭔가 예전처럼 몰입이 되지를 않았다.

슬슬 이제는 무료하다 못해 괴로워질 지경이다.

게다가 그나마 연락을 주고받는 이들이라고는 이지원과 진재영뿐이었는데, 이지원은 요즘 한창 관심을 끌어모으는 중인 '도살자'의 얼굴 마담으로 이곳저곳을 다니느라 눈코 뜰 새도 없이 바빴다. 진재영 역시 세미나 참석차 해외에 나간 상태였고.

"내가 이렇게 친구가 없었나."

휴대폰을 둘러보는데 연락할 곳이 없었다. 뒤늦게 뭔가 자신이 잘못 살고 있는 것이 아닌가 걱정이 드는데 손에 꼭 쥐고 하염없이 전화번호부를 위아래로 뒤적거리던 그는 갑작스러운 휴대폰의 진동에 반색을 했다.

하지만 그런 반가운 얼굴도 잠시, 휴대폰의 액정에 떠오른 '소액 대출 바로 즉시 / 김나영 팀장'이라는 문구에 얼굴을 일그러뜨렸다.

그가 휴대폰을 막 내려놓으려는데 다시 진동음이 울렸다.

"아놔! 돈 필요 없다고!"

신경질적으로 말하며 액정을 바라보는데 액정에 떠오른

발신인이 전혀 생각지도 못한 인물이었다.

드르르륵.

굳은 표정으로 휴대폰을 노려보는데, 휴대폰이 계속해서 몸을 떨었다. 결국 한참이나 휴대폰을 노려보며 고민을 하던 그가 통화 버튼을 눌렀다.

"무슨 일이야."

스스로도 놀라울 정도로 차가운 음성에 그가 흠칫 몸을 떠는데 수화기 너머에서 가녀린 목소리가 들려왔다.

―오빠…….

얼마 만에 듣는지 모를 그녀의 음성은 여전히 곱고 여렸다. 하지만 장택근은 냉담한 어투로 대꾸했다.

"웬일이냐고. 나 지금 바빠."

―오빠… 미안해…….

"윤신애, 너 진짜!"

윤신애의 사과에 장택근이 결국 참지 못하고 목소리를 높였다.

가장 힘들 때는 모르는 척하더니 이제 와서 갑자기 미안하다니, 대체 무슨 염치로.

생명의 은인이고 뭐고 그 알량한 공치사를 떠나서도 그녀가 취한 행동은 아마존에서 동고동락했던 사람으로서 실망 그 자체였다. 아니, 이제는 미운 걸 떠나서 그녀라는 존재 자체가 싫어진 장택근이다.

당연히 좋은 말투가 나올 수가 없었다. 아무리 사람 좋은 그라고 해도 그 정도의 호구는 아니었다.

"용건 없으면 끊자. 별로 이야기할 것도 없다."

시종일관 차가운 그의 음성에 결국은 그녀가 눈물을 터뜨렸다. 미안하다 수없이 말하는 그녀의 음성에 물기가 가득했다.

"미안할 것도 없고, 사과할 것도 없어."

─오빠, 우리 만나자. 응?

그의 차가운 말에도 그녀의 음성은 여전히 간절하기만 했다.

"윤신애 씨. 이제 와서 우리가 만나서 뭘 어떻게 하자고."

─오빠, 내가 다 말할게. 응? 오빠, 미안해.

이제는 완전한 울먹임을 담은 음성으로 자꾸 미안하다 말하는 그녀의 어조가 너무도 필사적이라 장택근은 슬쩍 눈살을 찌푸렸다.

"이제 와서 만나서 어쩌자는 건데."

사실 따지고 보면 윤신애가 잘못한 것은 없었다. 원래부터 아마존에 촬영을 가기 전에는 서로 모르던 사이였고, 비록 그 안에서 같이 생활하고 고난을 헤쳐 가며 지낸 시간이 있다지만 1년도 채 되지 않는 짧은 시간이었다.

그녀에 대한 서운함과 원망은 전적으로 장택근 스스로가 만들어낸 것이나 다름없었다. 이지원과 진재영에 비교하여 그녀에게도 너무 많은 것을 기대했던 건 아닐까, 스스로 생각해보지만 방금 그녀에게도 했던 말처럼 이제 와서 변하는 것은 없었다.

─오빠, 알았으니까 만나자. 만나서 이야기하자.

한참이나 간절하게 이어진 그녀의 말에 결국 장택근은 결국 약속을 잡아야 했다.

─미안해… 그리고 고마워…….

도대체 미안한 건 뭐고 고마운 건 뭔지, 횡설수설하는 윤신애의 태도에 장택근이 짧게 대꾸하고는 전화를 끊었다.

이건 전적으로 너무 심심해서야.

스스로 생각해도 너무 무르기만 한 자신의 성격에 그는 인상을 찌푸리며 몇 번이고 중얼거렸다. 그렇게라도 합리화를 하지 않으면 스스로가 너무 한심하게 느껴질 것 같아서였다.

약속장소에 나간 장택근은 검정색 밴을 발견했다. 이지원이 타는 밴과 비슷했지만 도색이나 이런저런 부분이 조금씩 다른 밴이다.

밴 근처에서 담배를 피고 있던 험상궂은 사내가 그를 보며 아는 체를 했다. 일전에 귀국행 비행기에서 만났던 윤신애의 매니저였다.

"장 PD님?"

"저 이제 PD 아닙니다."

'이름이 뭐더라.'

강민식과는 다르게 따로 친분을 나누지는 않았던 관계로 조금은 날이 선 음성으로 대꾸를 해준 그가 멈춰 서니 윤신애의 매니저가 물었다.

"아, 죄송합니다. 방송국을 나가셨다는 소식은 들었는데, 제가 깜빡했네요. 근데 여기는 어쩐 일로……."

"신애가 보자고 해서 나왔습니다."

말을 길게 빼는 매니저의 말을 단박에 잘라내는 그의 목소리가 심드렁했다.

"아, 오늘 신애가 만난다는 분이……."

그의 말에 장택근이 고개를 끄덕여 주었다.

"음……."

그런데 그의 대답을 들은 매니저의 표정이 어딘지 모르게 불편해 보였다. 뭔가 꺼리는 것 같기도 하고 겁을 먹은 것 같기도 하고 애매한 얼굴을 했지만 한 가지는 확실했다.

그는 장택근이 윤신애를 만나는 것을 별로 달가워하지 않는 기색이었다.

가뜩이나 찝찝함 때문에 기분이 좋지 않던 장택근은 그 모습을 보고는 와락 인상을 찡그렸다. 지금 누가 아쉬운 쪽인데 저런 얼굴을 한다는 말인가.

"저 안에 신애 있죠?"

하지만 기왕 멀리까지 나온 김에 꾹 눌러 참고 물으니 매니저가 물끄러미 그를 바라본다. 그 사소한 질문에 한참이나 고민하는 얼굴을 해보이던 매니저가 미미하게 고개를 끄덕였다. 그 태도에 더욱더 기분이 상한 장택근이 알았다는 대답도 하지 않고 밴의 문손잡이를 잡는데, 매니저가 불쑥 끼어들어 그의 손목을 잡아챘다.

"뭡니까."

"저기 죄송한데 오늘은 그냥 돌아가 주셔야 할 것 같은데요……."

굳은 얼굴로 말하는 매니저를 잠시 바라보는데 손목에 가해지는 힘이 커졌다. 표정은 변화가 없지만 몸을 움찔대는 게 아무래도 자신을 내치려는 것 같아 장택근의 눈썹이 사납게 치켜 올라갔다.

"지금……."

손목을 핑그르르 돌려 매니저의 손목을 잡아챈 장택근은 그대로 힘을 주어 밀었다.

"뭐하는 짓입니까."

"어? 어?"

그대로 손목을 쭉 밀어내며 힘을 주자 매니저가 커다란 덩치가 무색하게 속수무책으로 뒤로 밀려나며 신음을 내뱉었다. 몇 걸음이나 그렇게 뒤로 밀려난 그가 뒤늦게 힘을 쓰며 저항을 하는데 그조차도 여의치 않자 아예 작정하고 반대쪽 손마저 내밀어왔다.

무표정하게 그런 매니저의 행태를 바라보던 장택근이 그대로 손을 놓아주었다.

"엇?"

갑작스레 자신을 밀어내던 힘이 사라지자 순간적으로 힘을 거두지 못해 몸을 기우뚱거리던 그가 간신히 균형을 잡았다. 잠깐 사이에 새빨갛게 달아오른 손목을 어루만지던 그가 험악한 표정을 지어 보였다.

아무래도 겉보기에는 비리비리한 몸매를 한 장택근을 보고 자신이 밀려났다는 것에 자존심이 상하기라도 한 모양이었다. 잔뜩 찡그린 얼굴이 그가 건달인지 연예인의 매니저인지 알 수 없을 정도로 험악했다.

아마도 이 일을 하기 전에 그다지 떳떳한 일을 하지는 않았을 것이다. 그 정도로 풍기는 기세가 살벌하기만 했다. 하지만 양손을 내밀며 당장에라도 그의 멱살을 잡을 것처럼 다가서던 매니저는 그대로 걸음을 멈춰야 했다.

장택근의 짜증 가득한 얼굴 뒤로 떠오르는 섬뜩한 빛을 본 탓이었다. 무심한 듯 자신을 노려보는 그 눈동자가 이상할 정도로 스산했다. 대게 이 바닥의 매니저들이 그렇듯이 온갖 험한 꼴 다 보며 자리를 잡은 윤신애의 매니저였지만, 그의 눈빛에 감도는 살벌함은 생전 겪어보지 못한 종류의 것이었다.

저도 모르게 몸을 멈춰선 그가 이를 악물었다. 마치 눈싸움이라도 하듯이 장택근을 노려보던 그가 슬쩍 품 안에 손을 집어넣는데, 장택근이 차가운 목소리로 경고했다.

"더 이상 방해하지 마십시오. 만약 방해하면……."

매니저의 표정이 한층 더 사나워졌다. 장택근의 경고에 그가 턱을 치켜들며 도발적인 눈빛을 보내는데 장택근이 짧게 말을 끝마쳤다.

"이대로 돌아가겠습니다."

어딘지 모르게 예상했던 것과는 다른 장택근의 말에 매니저가 맥이 빠진 얼굴을 하는데, 장택근이 정말 당장에라도 돌아갈 것처럼 몸을 돌렸다.

어차피 내키지 않는 만남이었다. 이런 수모를 당하면서까지 윤신애를 만나야 할 이유가 없었다. 그렇게 말하며 몸을 돌리는데 드르륵거리며 밴의 문이 열리는 소리가 들렸다.

"오빠… 부탁이에요. 제발 모른 척해줘요."

떨리는 윤신애의 음성이 밴 안에서 흘러나오는데, 매니저가 문고리를 잡았다. 문을 닫을 듯 그의 팔이 움찔거리는데 윤신애가 양손으로 그의 손목을 붙잡으며 고개를 저었다.

"제발요……."

문틈으로 고개를 내민 윤신애의 얼굴에 눈물이 가득 고여 있었다. 그 얼굴을 본 그녀의 매니저가 한참이나 고민하는 표정을 짓다가 이내 몸을 돌리고 담배를 꺼내 물었다.

"들어와요, 오빠."

그녀의 말에 고개를 끄덕인 장택근이 밴 안으로 들어서니 그녀가 허겁지겁 누가 볼 새라 문을 닫았다.

"오랜만이에요."

"음……."

짙게 선팅이 된 차창 탓에 어둡기만 한 밴이었지만 장택근은 그녀의 얼굴을 볼 수 있었다.

원래부터 여린 선을 지닌 얼굴이 마치 병에 걸리기라도 한 것처럼 창백하게 질려 있었고, 눈 밑에 짙게 깔린 음영이 당장에라도 쓰러지지 않는 게 이상해 보일 정도로 그녀의 얼굴은 안 좋게 보였다.

독하게 마음을 먹고 온 장택근이었지만 그녀의 그런 모습에 잠시 멍한 얼굴을 해보일 수밖에 없었다.

"엉망이죠? 오빠 만난다고 해서 나름 꾸민 건데, 그래도 이 모양이네요."

애써 담담한 척 말을 한 그녀지만, 고작 한마디를 하고는 이내 고개를 숙이고는 어깨를 들썩이기 시작했다.

그 모습에 장택근은 어딘지 모르게 가슴이 갑갑해져 한숨을 내쉬었다.

*   *   *

그렇게나 통사정을 하더니 막상 장택근이 눈앞에 있는데도 그녀는 아무런 말도 하지 못하고 그저 하염없이 눈물만 흘렸다.

"오빠… 오빠……."

눈물을 흘리며 그를 부르기만 할 뿐 아무리 기다려도 다른 말은 없었다. 한참이나 그녀를 바라보던 장택근은 다시 한 번 한숨을 내쉬었다.

독하게 마음을 먹고 호구가 되지 말자 다짐했지만, 그래도 한때는 동고동락하며 지냈던 동생이다. 또한 자신이 쓰러져 있는 동안 식음을 전폐하다시피 한 채로 병간호를 했던 그녀이기도 하고.

사람인 이상 마음이 흔들리지 않을 수가 없었다.

차라리 독하게 마음먹고 일에만 집중해서 지금의 성공을 이루어냈노라 하면 안쓰럽지나 않을 것을, 아니, 그걸 떠나서 하다못해 대놓고 펑펑 울기라도 한다면 지금처럼 마음이 쓰리지는 않을 것을. 그녀는 처량하게도 흐느낌을 삼키고 삼키다 다시 토해내며 서럽게 울었다.

"오빠……."

그녀가 다시 한 번 그를 불렀다. 고개를 들어 그를 바라보다 눈이 마주치자 다시 고개를 숙이며 어깨를 들썩였다.

'제길, 이런 모습을 보려고 온 것은 아닌데.'

결국 참다못한 그가 시선을 돌리며 속으로 욕설을 내뱉었다.

그녀가 어떤 사정이 있는지는 알 수 없었다. 만나자마자 눈물을 흘리더니 그저 오빠라는 말만 반복하는데 그가 무슨 신통력이 있어 그녀의 사정을 알 수 있겠는가.

"계속 울 거야?"

막상 말을 내뱉는 자신의 음성이 여전히 차가워 그는 스스로도 의아해질 지경이었다. 그녀가 그렇게 서럽게 우는 모습을 보고 그래도 원망이 많이 사라졌다고 생각했는데, 아직도 남아 있는 앙금이 자신의 생각보다 훨씬 많은 모양이다.

"오빠……?"

도대체 몇 번이나 부르는 걸까.

눈물이 그렁그렁한 얼굴로 그를 바라보던 그녀가 다시 고개를 숙였다. 그 모습에 한숨을 내쉰 장택근이 냉담하게 말했다.

"사람을 불렀으면 용건을 말해야지. 그렇게 계속 울기만 할 거면 나 그냥 간다."

그렇게 말하고는 몸을 돌려 문고리를 잡아가는데, 윤신애가 화들짝 놀라 그를 잡았다. 그 가녀린 몸으로 어찌나 필사적으로 매달리던지 하마터면 바닥에 나뒹굴 뻔한 그가 눈썹을 찌푸렸다.

"뭐 하는……."

그녀의 손을 뿌리치며 말을 하던 그가 순간적으로 입을 다물었다. 갑작스레 머리가 깨질 것 같은 통증이 느껴지며 눈앞이 노래졌다. 흡 하고 숨을 들이켜는데 눈앞에 환상처럼 스쳐

가는 영상이 있었다.

하얀 타일로 잘 마감된 욕실, 뿌연 수증기로 가려진 그 사이로 언뜻언뜻 여인의 실루엣이 보인다. 수도꼭지에서 계속해서 물이 흘러나와 욕조를 타고 넘치는데도 여인은 미동도 없다. 한참을 그렇게 욕실에 반쯤 잠긴 채로 아무런 움직임도 없는 그녀의 늘어진 손, 바닥을 흥건하게 적신 물기 위로 새빨간 점이 흘러내리기 시작한다. 새하얀 타일 사이로 퍼져 나가기 시작한 붉은 액체가 섬뜩하기만 했다.

"허억, 허억."

장택근은 턱 끝까지 차오른 숨을 몰아쉬었다. 방금 전까지 눈앞에 보이던 욕실과 여인은 온데간데없고 보이는 것이라고는 어두운 조명 아래 늘어선 칙칙한 색깔의 시트와 그 위에서 자신을 바라보는 윤신애가 있었다.

지겹도록 느껴왔던 부유감, 그 비현실적인 감각에 몸서리를 치던 장택근이 문득 자신의 손을 잡은 윤신애의 손목을 보았다. 왜인지는 모른다. 그저 아직까지 온몸에서 채 빠져나가지 않은 그 비현실적인 감각에 이끌렸을 뿐이었다.

새하얀 손목에 가득한 검붉은 선들, 열 번, 아니, 수십 번은 내리 그었음직한 그 끔찍한 상흔에 현기증마저 느껴질 지경이었다.

"너 인마!"

저도 모르게 그녀의 손목을 잡아 눈앞으로 끌어오니 그녀
가 비명조차 지르지 못하고 그대로 딸려왔다. 생각 보다 훨씬
가벼운 그녀의 무게에 왠지 모르게 가슴이 답답해진 그가 눈
을 부릅떴다.

확실했다. 그녀의 손목에 나 있는 끔찍한 상처들은 자해의
흔적이었다. 그것도 그냥 슬쩍 내리 그은 게 아니라 손목이
움푹 파일 정도로 죽죽 내리 그은 상처들이다.

"오빠… 미안해. 내가 다 미안해……. 그때 그래서 미안
해……."

그녀의 말에도 장택근은 아무런 대답도 할 수 없었다.

*　　　*　　　*

집에 돌아온 장택근은 문에 기대고 서서 한숨을 내쉬었다.
오랜만에 다녀온 외출이지만 오히려 머리가 복잡해지는 기분
이다.

윤신애는 대체 무슨 이유로 자해를 했을까. 아니, 그 섬뜩
한 상처들을 단순히 자해라고 해도 될까. 무언가 날카로운 것
으로 수십 차례는 내리 그은 듯한 상처는 자살 시도의 흔적이
었다. 그녀가 왜 그런 짓을 했는지 장택근은 도무지 이해가
가지 않았다.

아마존을 다녀온 이후 승승장구하는 그녀였다. 이제는 신인이라는 말이 무색할 정도로 인지도도 생겼고, 대중의 사랑을 받는 배우가 되었다. 그렇게도 이지원을 동경하고 또 그녀처럼 되기를 원했던 윤신애가 모든 것이 순탄한 상황에서 왜 그런 극단적인 선택을 해야 했을까.

아무리 생각해 봐도 답이 나오지 않았다.

거기에 더해 그의 머리를 더욱 아프게 한 것은 환상처럼 스쳐 갔던 영상이었다. 하얀 욕실 바닥에 피어나는 혈흔의 섬뜩한 모습이 지금도 눈앞에 생생했다. 그 끔찍한 모습을 떠올린 장택근은 잔뜩 짓눌린 신음을 내뱉었다.

아마존을 떠난 이후 처음 겪는 일이라 더 혼란스러웠다. 게다가 떠오른 것이 하필 그렇게 끔찍한 광경이라, 그 바람에 울며불며 힘들 때 모른 척해 미안하다며 수십 번을 되뇌는 윤신애에게 아무런 말도 하지 못했다.

도대체 뭐가 그리 미안해서 자신에게 그리 필사적으로 매달리는지, 솔직히 말해 자신 따위 안 보고 살아도 그만 아니던가. 그녀의 행동은 마치 집착에 가까워 보이기까지 했던 터라 솔직히 꺼림칙한 마음이 없지 않아 있었다.

의문이 한두 개가 아니었지만 그는 그저 말없이 그녀를 바라보다 차에서 내렸을 뿐이다. 이제 와서 묻는다고 뭔가 달라질 것 같지는 않았던 탓이다. 다만 지금에 와서 생각해 보니 도무지 이해할 수 없는 것투성이라 머리가 아파왔다. 한참을 생각에 잠겨 있던 장택근은 관자놀이를 꾹꾹 누르며 한숨을 내쉬었다.

정말 엉망이다.

단지 며칠을 쉬었을 뿐인데, 머릿속은 더욱 복잡해졌고 가슴은 갑갑해졌다. 고개를 세차게 저으며 생각을 떨쳐 내보려 했지만 눈을 감자 떠오르는 영상은 여전히 선명했다.

*　　　*　　　*

그날 장택근은 또다시 긴 꿈을 꾸었다.

꿈속의 자신은 아직도 밀림을 헤매고 있었다. 그런데 이번에는 혼자가 아니었다. 윤신애가 그의 뒤를 말없이 따르고 있었다. 아무런 말도 하지 않고 그저 그림자처럼 그를 따라다니는 그녀의 모습은 마치 유령 같았다. 돌아볼 때마다 자신을 뒤따르며 여전히 그 자리에 있는 그녀였지만, 어딘지 모르게 그녀의 모습이 당장에라도 사라질 것만 같아 꿈속의 그는 몇 번이고 뒤를 돌아보며 그녀의 존재를 확인했다.

"음……."

꿈에서 깨어나고도 한참을 멍하니 있던 장택근은 몸을 일으켰다. 두어 번 뺨을 세게 두들기니 그나마 정신이 돌아왔다.

시간을 확인하려 휴대폰을 찾던 장택근은 흠칫하고 몸을 떨었다. 충전기에 꽂힌 채로 허공에 대롱대롱 매달린 휴대폰이 괜스레 불길하게 보였다. 자신이 몸을 일으키며 침대가 출렁인 탓에 느릿느릿 옆으로 흔들리는 휴대폰의 모습이 마치 목이라도 졸리는 듯한 모습이다.

뜬금없이 떠오른 망상에 피식 웃으며 고개를 내저은 그가 휴대폰을 집어 들었다.

'부재중 통화 2통.'

'윤신애.'

'확인하지 않은 메시지. 3통.'

'이지원, 진재영.'

새벽에 걸려온 것인지 윤신애의 번호가 찍혀 있었다. 애써 그녀의 전화를 무시하고는 문자를 확인했다.

[나 이제 촬영 끝났음.]

[자?]

이건 이지원의 문자고,

[누나 왔다. 누나 없는 동안 심심했지?]

이건 세미나에서 돌아온 진재영의 문자다.

시간을 확인하니 각각 다섯 시간은 전에 온 문자들이라 답문하기도 뭐해진 장택근은 그대로 휴대폰을 주머니 춤에 찔러 넣었다.

아직은 해도 뜨지 않은 이른 시각이다. 침대 위를 뒹굴며 그가 다시 잠을 청했다. 어차피 며칠은 더 할 일도 없었다. 차라리 그간 부족했던 잠이라도 보충하는 게 이득이리라.

* * *

영화 '도살자'의 크랭크인 날짜가 다가오자 이지원의 소속사와 김인숙 이사의 구애가 한층 끈질겨졌다. 그간 수차례 연락을 주고받았지만 계약에 관해서만큼은 이지원의 의견대로 시기를 보고 있는 중이라 미적지근한 태도를 보였다.

덕분에 애가 닳는 것은 김인숙이었다. 강민식이야 이지원과 장택근의 관계도 알고 있고 그가 처한 여러 가지 곤란한 상황도 잘 알고 있으니만큼 어느 정도 여유가 있었지만, 김인숙은 지금 말 그대로 몸이 달았다.

"잘 안 넘어오네."

휴대폰을 내려놓으며 김인숙은 고개를 저었다. 그래도 조금은 적대적이었던 첫인상을 씻기 위해 꽤나 공을 들였다고 생각했는데, 장택근은 쉽게 넘어오지 않았다.

신인, 아니, 어느 정도 인지도가 있는 배우에게도 조금은 과할 법한 조건을 들이밀어도 그는 요지부동이었다. 보는 순간 눈이 휙 돌아가는 선물도 내밀어 보았지만 그는 그 모든 것을 거부했다.

이제는 이쪽이 안달이 날 지경이다.

[우리가 얼마 만에 본 거지?]
[2주야. 2주.]

그녀는 다시 '도살자'의 홍보 영상을 틀었다. 그간 제작사에서는 다양하게 편집을 한 영상을 매체에 공개를 했는데 지금 그녀가 보는 것은 '제3의 주연'이라는 제목이 붙은 장택근만을 통째로 편집한 영상이다.

[진짜 미치도록 너희가 보고 싶었거든. 외로워서 죽을 것 같았어. 이 지옥 같은 곳에서 홀로 떨어져 있다는 사실이 미칠 듯이 힘들었어.]
[어제만 만났어도, 아니, 몇 시간 전에만 만났어도. 나는 너희를 반겼을 텐데…….]

같은 영상을 도대체 몇 번이나 보았는지 모른다. 하지만 그녀는 도무지 질리지가 않았다. 매번 볼 때마다 발가락 끝이 찌릿찌릿하게 접히는 긴장감이 있는데 어떻게 질릴 수가 있겠는가.

[반가워, 예진아.]

"반가워, 예진아."

화면 속 사내의 대사를 그대로 따라한 김인숙이 고개를 절레절레 저었다.

도저히 초짜 배우 같지가 않았다. 지난번에 보았을 때는 분명 대사 표현력이 조금은 부족했는데 영상 속의 그는 마치 진짜 살인마라도 된 것 같은 모습이었다. 박준규 감독이 편집 덕을 보았지만 그런 것을 감안해도 그의 연기는 진짜 중의 진짜였다.

이런 역할에 이우혁을 밀어 넣으려고 했던 자신을 비웃기라도 하듯 화면 속의 사내는 한쪽 입꼬리를 잔뜩 추켜올리고 있었다.

한참이나 화면을 뚫어져라 바라보던 김인숙은 휴대폰과 가방을 집어 들고는 사무실을 나섰다.

"이사님, 들어가세요?"

지나가던 직원 중 누군가가 그녀를 알아보고 살갑게 인사를 해왔다.

"누구 좀 만나러 가."

그렇게 말한 그녀가 잠시 멈춰 서더니 자신의 말을 정정했다.

"아니, 누구 좀 잡으러 가."

그녀의 뜬금없는 말에 직원이 영문을 모르겠다는 표정을 해 보이자 그녀는 피식하고 웃었다.

"그런 게 있어. 중요한 연락만 나한테 연결해 주고 나머지는 다 내일로 재껴."

*　　　*　　　*

M방송국이 위치한 상암동의 한 커피숍, 방송국 관계자들이 워낙에 많이 드나드는 곳이기도 하고 종종 촬영에 지친 연예인들이 와서 시간을 보내는 곳이기도 했다. 덕분에 방송국 관계자의 눈에 들려는 연예인 지망생들의 발걸음이 잦은 곳이며, 동시에 혹시 모를 스타와의 만남을 기대하는 젊은이들이 자주 들리는 명소 중 하나였다.

"커피도 맛있고……."

애매한 시간임에도 카페에 바글바글한 손님들을 보며 장택근은 중얼거렸다. 약속 시간보다 조금 일찍 도착한 탓에 그는 무료한 얼굴로 창밖을 바라보았다.

"저기……."

창밖을 바쁘게 오가는 사람들을 보며 시간을 보내던 장택근은 앳된 음성에 고개를 돌렸다. 고작 중학생이나 됐을까. 제법 예쁘장한 얼굴을 한 여학생이 그를 바라보고 있었다.

자신을 아는 사람인가 하는 마음에 여학생을 자세히 보았지만 딱히 생각나는 사람이 없었다. 애초에 그가 저 또래의 여학생을 알 만한 이유가 없지 않은가.

눈만 깜빡거리고 있는데 여학생이 쭈뼛대다가 물었다.

"오빠, 오빠 연예인이에요?"

그 생각도 못한 질문에 장택근이 잠시 어안이 벙벙해 있는데 여학생이 다시 물었다.

"신인 배우나, 뭐 가수 그런 거예요?"

그제야 여학생이 이 카페를 찾는 흔한 연예인 지망생임을 눈치챈 장택근이 고소를 머금었다.

"아닌데, 오빠, 그냥 누구 만나려고 기다리는 중인데?"

장난스러운 얼굴을 하고 그렇게 대답하니 여학생이 실망이 가득한 얼굴로 고개를 숙여보였다.

"네, 죄송합니다."

그렇게 말하고 돌아서려는 여학생을 장택근이 붙잡았다. 마침 무료하던 차라 호기심이 생긴 탓이었다.

"내 뭘 보고 연예인이냐고 물어?"

장난기 가득한 그의 음성에 여학생이 심드렁하게 대꾸했다.

"그냥, 오빠는 조금 남들하고 달라 보였거든요. 포스가 있어서… 연예인들은 다 그렇다면서요."

어디서 어설프게 주워들은 것은 있는지 여학생의 대답이 가관이었다. 그래도 남들과 달라 보인다는 여학생의 말에 기분이 조금은 좋아진 장택근이 내심 미소를 지었다.

그래도 배우랍시고 분위기가 좀 나오나?

스스로 생각해도 우스운 망상이라 그가 피식 웃으니, 여학생이 얼굴을 찡그렸다. 아무래도 자신을 한심하게 생각해 비웃은 것이라 생각이라도 하는 모양이었다.

"뭐예요, 남은 진지하게 말하는데."

금세 뾰로통한 얼굴을 하는 여학생의 모습이 제법 귀여워 장택근이 친절을 베풀었다.

"연예인이 되고 싶어?"

"네."

한 치의 망설임도 없는 여학생의 대답에 장택근은 다시 물었다.

"연예인이면 어떤 거?"

그의 질문에 여학생이 당황한 얼굴이 되어 빽 소리쳤다.

"그… 그냥 연예인이요!"

"아니, 연예인도 종류가 많잖아, 가수, 배우, 개그맨. 그중에 어떤 거?"

한 치의 망설임도 없었던 방금 전의 대답과는 다르게 여학생은 한참이나 망설이는 게 그저 '연예인' 이 되고 싶었던 모양이다.

요즘 이런 학생들은 어딜 가나 쉽게 볼 수 있었다. 그 역시 방송국 일을 하면서 숱하게 보아왔던 유형의 사람이다.

그저 연예인의 화려한 겉모습에 빠져 아무것도 모르고 연예인이 되겠다는 막연한 생각을 지닌 철모르는 아이의 모습에 장택근이 짐짓 엄한 표정을 지어 보였다.

"너 아직 학생 아니야? 지금 학교 갈 시간 아니야?"

"개교기념일이거든요!"

잔소리를 하려는 건 또 귀신같이 알아챈다. 빽 하고 대답하고는 몸을 돌리는 여학생을 다시 불러 세운 장택근이 말했다.

"너 여기 아무리 들락거려 봐야 아무것도 안 변한다."

역시나 잔소리라는 얼굴로 질색을 하는 여학생을 보며 장택근이 피식 웃음 지었다.

"공부하라는 소리가 아니야. 너 연예인이 되고 싶으면 방향을 잡아서 연기를 배우든, 그것도 아니면 노래를 배우든 하라고. 여기서 이렇게 죽치고 있는 시간에 진짜 연예인이 되려는 애들은 죽어라고 연습하고 있거든."

학업에 열중하라는 말이라도 하려는 줄 알았는지, 여학생이 그의 말에 눈을 크게 떴다.

"오빠가 여기 방송국에서 일했었거든. 그래서 말해주는 거야."

"그러면 될 수 있어요? 연예인?"

방송국에서 일했다는 말에 반색을 하는 모습이 너무도 철없어 보여 장택근은 다시 실소를 머금었다.

"연예인은 모르겠는데 배우나 가수는 될 수 있겠지. 얌마, 세상에 연예인이라는 직업이 어디 있냐."

요즘 아이들 약았다 어떻다 말이 많지만 여학생은 꽤나 순수해 보였다. 조금 되바라져 보이긴 했지만 이 바닥 좋다고 달려드는 아이들 중에서는 상태가 양호한 편이었다.

"하여간 잘해봐. 그리고 공부도 열심히 해야 나중에 뭘 하더라도 무시 안 받는다."

역시나 빠지지 않는 공부 이야기에 여학생이 와락 얼굴을 찌푸렸다.

"흥! 왜 그 소리 안 하나 했네요."

그렇게 말하고는 몸을 돌리는 여학생의 모습에 생기가 넘쳐 그는 저도 모르게 미소를 지었다. 막 걸음을 옮기려던 여학생이 다시 몸을 돌렸다.

"이선영!"

"뭐?

"제 이름 똑똑히 기억해 둬요! 진짜 조금만 있으면 오빠도 내 이름 알게 될 테니까."

아이의 철없는 행동에 그만 그가 웃음을 터뜨리는데, 이선영이라 자신을 소개한 아이가 그대로 몸을 돌렸다. 여자아이치고는 지나치게 씩씩한 걸음으로 입구를 향한 이선영이 고개를 돌리더니 장택근을 한 번 노려봐 주고는 그대로 사라졌다.

피식 웃으며 그녀가 떠난 커피숍의 입구를 바라보는데, 약속 상대가 문을 열고 들어서는 것이 보였다. 답지 않게 야구 모자를 꾹 눌러쓴 모습이 이상하게 불안해 보였다.

커피숍에 들어서기가 무섭게 주변을 두리번거리는 게 누군가를 찾는 모습이라 슬쩍 자리에서 일어나 보였지만 그는 장택근을 발견하고도 계속해서 주변을 살피는 것을 멈추지 않았다. 그 모습이 꼭 누구한테 쫓기는 것처럼 보여 의아해진 장택근이었지만 별달리 의문을 표하지는 않았다.

가까이 다가온 남자가 그의 맞은편에 자리를 잡았다.

"오랜만이지? 택근 씨."

그의 인사에 장택근은 저도 모르게 얼굴이 굳는 것을 느꼈다.

"그렇게 방송국 나가고 나서는 처음 보는 거네. 아니지. 처음은 아니다. '도살자' 홍보 영상은 봤으니까. 영상 잘 빠졌더라."

남자의 말에 장택근이 고개를 한 번 저어보이고는 냉담한 태도로 물었다.

"그런 이야기하려고 저를 보자고 하신 건 아니죠? 나 PD님."

그의 차가운 음성에 흠칫 몸을 떤 나윤섭이 그의 시선을 피했다.

"대체 왜 보자고 한 겁니까."

그래도 그의 보조를 하던 무렵에는 온갖 구박도 견뎌내던 그가 이처럼 사납게 말하니, 나윤섭은 심사가 복잡한 모양인지 좀처럼 입을 열지 못했다.

"용건만 이야기하자고요. 우리가 뭐 편한 사이도 아니고."

장택근이 시종일관 차가운 태도를 유지하니 나윤섭은 적응이 되지 않는지 난감한 얼굴을 하고 있다가 어렵사리 말을 꺼냈다.

"먼저 미안해."

간신히 꺼낸 첫마디가 너무도 의외였던지라 장택근은 눈을 크게 떴다. 그런 그의 얼굴을 본 나윤섭이 고개를 숙이며 말했다.

"그렇게까지 될 줄은 몰랐어. 난 그냥……."

"참나……."

변명처럼 입을 놀려대는 나윤섭의 말을 단번에 잘라낸 장택근이 테이블을 짚었다.

"장난합니까? 기껏 사람 병신 만들어 놓더니 이제 와서, 뭐? 미안하다, 그렇게까지 될 줄은 몰랐다? 같지도 않은 사과할 거면 저 이만 가보겠습니다."

그의 말에 나윤섭이 진땀을 흘리며 손을 저었다.

"아니야, 그게 아니라. 아니, 안 미안하다는 게 아니라. 그게 내가 하려던 이야기는……."

횡설수설하는 그의 모습에 장택근은 한숨을 내쉬었다. 윤신애도 그렇고 나윤섭도 그렇고 자꾸만 생각과 다른 모습을 보여준다. 우연히 마주치면 서로 노려보다 찝찝한 기분으로 돌아설 거라 생각했는데 이런 모습이라니.

"간단하게 말씀하세요. 대체 무슨 말을 하나 궁금해서 나온 거긴 하지만 별로 유쾌한 자리도 아니니까."

그의 한마디에 또다시 진땀을 흘리며 할 말을 찾아 눈동자를 굴리는 나윤섭의 모습이 너무도…….

한심하고 비굴했다.

예능국에서 그의 보조를 할 때는 그토록 폭군 행세를 하는 개차반이더니, 밖에 나가서 보니 찌질이도 이런 찌질이가 없다.

화조차 나지 않은 장택근이 팔짱을 낀 채 그에게 턱짓을 했다. 상당히 건방진 태도였음에도 불구하고 나윤섭은 개의치 않는지 오히려 절절매는 표정을 지었다.

"짧게."

말투 또한 상당히 공격적이었지만 나윤섭은 잠시 숨을 가다듬고는 말했다.

"차동수를 조심해."

역시나 이번에도 나윤섭의 말은 생각지도 못한 말이었다.

"내가 이런 말 하는 게 웃긴다는 거 아는데. 그래도 나도 더 이상 일이 커지는 건 바라지 않아. 솔직히 일 커져 봐야 다 같이 죽는 거 아니야?"

처음에는 말을 꺼내지 못해 그렇게나 망설이더니 한 번 말이 트이자 그는 속사포처럼 말했다.

"전에도 솔직히 그렇게까지 일을 키우고 싶었던 건 아닌데, 어쩌다 보니 그렇게 됐어."

"뭐 다시 또 지원이를 인질로 나를 엮는답니까?"

저도 모르게 흘러나오는 음성이 마치 얼음물이 뚝뚝 떨어질 듯 차가웠다. 나윤섭이 또다시 찔끔 놀라 몸을 떨고는 고개를 저었다.

"아니, 그건 더 이상 안 먹힐 것 같고, 지원 씨가 작정하고 달려들면 정말 다 같이 죽자는 거라서. 그렇게는 안 할 거야."

"전에는 안 그랬고?"

굳이 아마존에서 있었던 일을 허물 잡자면 멀쩡한 사람이 없었다. 장택근 스스로조차 손보석에게 중상을 입힌 전적이 있으니 말할 것도 없고, 차동수, 나윤섭을 비롯한 남자들은 물론, 피해자인 이지원까지 폭로전이 시작되면 만신창이가 될 것이다.

그럼에도 불구하고 일을 벌였던 전적이 있어 그 점을 꼬집자 나윤섭이 땀을 삐질삐질 흘렸다.

"아니, 그건 차동수가 그쪽은 절대 못 터뜨린다고……."

역시나 이지원에게 피해가 갈까 봐 입을 다물어야 했던 그의 상황을 정확하게 파악하고 노린 행동이었다.

"근데 지금은 택근 씨도 저번 일이 있어서 가만있을 것 같지도 않고……."

장택근의 얼굴이 사납게 일그러졌다. 사람을 가지고 노는 것도 정도가 있지 눈앞에서 자신은 죄가 없다는 듯이 지껄여 대는 나윤섭의 얼굴에 욕지기가 치밀어 올랐다.

"그래서?"

폭발할 것 같은 감정을 꾹 눌러 참고 묻는데 음성이 서릿발 같았다. 아까부터 그의 시선을 피하느라 테이블 위의 식어버린 커피 잔만 바라보던 나윤섭이 그런 그의 기색도 모르고 입을 놀렸다.

"나도 자세한 건 몰라. 근데 차동수를 조심해. 뭔가 벌일 것 같아."

"한마디만 물읍시다. 차동수 그 새끼는 왜 그렇게 나를 못 잡아먹어서 안달이랍니까. 솔직히 피해자는 난데."

그의 말에 나윤섭이 입을 오물거리다가 간신히 말을 꺼내는데 얼굴이 어둡기만 했다.

"몰라. 나도 뭔가 이상해. 원래 저런 성격이 아닌데, 아마존 다녀와서 사람이 완전히 이상해졌어. 택근 씨 이야기만 나오면 사람이 완전히 다른 사람이 돼. 항상 그랬다니까. 진짜 나는 그럴 생각 없었는데 차동수가 혼자서… 그러니까 나는 이 일하고 아무 상관없다는 것만 알아줘, 진짜야!"

장택근은 이를 악물었다. 까드득거리는 소리에 나윤섭이 흠칫 놀라 고개를 들었다가는 장택근의 얼굴을 보고는 바짝 얼었다.

"차동수 새끼한테 가서 전해요."

한 자 한 자 씹어뱉는 듯한 음성이 마치 장필수를 연기하는 듯 살벌했다.

"자꾸 가만있는 사람 건드리면 정말로 가만 안 있겠다고."

그다지 무서울 것도 없는 협박이지만 나윤섭은 마치 귀신이라도 본 것 같은 얼굴로 고개를 연신 흔들었다.

"아… 알았어."

나윤섭의 겁에 질린 얼굴을 보니 조금은 기분이 풀린다. 그의 얼굴이 조금씩 누그러지다가 이내 원래의 무표정을 되찾았다.

"일단은 알았습니다. 뭐 이런 거 말해준다고 서로 용서하고 화해하고 그럴 단계는 진즉에 지났잖아? 나는 당신들 때문에 평생을 일해온 직장에서 쫓겨났고 살인마 취급을 받았으니까."

들이받아 버리고 싶은 마음이 아예 없는 것은 아니었지만, 악당도 되지 못하는 나윤섭의 못난 모습에 맥이 빠져버린 장택근이다.

"앞으로 보지 맙시다. 혹시 마주쳐도 그냥 모르는 척합시다."

대충 용건이 끝난 듯하자 장택근은 슬쩍 몸을 일으켰다. 그때까지만 해도 잔뜩 겁을 집어먹고는 몸을 떨고 있던 나윤섭이 갑작스레 생각났다는 듯이 이야기했다.

"또 있어!"

더 들어봐야 시답잖은 이야기밖에 나올 것 같지 않았던 탓에 장택근이 짜증 가득한 얼굴을 했다.

"윤신애! 윤신애를 조심해!"

오늘따라 불의의 일격을 연달아 맞는 기분이다. 장택근은 그건 또 무슨 소린가 하는 눈빛으로 나윤섭을 보았다.

"윤신애가 택근 씨 찾아갔지? 나도 잘 모르는데 차동수랑 뭔가 얘기를 한 것 같아."

그의 말에 뒤통수라도 한 대 두들겨 맞은 것처럼 머리가 띵해진 장택근이 눈만 껌벅이는데 그가 다시 말했다.

"다시 또 찾아갈 거야. 조심해, 믿으면 안 돼."

나윤섭의 어딘지 모르게 다급한 음성에 장택근은 문득 불길한 예감이 들었다.

하얀 타일에 퍼져 나가던 붉은 얼룩이 지금 이 순간 그 어느 때보다 생생하게 떠오른 것은 대체 왜일까. 장택근은 갑작스레 현기증이 느껴져 머리를 짚으며 비틀거렸다.

"윤신애를 조심해……."

그리고 간신히 몸을 가누는 장택근의 앞에서 마치 주문처럼 같은 말을 반복하는 나윤섭의 얼굴은 마치 무언가에 홀리기라도 한 것 같은 얼굴이었다.

6장

문신

"컷!"

박준규 감독의 성난 컷 사인이 다시 터져 나왔다. 그 기세가 어찌나 사나운지 스태프들이 흠칫 몸을 떨었을 정도였다.

"죄송합니다."

장택근은 주눅이 든 얼굴로 고개를 숙이며 사과했다.

"그렇게밖에 못해? 대본이라도 다시 보라고!"

박준규의 질책에 장택근은 그저 죄송하다는 말만을 반복했을 뿐이다.

도대체 몇 번째인지 몰랐다. 다른 이들이 무난하게 통과하는 아무것도 아닌 장면을 몇 번이나 NG를 냈다. 예전에는 그렇게 그의 연기를 극찬하던 박준규 감독이었지만 언제 자신이 그런 적이 있었냐는 듯이 장택근을 호되게 나무랐다. 그뿐아니라 다른 스태프들 역시 얼굴에 슬슬 짜증이 올라오고 있었다.

"이십 분만 쉬었다 다시 시작합니다!"

조감독의 말에 장택근은 잔뜩 풀이 죽은 채 자신의 자리로 돌아왔다.

"그래도 저번 영상 보고 사람이 아닌 줄 알았더니, 이렇게 보니까 또 인간미가 있네요."

대본을 펼쳐드는데 옆에 있던 이우혁이 낄낄거리며 말했다.

벌써 12월이다. 여론 몰이에 성공한 영화 '도살자'의 제작진은 여세를 모아 가기 위해 애초에 11월이 목표였던 크랭크인 일정을 조금 앞당겨 10월의 끝자락에 본격적인 촬영을 시작할 수 있었다. 그러고도 주연배우들의 야외촬영을 대부분 마무리 짓고, 영화의 주된 전개가 이루어지는 세트장으로 무대가 옮겨진 지가 또 벌써 두 달이란 시간이 지났다.

처음에는 이리저리 옮겨 다니며 촬영을 했던 탓에 조금은 어수선했던 촬영장이 세트장 촬영에 들어서며 조금은 정리가 된 느낌이다.

장택근 본인만 빼고 말이다.

"기죽지 말고 천천히 해봐. 어차피 이 바닥은 장기전이야.

이제 촬영 시작한 지 두 달인데 벌써부터 그런 얼굴 하면 끝까지 못 버텨."

곁에 있던 오중석이 인자한 얼굴로 풀이 죽은 장택근을 다독였다.

"네, 선배님. 저 때문에 죄송합니다."

몇 번이나 NG를 내는 바람에 덩달아 같이 재촬영에 들어가야 했던 다른 배우들에게 미안한 얼굴로 그렇게 말하니 김현식이 대꾸했다.

"아냐, 그리고 박 감독님이 원래 마음에 드는 배우한테는 좀 엄하게 하는 구석이 있어. 그러니까 너무 그렇게 기죽지 말라고."

그의 말에도 여전히 미안하다는 표정으로 고개를 숙인 장택근을 보던 배우들이 대본을 펼쳐들었다.

"어디 보자… 여기 있네."

대본에서 장택근이 계속해서 애를 먹는 부분을 찾아낸 김현식이 대본을 읽기 시작했다.

"이게 그렇게 어려워? 다른 신들은 잘만 찍더니, 이런 평범한 건 또 애먹네."

달리 조언할 것도 없을 정도로 너무도 평범한 대사와 지문들이라 김현식이 고개를 갸웃거리니 곁에 있던 오중석이 그의 옆구리를 찔렀다.

"아, 그냥 편하게 해, 편하게. 필름 값이 비싸긴 하지만 이미 택근 씨는 홍보 영상만으로도 본전은 진즉에 넘겨줬으니까."

오중석의 눈치에 어깨가 축 늘어진 장택근을 보고는 김현식이 웃는 낯으로 그를 위로하는데, 이게 위로인지 놀리는 건지 애매했다.

김현식의 위로를 들은 장택근은 다시 한 번 죄송하다는 말과 감사하다는 말을 해보이고는 대본에 집중하기 시작했다.

"끄응."

박준규 감독이 그 모습을 멀리서 바라보다가는 앓는 소리를 냈다.

"너무 몰아치는 거 아냐? 저 정도면 무난한 것 같은데."

곁에 있던 이필상이 혀를 차며 말했다.

"지금 박 감독이 대하는 거 보면 신인 배우가 아니라 무슨 최민혁이 급을 대하는 것 같다니까. 요즘 배우들은 그렇게 엄하게 몰아치면 주눅 들어서 할 것도 못 해. 다 아는 사람이 왜 이러실까."

이필상의 말에 박준규가 잔뜩 얼굴을 찌푸린 채 말했다.

"저 친구가 보통 신인인가. 이 작가도 알잖아. 저 친구 포텐은 저 정도가 아니잖아."

'도살자'를 세간의 화제가 되도록 만들었던 홍보 영상을 떠올린 박준규가 고개를 절레절레 저었다. 자신이 찍은 영상이지만 볼 때마다 심장이 덜컥거리는 게 참 잘 빠진 영상이었다. 그중에서 압권은 역시 사람들이 그토록 눈에 불을 켜고 찾는 '제3의 주연', 즉 장택근의 파트였다.

지금도 눈에 선한 그의 압도적인 카리스마를 계속 떠올리고 있으니, 지금 배우들 사이에서 비실거리고 있는 장택근이 영 못마땅해 보이는 게 당연했다.

"이십 분 지났습니다! 촬영 재개할게요!"

스태프들 틈에서 튀어나온 조감독이 사람들을 불러 모았다. 박준규는 세트장에 자리를 잡는 배우들을 보며 다시 날카로운 얼굴이 되었다.

사람 좋은 박준규는 사라지고, 그 자리를 대신하는 것은 충무로에서 소문난 '호랑이' 박준규였다.

*   *   *

"수고하셨습니다! 스태프들은 장비 챙기고 빠진 거 없이 정리하세요!"

조감독의 외침에 장택근은 길게 숨을 내뱉었다. 길고 길었던 촬영이 드디어 끝난 모양이다. 앞으로 찍어야 할 분량이 어마어마하게 많았지만, 그래도 오늘의 촬영을 무사히 끝맺었다는 사실에 안도했다.

"택근 씨도 수고했어. 오늘 제일 수고 많았지."

김현식의 장난스러운 말에 배우들이 웃음을 터뜨리고는

그의 등을 두들겨 주었다.

"그래도 내일은 좀 잘하자."

장미연이 톡 쏘는 어조로 말했다. 하지만 까다로운 첫 인상과는 다르게 막상 촬영이 시작되자 이런저런 조언도 종종 해주고 다른 이들을 챙겨주던 그녀의 모습을 보았던지라 장택근은 공손하게 고개를 숙여 인사했다.

"자, 다들 가자고. 마음 같아서는 같이 술이라도 한잔하고 싶은데. 아직은 좀 힘들겠구먼. 다음에 한잔하자고."

오중석의 말에 사람들이 아쉽다는 얼굴을 해보였지만, 지친 기색이 역력한 게 다행이라는 표정이었다. 만약 대선배인 그가 여기서 자리를 만들겠다고 하면 이 자리에 있는 어느 누구도 거부할 수 없는 입장이었던 탓이다.

하지만 아무리 애주가로 소문난 오중석이었지만 또 그만큼이나 인격적으로 사람들을 대하기로 유명했다. 그런 그인지라 배우들의 피곤한 얼굴을 보고는 짧게 인사를 나누고 그대로 촬영장을 나섰다.

다른 배우들도 그를 따라 흩어지더니 이내 촬영장에는 분주하게 장비를 정리하고 소품을 챙기는 스태프들과 장택근만이 남았다.

뭔가 너무 지쳐 버린 나머지 사람들에게 인사를 하다 보니 정작 본인은 덩그러니 남아버렸다고나 할까. 뒤늦게 자신이 마지막임을 깨달은 그가 터덜터덜 걸음을 옮기는데 저 멀리서 박준규가 그를 발견하고는 다가왔다.

"아, 감독님. 오늘 수고 많이 하셨습니다."

오늘 된통 욕을 먹었던 탓에 장택근이 저도 모르게 흠칫 놀라며 황급히 고개를 숙여 보이자 박준규가 쓴웃음을 지었다. 뒤늦게 따라온 이필상이 그 모습을 보며 혀를 찼다.

"어휴, 오늘 박 감독이 좀 독하긴 독했어."

박준규가 그 말에 반박을 하려다가 불편한 얼굴을 한 장택근을 보고는 화제를 돌렸다.

"아니, 이 작가는 아까 애 학교 데려다준다고 가더니 왜 또 돌아왔어."

"뭘 언제 돌아와. 진즉에 와서 내내 같이 있어놓고 또 딴소리야."

이필상과 주거니 받거니 이야기를 나누는 박준규를 본 장택근은 진땀을 흘렸다. 몸은 잔뜩 피곤한데 감독과 작가가 불러놓고는 막상 자기들끼리 이야기하느라 자신은 뒷전이니 중간에 끼어들기도 뭐해 그들의 눈치만 보았다.

"아차, 내 정신 좀 봐. 피곤한 사람 붙잡고."

뒤늦게 자신들의 행태를 깨달은 박준규가 정신을 차리고는 장택근에게 물었다.

"택근 씨. 다른 거 뭐 없으면 우리랑 같이 밥 먹고 사우나나 가지?"

전혀 생각지도 못한 말이라 장택근이 눈만 껌벅이고 있으니, 이필상이 옆에서 그의 말을 거들었다.

"어차피 장 배우는 오늘 제대로 못 찍은 분량 때문에라도 일찍 나와야 하잖아. 그렇게 왔다 갔다 하다가 시간 버리느니 근처 사우나 가서 좀 쉬다 오는 게 나아."

딴에는 또 그랬다. 세트장에서 집까지는 거리가 좀 있으니 오가는 시간만 해도 결코 적은 시간이 아니었다. 당장 지금 간다고 해도 한두 시간도 제대로 쉬지 못한 채 다시 촬영장으로 돌아와야 했다.

"그렇게 하자고. 마침 할 얘기도 있고."

박준규 감독의 말에 장택근은 결국 고개를 끄덕였다. 애초에 신인 배우 나부랭이인 그의 입장에서 감독의 제안을 거절하기는 힘들었다.

게다가 제안이라는 게 사실 손해 볼 것도 없고, 오히려 감독과 작가와 가까워질 수 있는 기회가 될 수도 있으니 그의 입장에서는 이득이었다.

"뭐 챙길 것 없지? 가자고!"

그의 어깨에 팔을 두르고 전진을 외치는 박준규의 모습에 장택근은 쓴웃음을 지었다.

*　　　*　　　*

감자탕 집에서 간단한 반주를 마친 그들은 인근의 사우나에 왔는데, 시간이 애매해서인지 사우나 안에는 사람이 거의 보이지 않았다.

"이야, 택근 씨 몸 장난 아닌데?"

박준규의 말에 이필상도 그의 몸을 감탄했다는 듯이 바라보았다. 사실 감독과 배우 입장에서 벌거벗은 몸을 서로 보인다는 게 껄끄럽기도 한 장택근이었지만 박준규와 이필상은 전혀 개의치 않는 모습이었다.

상체만 벗고 그들의 눈치를 살피는데 벌거벗은 사내 둘이 그를 둘러싸고는 감탄을 한다.

"뭐 헬스 하나봐? 아니지. 이건 헬스로 뻥튀기한 근육이 아닌데?"

시커먼 털이 숭숭 난 박준규가 장택근의 가슴이며 복근이며 만져대는데 장택근은 정말 죽을 맛이었다. 이대로 바지까지 내렸다가는 뭔가 큰일이 벌어질 것 같은 위기감마저 느껴질 지경이었다.

"안 되겠다. 도살자에 서비스 신, 하나 넣자. 이런 거 숨겨두면 뭐해."

박준규의 말에 이필상이 고개를 끄덕이며 동감을 표했다.

군살 하나 보이지 않는 상체는 단단한 근육으로 갑옷을 두른 듯했으며, 어깨와 가슴에 비해 상대적으로 가는 허리는 탄탄한 복근으로 덮여 있어 절대 약해보이지 않았다. 우락부락하게 부피만 키운 다른 남자들의 몸과는 차원이 다른 몸이었다.

"근데 왜 안 벗어? 바지 입고 들어갈 거야?"

한참을 감탄하던 이필상이 그렇게 묻자 장택근이 끄응 하고 앓는 소리를 냈다. 그때까지 장택근의 몸 이곳저곳을 주물럭거리고 있던 박준규가 뒤늦게 정신을 차리고는 헛기침을 했다.

"어흠, 이게 직업병 같은 거라서. 그림 나올 만한 소재 있으면 보고 만지고 물고 뜯고 핥아봐야 하는 게 내 성미라서."

그의 말에 장택근이 창백하게 질렸다. 보고 만져보는 것까지는 몰라도 물고 뜯고 핥아보는 건 절대 사절이었다.

"말이 그렇다는 거지. 이 사람이 사람을 이상하게 보네."

장난스럽게 그에게 핀잔을 준 박준규가 이필상을 이끌고는 먼저 탕이 있는 곳으로 향했다.

"대충 벗고 와! 사내새끼들끼리 뭘 그렇게 내외를 하고 그래."

그렇게 말한 그가 사라지자 겨우 안도의 한숨을 내쉰 장택근이 주변을 둘러보다 후다닥 옷을 벗었다.

수건으로 대충 중요한 부분을 가린 그가 탕에 들어서니, 벌써 샤워를 마쳤는지 열탕에서 고개만 빼꼼 내민 박준규와 이필상이 보였다.

"빨리 씻고 들어와. 몸 지지니까 이제 좀 살 것 같다."

흐어어어 하는 기이한 소리를 내는 이필상과 박준규를 뒤로 하고 대충 샤워를 마친 그가 탕에 들어서는데 탕의 온도가 꽤나 뜨거운 편이었다.

"으음."

저도 모르게 신음을 내뱉은 그가 발만 담그다 만 자세로 인상을 찡그리는데, 박준규와 이필상이 눈을 휘둥그레 떴다.

"이야, 장난 아니네. 진짜."

"톱스타감이구만. 음."

팔뚝을 치켜들어 뭔가를 흉내 낸 그들의 감탄사에 장택근은 뒤늦게 자신의 자세를 깨달았다. 본의 아니게 그들 앞에서 가랑이를 쩍 벌린 채 뭔가를 자랑한 꼴이 된 장택근이 민망한 얼굴로 탕에 뛰어들었다.

"근데 택근 씨."

민망한 나머지 물방울이 몽글몽글 맺힌 천장만 바라보던 장택근은 박준규의 말에 고개를 돌렸다.

"문신도 했네?"

"네?"

뜬금없는 소리에 장택근이 눈을 크게 뜨자, 박준규가 피식 웃었다.

"그렇게 안 놀라도 돼. 어차피 이 바닥에서 문신 정도야. 우리가 뭐 교육방송도 아니고. 요즘 젊은 친구들 원체 많이 하기도 하고."

점점 영문 모를 소리를 해대는 그의 말에 눈만 껌벅이니 이필상이 뱅 돌아 장택근의 등을 두들겼다.

"태양 문신인가? 좀 특이하네, 색도 그렇고. 이건 문신이 아니라 뭐 도장이라도 찍은 것 같은 모양이네."

태양이라는 단어에 벼락처럼 스쳐 가는 영상이 있어 장택근이 하얗게 질렸다.

'노 테이프! 노 테이프!'

우거진 밀림, 엽총을 들이댄 사내들에게 둘러싸인 촬영팀의 막내 정승현이 카메라를 들고 외친다. 험상궂은 얼굴을 한 사내, 안내인이 그의 몸을 훑어보다가 침을 뱉는다. 욕설이라도 내뱉는지 한참이나 입을 놀리던 사내가 정승현의 목에 걸려 있던 펜던트를 낚아채 간다.

다시 영상의 배경이 바뀌었다.

새까맣게 물든 밀림 속의 어둠에 반쯤 몸을 파묻은 재규어가 그를 바라본다.

흉포함보다는 마치 밤하늘을 발라놓은 듯한 육체가 너무도 아름다워 홀린 듯이 눈을 껌뻑이고 있는데, 재규어의 뭉툭한 주둥이 끝에 걸린 것이 그의 눈에 들어온다.

어둠 속에서도 선명하게 빛나는 태양 모양의 펜던트가 손에 쥐어진다. 재규어가 사라진 방향을 멍하니 바라보고 있는데 손끝에 닿는 차가운 감촉이 순식간에 녹아들 듯 사라져버렸다.

"장 배우!"

상념에 빠져 있던 장택근은 자신을 부르는 음성에 문득 정신을 차렸다. 언제 잠이 들었을까 뜨거운 탕에 반쯤 잠긴 자신을 부르는 이필상의 모습에 그는 번쩍 몸을 일으켰다.

"허억, 허억."

눈 바로 아래까지 물속에 잠겨 있었던 터라 뒤늦게 숨통이 트였다. 거칠게 숨을 몰아쉬고 있는데 저 멀리서 이필상과 박준규가 그를 이상하다는 듯한 눈초리로 바라보고 있었다.

"뭐해, 너무 오래 있으면 몸 퍼져. 언능 나와."

간신히 숨을 돌리니 이필상이 핀잔을 주었다. 죄송하다 말하며 벌떡 몸을 일으킨 그는 욕탕의 한쪽 벽을 가득 채운 거울에 자신의 몸을 비추어 보았다.

이필상의 말이 맞았다. 등판의 한편에 태양의 형상을 한 그림이 그려져 있었다. 문신이라고 하기에는 어쩐지 이질적인 모습에 그의 온몸이 굳어졌다. 몇 번이나 확인해 보아도 마찬가지였다. 눈을 비비고 다시 봐도 태양모양의 문신은 사라지지 않았다.

어디선가 스멀스멀 노린내가 맡아지는 듯했다. 욕탕에 가득한 수증기에 잔뜩 젖은 몸이 마치 폭우 속의 그날을 떠올리게 했다.

"아니, 이 친구가 자꾸 뭘 그리 멍을 때려. 멍을 때리긴."

돌처럼 굳은 몸으로 거울 속의 자신을 바라보고 있는데 성큼 다가온 이필상의 그를 잡아끌었다.

"잠깐 사우나 하고, 바로 나가서 식혜나 빨자고."

이필상의 손길에 끌려가면서도 그는 거울 속의 자신에게서 눈을 떼지 못했다.

*　　　*　　　*

촬영장의 한편에 놓인 의자에 앉은 장택근은 여전히 굳은 얼굴을 하고 있었다.

머릿속은 갑작스레 등짝에 생겨난 태양 모양의 문신으로 가득해, 도대체 무슨 정신으로 사우나를 했는지 모르겠다. 박준규와 이필상이 연기에 관한 뭔가를 조언한 것 같았는데 기억조차 나지 않았다.

그저 무언가에 홀린 것처럼 정신을 차려보니 촬영장의 한복판에 있었다.

분주하게 오가는 스태프들이 그를 이상한 눈초리로 쳐다보았다. 슬쩍 얼굴을 매만져 보니 식은땀에 흥건하게 젖은 얼굴이 축축하기만 했다.

"어디 아프세요?"

저도 모르게 느껴지는 한기에 몸을 떠는 데 걱정스러운 음성이 들려왔다. 그간 그의 메이크업을 책임져 왔던 메이크업 아티스트 이수영이 염려스러운 눈빛으로 그를 바라보고 있었다.

"아… 아닙니다."

짐짓 괜찮은 척 대답해 보지만 창백하기만 한 얼굴에 식은 땀까지 뻘뻘 흘리는 모습이 당장 쓰러져도 이상하지 않아보였다.

"음, 몸살 기운이 있으신가."

마른 수건으로 그의 얼굴에 흥건한 땀을 닦아낸 이수영이 말했다.

"원래 촬영 익숙하지 않으신 분들은 초반에 좀 고생하시거든요. 특히 택근 씨는 어제 내내 박 감독님한테 시달리셨으니……."

땀을 닦아내고 분장을 시작하려고 해도 금세 땀방울이 맺히는 얼굴에 그녀가 다시 물었다.

"촬영할 수 있겠어요? 진짜 아파 보이는데."

그녀의 말에 장택근은 고개를 끄덕여주었다.

"두 신만 찍으면 돼요. 끝나고 쉬면 좀 괜찮아질 거예요."

여전히 창백한 얼굴이지만 이수영은 어깨를 으쓱해 보이고는 곧바로 분장을 시작했다. 어차피 그녀나 그나 사사로운 사정으로 몸을 뺄 수 있는 입장이 아니었다. 당장 정해진 촬영 일정이 있으니 쓰러질 때 쓰러지더라도 자신의 일은 소화해야 했다. 그리고 지금 이 순간 그녀가 해야 할 일은 창백하게 질린 그의 얼굴에 혈색을 되돌리는 것이었다.

자꾸만 이마에 맺히는 땀방울에 꽤나 애를 먹었지만 그녀는 과연 경력 있는 메이크업 아티스트답게 분장을 마칠 수 있었다.

"장필수! 장필수! 18번 신 촬영 들어갑니다!"

아직 다른 배우들은 도착도 안 했건만 조감독이 벌써부터 그를 불러댔다.

"네! 갑니다!"

자리에서 벌떡 일어난 장택근이 이수영에게 고개를 숙여 보이니 그녀는 주먹을 말아 쥐고는 힘내라며 그를 격려한다.

장택근은 비척거리는 걸음걸이로 세트장을 향했다.

촬영을 마치고 집에 돌아온 장택근은 길게 한숨을 내뱉었다. 대체 하루가 어떻게 흘러갔는지도 모르겠다. 어찌어찌 촬영분을 마무리 지은 것 같은데, 기억나는 것이라고는 박준규의 성난 얼굴뿐이었다. 된통 욕을 먹은 것 같은데 그조차도 기억이 제대로 나지를 않았다.

생각나는 것이라고는 그저 재규어가 던져주고 갔던 펜던트밖에 없었다.

분명 얼마 전까지만 해도 깨끗하기만 했던 등인데, 지금에 와서 태양 문신이라니. 차라리 몽유병이라도 있어 그사이에 문신 시술을 받았다고 하는 게 더 자연스러울 판이었다.

갑작스레 일어난 일에 머리가 깨어질 것 같았다. 게다가 촬영에 쫓기느라 그간 잊고 있었던 나윤섭과 윤신애에 관련된 일까지 한꺼번에 떠올라 도무지 다른 생각을 할 수가 없었다.

이럴 때 이지원이라도 있었다면 이야기라도 나누었을 텐데, 그녀는 문자를 보내도 대답이 없었다. 아마도 지금 한창 촬영을 하느라 눈코 뜰 새도 없이 바쁜 시간을 보내고 있는 모양이었다.

장택근은 달리 이야기를 나눌 사람도 없어 혼자서만 그렇게 끙끙 앓았다. 피로에 지친 몸이지만 그렇게 온갖 생각에 잠겨 있다 보니 피곤한 것도 느끼지 못하는 장택근이었다.

"왜 이제 와서……"

뭔가가 다시 시작되는 것일까. 자꾸만 불길한 예감이 들었다. 왜 다 지난 일인데 뒤늦게 자신의 몸에 이런 변화가 일어난 것일까.

그러고 보니 얼마 전에 있었던 윤신애와의 만남에서도 그랬었다. 아마존을 나온 이후로 단 한 번도 보이지 않았던 환상이 또다시 보인 것이다. 게다가 그 환상이라는 것이 불길하기 그지없는 종류의 것이었다.

모든 상황이 한번에 맞물리니 도저히 정신을 차릴 수가 없었다. 생각하면 할수록 혼란스러운 기분이 더욱 커진 장택근의 얼굴이 펴질 줄 몰랐다.

*   *   *

　해가 중천에 떠 있는 시간임에도 방 안에는 온갖 조명이 다 켜져 있었다. 천장이고, 바닥이고, 벽이고 할 것 없이 가득 들어찬 조명 기구가 빛을 쏘아대는 통에, 방 안에는 그림자 하나 지지 않았다. 어둡고 밝고 할 것 없이 온통 밝기만 한 방의 풍경은 그림자 하나 보이지 않아 기괴스러울 지경이었다.

　그리고 그런 기괴한 풍경 속에 한 여인이 웅크리고 있었다.

　"오빠……."

　잔뜩 갈라지는 음성으로 누군가를 불러보지만 어느 누구도 대답해 주지 않았다. 양팔을 끌어안은 손톱이 팔뚝을 파고들어 피가 흘러내리는데도 여인, 윤신애는 고통조차 느끼지 못했다.

　그녀는 그저 주문처럼 오빠라는 말을 반복할 뿐이었다.

　어디서부터 잘못된 것일까. 어쩌다가 이렇게 되었을까.

　그래, 그때부터였을 것이다. 장택근이 검찰조사를 받기 시작한 그 무렵, 그 무렵부터 모든 것이 어그러지기 시작했다.

　아마존에서 처음 살아 돌아왔을 때까지만 해도 그녀는 살아남았다는 사실에 마냥 기쁘기만 했었다. 그리고 조난되었다 돌아오며 국민적 관심을 받는 바람에 그토록 간절히 원하던 스타로 올라설 수 있는 기회를 잡기까지 했다.

모든 게 너무도 순조로웠다. 그랬는데……

꿈을 꾸었다. 길고 긴 악몽을 꾸었다.

꿈속의 자신은 여전히 아마존을 헤매고 있었다. 아무리 불러봐도 장택근도, 이지원도, 진재영도 대답하지 않았다. 그토록 끔찍했던 밀림 속을 그녀는 혼자 헤매야 했다. 알몸으로 밀림에 내던져진 것도 끔찍한데 더욱 끔찍한 것은 밀림의 그늘 속에서 아우성을 치는 무언가가 늘 그녀를 지켜보고 있다는 사실이었다.

아무런 말도 없이 그녀를 내내 따라다니는 어둠과 지독스러운 공포, 그리고 외로움, 절망. 온갖 끔찍한 것들 속에서 그녀는 지쳐갔다.

그 순간 '그것'이 나타났다.

어둠 속에서 별안간 몸을 드러낸 '그것'은 노란 눈동자로 그녀를 말없이 노려보았다. 뭉툭한 주둥이를 이따금씩 위협하듯이 치켜들며 그녀를 노려보던 '그것'은 한참이나 그녀의 주변을 맴돌다가 나타났을 때와 마찬가지로 소리 없이 사라졌다. 그리고 그곳에는 지독한 노린내만이 남아 '그것'이 존재했음을 알렸다.

그리고 그녀는 꿈에서 깨어났다.

너무도 끔찍해 깨어나고 나서도 한참을 울어야 했지만 그녀는 그것을 그저 악몽이라고 생각했다. 아마존에서 겪은 꿈찍한 기억이 이제 와서 악몽으로 떠오른 것이라고, 그렇게 생각했다.

하지만 악몽은 그저 악몽이 아니었다.

꿈속에서나 보았던 어둠과 노린내가 그녀를 따라다니기 시작했다. 처음에는 극도의 스트레스로 인한 환상이라 생각해 상담을 받아보기도 했다. 상담의사의 소견 역시 다르지 않았다. 스트레스를 완화해 주는 약을 처방 받아 꾸준히 복용했지만 상황은 나아지지 않았다.

여전히 어둠은 그녀의 주변을 배회했으며, 이따금씩 알 수 없는 소리로 웅얼거리며 그녀를 괴롭히기까지 했다. 그녀에게는 너무도 가혹하고 끔찍한 시간의 연속이었다.

일부러 사람이 많은 곳을 찾아가 보기도 하고, 시끄럽게 음악을 틀어보기도 했다. 하지만 변하는 것은 없었다. 어둠은 그녀가 혼자이든 아니면 누군가와 함께 있든 간에, 조용하고 시끄럽고도 가리지 않았다.

오히려 사람들이 있을 때면 더욱 시끄럽게 웅얼거리는 통에 그 소리를 견디기 너무도 힘들었던 그녀는 점점 사람들과의 만남을 피하기 시작했다. 어둠에 대한 두려움도 두려움이었지만 혹시라도 사람들이 자신을 미쳤다고 손가락질할까 봐 두려웠다.

미친 사람으로 내몰려 간신히 얻어낸 기회를 놓칠까 봐 두려웠다. 그래서 멀쩡해진 척했다. 코끝에 매달린 노린내도,

시선을 쫓는 그림자도 보이지 않는 척했다. 하지만 그것은 그저 자기기만일 뿐이었다.

변하는 것은 아무것도 없는데 그녀는 스스로를 속이기 시작했다.

그렇게 공포스럽고 고독했던 순간에 장택근이 떠오른 것은 어떻게 보면 당연한 일이었다. 그 험난한 밀림에서조차 몇 번이나 그녀 또는 그녀들을 지켜주었던 장택근이다.

그녀는 지푸라기라도 잡는 심정으로 장택근을 찾아가 보았다.

하지만 결과적으로 그녀는 그를 만날 수 없었다. 아니, 정확하게 말해서 그녀는 장택근의 근처에 갈 수가 없었다.

장택근에게서 지독한 노린내가 났던 탓이다. 다른 사람들은 아무도 느끼지 못하는 듯했지만 그녀는 너무도 선명하게 그 악취를 맡을 수 있었다. 그 탓에 그녀는 도저히 그의 곁에 다가갈 수 없었다.

결국 그녀는 도망치듯 그 자리를 벗어나야 했다. 그리고 그 다음 날 그가 검찰 조사에 소환되었다는 소식을 들었다.

하지만 그녀는 그에게 연락할 수 없었다.

생생하게 떠오르는 그 악취, 그것이 그녀에게 너무도 커다란 공포로 다가왔던 탓이었다. 그 끔찍한 노린내는 자신을 내내 따라다니는 그림자에서 나는 것과 완전히 같았기 때문에.

　　　　　　*　　　　*　　　　*

　　장택근은 겨우 한숨을 돌릴 수 있었다. 박준규 감독에게 된
통 욕을 먹어가며 촬영을 하다 보니 어느 순간 다섯 번씩은
내던 NG가 세 번으로 줄고, 다시 또 한 번이 되어버렸다.

　　그리고 근래에 들어서는 이따금씩 내는 NG 말고는 이전처
럼 심각하게 실수를 하지는 않게 되었다. 그나마도 예전처럼
박준규가 길길이 날뛰진 않게 되었다는 게 위안이라면 위안
이었다.

　　그게 박준규 감독이 포기한 것인지, 그도 아니면 자신의 연
기가 조금 늘어난 것인지 모호하긴 했지만 어쨌든 그제야 조
금 촬영을 하는 데 적응한 기분이었다.

　　"이제 좀 괜찮네."

　　단 한 번의 NG도 없이 자신의 분량을 소화하고 돌아온 장
택근을 맞이해 주는 이우혁의 얼굴에 미소가 떠올라 있었다.
몇 달이나 계속된 촬영 덕에 꽤나 가까워졌던 지라 이제는 사
석에서 서로 말을 편하게 할 정도로 친근해진 두 신인 배우였
다.

　　"그렇게 욕을 먹었는데, 안 늘면 사람도 아니지."

　　장난스러운 이우혁의 말에 장택근이 애매한 얼굴로 웃어
보였다.

　　"그나저나 진짜 시간 빨리 간다."

세트장에서 촬영을 시작한 지 얼마 되지도 않은 것 같은데 영화 초반의 분량은 거의 다 촬영이 끝난 것 같았다. 다른 영화와는 다르게 배우들의 감정이입을 위해 사건의 순서별로 촬영 스케줄이 잡혔던지라 이제 남은 촬영분이야말로 격렬한 내용이 될 것이다.

영화 '도살자'의 내용은 이제 시작이니까.

"그보다 김 이사님이 진짜 자리 한번 만들라는데, 언제까지 튕길 거야."

다른 배우들이 촬영을 하는 모습을 바라보던 이우혁이 작게 속삭였다.

그 뒤로도 계속되던 김인숙의 구애였지만 장택근은 여전히 모호한 말로 그녀의 제안을 거절했다. 그런데도 끈질기게 들러붙는 그녀의 태도가 이제는 슬슬 질려가던 차라 요즘은 전화조차 피하고 있었다.

"아, 일단은 촬영부터 마무리하자, 응? 알잖아. 내가 얼마나 정신없는지."

요 근래에는 나아졌다지만 바로 얼마 전까지만 해도 박준규의 불호령에 정신을 못 차리던 상황이었다. 잠시 상황이 좋아졌다고 마냥 좋아하기에는 언제 상황이 바뀔지 몰랐다.

그렇게나 완벽한 이지원조차도 이따금씩 박준규에게 불호령을 받고는 하는데, 자신이 무슨 천재라고 단시간에 연기가 늘어 박준규의 호통을 피해 간다는 말인가.

"알았어. 근데 전화는 좀 받아라. 계약을 떠나서라도 괜히 서로 척져서 좋을 게 없는 사람이야. 김 이사님은."

생각이 없어 보일 정도로 항상 유쾌한 얼굴을 하고 있던 이우혁의 얼굴에 어쩐지 꺼림칙한 기색이 역력해 장택근은 눈을 동그랗게 떴다.

"생각보다 더 무서운 사람이라고."

그 음성에 담긴 노골적인 감정은 두려움에 가까운 것이었다.

"장필수! 이준영! 촬영 들어갑니다!"

다른 배우들이 촬영을 벌써 촬영을 끝냈는지 조감독이 그들을 불렀다. 신인 배우다운 자세로 벌떡 몸을 일으킨 두 남자가 세트장을 향했다.

*　　　*　　　*

"어때?"

박준규 감독의 곁에 찰싹 달라붙어 있던 이필상이 조심스럽게 물었다. 주어도 목적어도 없는 앞뒤가 잘린 말이었지만 박준규는 그의 질문이 무엇을 의미하는지 알고 있었다.

"뭘 어때. 이제 그나마 좀 쓸 만해졌지."

이우혁과 호흡을 맞추는 장택근을 보며 박준규가 심드렁하게 대답했다.

"역시 박 감독이 진리야. 사람은 갈구면 갈굴수록 빨리 적응한다니까."

언제는 주눅이 들지 모르니 살살하자던 이필상이 천연덕스럽게 이야기했다.

"아, 근데 요즘 촬영장에 꿀단지 숨겨놨어? 뭘 그렇게 뻔질나게 드나들어."

다른 스태프들과는 달리 고된 촬영행군에 참가할 필요가 없는 포지션이 작가였는데, 이상하게도 이필상은 하루가 멀다 하고 촬영장에 출근했다. 예전부터 자신의 작품에 대한 애정이 남다르다는 것은 알고 있었지만 근래에 들어서는 그게 유독 심해졌던지라 박준규의 얼굴에 의아함이 떠올라 있었다.

"꿀단지? 있지, 숨겨놨지."

그렇게 장난스럽게 대답한 이필상이 턱을 치켜들고 말을 이어갔다.

"장 배우, 언제 포텐 터질지 모르잖아. 내가 그거 기대하는 맛으로 여기 오지."

"유난을 떨어요. 유난을."

입맛까지 다셔가며 말해대는 태도에 박준규가 한심하다는 말투로 핀잔을 주었다. 그러자 이필상이 눈을 가늘게 뜨며 대답했다.

"유난이 아니라니까. 영화 대본 쓰는 보람이 뭐겠어. 내가 쓴 글이 현실로 재현되는 거잖아. 근데 요즘 촬영장에 오면 진짜 내가 꿈에 그리던 그림이 보인다니까."

혼자 말을 하다가 황홀하다는 표정까지 짓는 이필상의 모습에 박준규가 이래서 예술하는 것들하고는 상종을 말아야 한다는 얼굴을 해보였다. 그런 박준규의 기색도 눈치채지 못한 이필상이 계속해서 말했다.

"이예진도 보이고, 김민수도 보이고, 장필수도 보이고. 내 글의 캐릭터들이 살아서 돌아다니는 걸 보면 얼마나 뿌듯한지 몰라. 근데 내가 여길 안 오고 배기겠어? 거기다가 장 배우가 언제 또 하나 크게 터뜨려 줄지 모르는데 놓치면 후회하지."

"이 작가가 그렇게 기대하는 장 배우 포텐 터지려면 한참이나 남은 것 같은데? 지금 같아서는 어림도 없을 것 같구면."

내버려 두었다가는 또 금세 자기만의 세계에 빠져들 것 같은 이필상의 모습에 결국 박준규가 한마디 했다.

"끄응."

그 말에 입맛을 다신 이필상이 앓는 소리를 내는데 언제 다가왔는지 최민혁이 그들의 대화로 끼어들었다.

"오, 민혁 씨 왔어? 집에서 좀 쉬지 어쩐 일이야."

오늘은 자신의 촬영분이 없는데도 불구하고 촬영장에 나타난 최민혁에게 그렇게 물으니 그가 손에 쥔 캔 커피를 내밀며 말했다.

"뭐 할 것도 없고, 그냥 다른 사람들 어떻게 되나 궁금해서 왔지요."

말이야 그냥 들렀다고 하지만, 저 멀리서 주섬주섬 꾸러미를 풀어놓는 최민혁의 매니저 모습이 요즘 들어 더욱 타이트해진 촬영에 지친 사람들을 격려라도 하려고 온 모양이었다.

톱스타답게 자신감 넘치고 때로는 그 자신감이 지나쳐서 상대를 불편하게 만들기도 하는 최민혁이었지만, 이런 모습 때문에 사람들은 그를 미워하지 않았다. 오히려 그의 자신감을 사랑하고 또 이런 살가운 모습을 달가워했다.

난 놈은 난 놈이구나, 하고 생각한 박준규가 살갑게 그를 맞아주니 최민혁이 장택근을 바라보며 물었다.

"택근 씨는 오늘 좀 어때요?"

최민혁의 말을 받은 건 박준규가 아닌 이필상이었다.

"오늘은 한 번도 욕 안 먹었어."

박준규를 쳐다보며 하는 말이 장난스러워 최민혁이 작게 웃었다. 그런데 말이 씨가 된다고 했던가. 이필상의 말이 끝나기가 무섭게 박준규가 벌떡 일어나며 소리쳤다.

"컷! 컷! 컷! 컷!"

오랜만에 들리는 박준규 특유의 연속 컷 사인, 연기에 한참이던 배우들은 말할 것도 없고 스태프들마저도 흠칫 놀라며 그를 바라보았다.

"아니, 거기서 그런 표정이 또 왜 나와! 둘이 지금 장난해? 여기가 유치원생 재롱 잔치야!'

대화를 나누면서도 내내 모니터에서 눈을 떼지 않고 있던 박준규의 눈에 뭔가 마음에 들지 않는 것이라도 보인 모양이었다.

"이게 오늘은 처음이네."

이필상이 어깨를 으쓱하며 최민혁에게 속삭이니 최민혁이 작게 소리 내어 웃다가 박준규의 눈치를 보고는 다시 입을 다물었다.

"슬로우 스타터네요. 왜 그런 사람들이 있잖아요. 드라마를 찍을 때 초반에는 발연기니 뭐니 욕먹다가 끝날 때쯤에는 갑자기 신들려서 연기하는 사람들. 택근 씨도 그런 것 같은데요."

박준규가 아예 세트장을 향해 달려가 직접 시범을 보인다. 그 모습을 보고 있던 최민혁이 그렇게 말을 하는데, 그의 어조에도 숨길 수 없는 기대감이 서려 있었다.

아무래도 지난 오디션 때도 그렇고 홍보 영상을 촬영할 때도 그렇고, 인상이 워낙 깊게 남아 지금의 모습이 마치 껍질을 깨고 나오기 전의 모습처럼 보였던 탓이었다.

게다가 요 근래 들어 촬영을 할 때, 보이는 모습은 예전과는 확연하게 다른 모습이었다. 비록 박준규에게는 호되게 욕을 얻어먹고 있지만 같은 연기자의 눈으로 봤을 때 그의 연기는 나쁘지 않았다.

극중에 흐르는 긴장감, 한정된 공간에 영문도 모르고 갇혀 버린 사람의 심리를 은근히 잘 표현하고 있었다. 평이한 신에서조차 캐릭터의 내면에 숨겨져 있는 불안감을 슬쩍슬쩍 드러내는데 그 모습에 몇 번이나 감탄을 했었다.

그런 기묘한 잠재력이 내내 보이기에 박준규 감독이 더욱 호되게 그를 다루는 것이리라. 조금만 더 하면 그 가능성이 표출될 것 같은데 그게 잘 안 되니 애가 닳는 모양이다.

정작 본인은 아무것도 모르고 창백한 얼굴로 온갖 욕설의 향연에 기절할 것 같은 얼굴을 하고 있지만 말이다.

"참 사람을 기대하게 만드는 친구예요."

최민혁의 말에 이필상이 제대로 듣지 못했는지 눈을 끔뻑였다.

"아니에요. 그냥 앞으로의 촬영이 기대된다고요."

박준규의 불호령에 절절매는 장택근을 바라보던 최민혁이 씨익 미소를 지었다.

* * *

최민혁의 감상이 어떻든 간에 장택근은 잔뜩 기가 죽은 얼굴로 박준규의 꾸지람을 듣고 있었다.

"아니! 우혁 씨! 우혁 씨라고 뭐 다른 줄 알아? 여기 이 대사! 그냥 상대방하고 이야기하는 게 아니잖아. 장필수가 어딘지 모르게 수상하다고 생각한 이준영의 심리가 슬쩍슬쩍 드러나야지. 무슨 친구끼리 잡담해? 장필수하고 이준영 지금 소풍 나왔어?"

장택근이 욕을 먹는 모습을 보며 딴청을 피우고 있던 이우혁이 자신에게 불똥이 튀자 어마뜨거라 하는 얼굴로 고개를 숙였다.

"잘 좀 하자! 잘 좀! 이거 필름 한 통에 얼만지는 알지? 장필수, 이준영 찍다가 한 통 다 쓰겠다고!"

버럭 소리를 지른 박준규가 다시 원래의 자리로 돌아가자 이우혁과 장택근이 서로 눈을 마주쳤다.

오늘은 텄다. 이렇게 한 번 욕을 먹고 나면 정신이 혼미해져서 연기가 제대로 나오지를 않았다. 오늘은 무사히 지나가나 했더니 또다시 욕을 진탕 먹게 생겼다. 울상을 한 두 배우가 허겁지겁 표정을 정리했지만 여전히 주눅이 든 기색이 역력했다.

"레디이이이. 액숀!"

탁 하는 슬레이트 부딪치는 소리와 함께 다시 촬영이 시작되고, 장택근과 이우혁은 장필수와 이준영이 되었다.

*　　　*　　　*

"수고하셨습니다!"

기진맥진한 얼굴로 인사를 하는 이우혁의 얼굴을 보며 장택근도 길게 숨을 내뱉었다. 자신 역시 그의 표정과 다르지 않을 거란 생각에 한숨이 절로 나왔다.

정말 간신히 끝났다. 간신히라는 말이 정말 이렇게 와 닿을 수가 있을까.

혼이 쏙 빠진 얼굴로 스태프들에게 인사를 하는데, 저 멀리서 최민혁이 그를 보며 웃고 있었다.

"오늘 분량 다 끝났죠?"

최민혁의 말에 고개를 끄덕이니 그가 낄낄거리며 웃었다.

"아유, 박 감독님이 사람 잡네, 잡아. 이 사람이 진짜 그 살인마 '장필수' 맞아?"

그의 너스레에 곁에 있던 스태프들이 슬머시 입꼬리를 추켜올렸다. 스태프들 중에서 홍보 영상을 몇 번이나 반복해서 보지 않은 사람은 없었다. 그리고 여러 번 영상을 본 만큼 더욱 선명하게 압도적인 카리스마의 살인마를 기억하고 있었는데, 지금 하얗게 질린 얼굴로 터덜터덜 걸음을 옮기는 그의 모습과 살인마가 도저히 매치되지 않았다.

"선배님, 그만 놀리십시오. 진짜 죽을 맛입니다."

이제는 그래도 좀 친해졌다고 죽는소리를 하니 최민혁이 박장대소를 했다. 분장도 채 지우지 못한 꼴로 저리 죽상을 하니 그게 제법 우스웠던 모양이다.

"알았어, 알았어, 미안해요."

미안하다 말하면서도 얼굴에는 미안한 기색이 전혀 없는 최민혁이었다. 장택근의 어깨가 축하고 늘어졌다.

"그런 얼굴 하지 마요. 오늘은 내가 택근 씨 원기 보충해 주러 온 거니까."

그의 뜬금없는 말에 장택근이 눈을 깜빡거리고만 있자 최민혁이 살가운 태도로 그의 어깨에 팔을 둘렀다.

"오늘은 선배가 후배 좀 챙기러 온 거라고요."

그 말에 담긴 감정이 제법 따뜻해 죽상을 하고 있던 장택근도 슬쩍 미소가 나왔다.

"우리 아직 술도 한번 제대로 못 먹었죠? 오늘 밥 먹고 술 먹고 다 합시다. 사내끼리는, 응? 술도 먹고 해야 좀 친해지지."

톱스타인 그와의 친분을 다지는 자리가 어찌 기껍지 않을까. 흔쾌히 분장을 지우고 오겠노라 말한 장택근이 사라지자 이필상이 슬쩍 끼어들었다.

"나도 할 일 없는데 가도 돼?"

"이 작가님은 촬영장 잘 굴러가나 감시하셔야죠!"

장난스럽게 대답한 최민혁이 이내 고개를 저으며 다시 대답했다.

"가시죠! 오늘 제가 쏩니다."

막 분장을 지우고 나온 이우혁이 그 모습을 보며 쭈뼛대는데 최민혁은 끝까지 그를 모르는 척했다.

이우혁은 장택근이 옷을 갈아입고 나오고, 최민혁과 이필상이 그를 얼싸안고는 촬영장을 떠나는 모습을 부럽다는 기색이 역력한 눈초리로 바라보았다.

"우혁 씨, 뭐해! 끝났으면 들어가지 거기서 뭐하는 거야. 거치적거리니까 빨리 들어가!"

마침 카메라의 동선에 그가 잡혔는지 박준규가 버럭 소리를 질렀다.

*   *   *

최민혁은 생각 이상으로 호방한 사내였다. 자신감이 조금 지나친 모습도 더러 보였지만, 대체적으로 사람을 좋아하는 호인에 가까웠다. 지금도 홍보 영상이 히트를 쳤다고 하지만 아직 신인 배우에 불과한 장택근을 불러다놓고 격려를 했다.

박준규 감독이 마음에 드는 배우를 유독 괴롭히는 경향이 있다며, 정말로 연기력이 미달이라서 매번 호통을 치는 것이 아니라며 장택근을 격려했다. 곁에 있던 이필상도 고개를 끄덕이며 그를 위로해 주었다.

홍보 영상 탓에 그나마 생겼던 자신감조차 완전히 박살이 난 상태였는데 까마득한 선배 배우와 흥행 작가로 이름이 난 이 작가의 위로가 큰 힘이 되었다.

게다가 박준규 감독이나 이필상과는 달리 최민혁은 연기자의 입장에서 제법 냉정한 조언까지 곁들여 주니 술자리가 어찌 기껍지 않겠는가. 아마존을 다녀온 이후로 사람 같지 않은 주량이 되었지만 주는 잔마다 단숨에 비워내 버리다 보니 얼큰하게 취기가 올라오지 않을 수가 없었다.

"연기는 사실 따지고 보면 딱 두 가지로 나눠져 있어. 흉내와 진짜 감정. 딱 두 개야."

지금도 최민혁은 붉어진 얼굴로 그에게 주옥같은 가르침을 베풀고 있었다.

"근데 흉내라고 마냥 나쁜 게 아니야. 제대로 낸 흉내는 어설픈 몰입보다 백배, 천배는 보기 편하거든. 같잖게 해석해서 그 감정을 그대로 내봐야 보는 사람들이 공감하지 못할 수도 있어."

장택근은 알딸딸한 와중이었지만 다른 곳에서는 듣기 힘든 이야기라 정신을 바짝 차렸다.

"그리고 꼭 한 가지만 고집할 필요도 없고, 우리가 사실 모든 배역의 감정을 완전히 공감하기는 어렵잖아? 적당히 다른 배우들의 연기도 참고하고 또 주변 인물을 흉내도 내보고. 그러다가 진짜 몰입해서 한 번씩 터뜨려 주는 거지. 요컨대 순간적인 집중이랄까."

매번 몰입과 진실한 연기를 강조하던 이지원과는 또 다른 의견이라 장택근은 귀가 솔깃했다.

"지원이? 그 기지배야 원체 타고났으니까. 보통 배우들이 그렇게 연기하다가는 미치든지 아니면 혼자만의 세계에 갇히든지. 둘 중 하나야."

장택근이 이지원의 연기 교습을 꺼내니 이필상이 반쯤 꼬부라진 혀로 맞장구를 쳤다.

"그치, 지원 씨는 백 년에 하나 나올까 말까 한 천재야. 내가 이지원 씨 캐스팅됐다고 했을 때, 전작들까지 싹 찾아봤는데 처음부터 연기가 완성되어 있더라고. 지금은 거기에 완숙함까지 더해졌고. 그런 천재 따라가다가 가랑이 찢어진다고."

웃기지도 않은 제 말에 저 혼자 웃는 이필상을 보며 최민혁이 고개를 흔들었다.

"이 작가님 또 취하셨네. 술도 잘 못 드시는 분이 드셨다 하면 만취야. 이 작가님!"

한참을 낄낄대다가 테이블에 고개를 쳐 박는 이필상의 모습에 최민혁이 전화기를 들었다.

"형, 난데. 이 작가님이 또 취했어."

이미 몇 번이나 이런 경험이 있었는지 최민혁의 매니저가 와 안 가겠다고 난동을 부리는 이필상을 끌고 가는데 그 일련의 과정이 너무도 자연스러웠다.

"저 양반은 술 먹으면 취할 때까지 먹는 게 주사라면 주사지."

고개를 절레절레 저은 최민혁이 다시 이야기를 이어갔다.

"그래서 말인데 내가 보기에 택근이 네 연기는 진짜거든. 근데 이상하게 남들은 다 하는 평범한 연기는 또 약해. 희한 하다는 말이지. 마치 장필수랑 비슷한 부분이 있지 않은 이 상에야 평범한 사람이 그런 연기를 하는 게 쉽지는 않을 텐 데."

최민혁이 눈을 가늘게 뜨고는 장택근을 탐색하듯 살펴보 았다.

그 눈빛에 뜨끔한 장택근이 고개를 시치미를 뗐다. 장필수 역을 할 때만큼은 정말 눈앞의 상대를 죽이겠다는 생각으로 연기를 했다. 아니, 연기가 아니었다. 아마존에서 겪었던 일 들을 떠올리는 순간 그건 이미 연기의 범주가 아니었다. 그 순간의 기억들은 떠올리는 것만으로도 온몸의 근육을 긴장시 키는 무언가가 있었으니까.

"하여튼, 중요한 건 당분간은 흉내를 내도록 해. 흉내를 내 다보면 그 감정이 자기 것이 되는 경우도 있고. 어차피 택근 이 너는 한 방이 있잖아, 한 방이."

거기까지 말한 최민혁이 술잔에 가득 술을 따라주었다.

"잘해보자고. 보니까 네가 잘해야 우리 영화가 산다. 신인 배우치고는 진짜 어깨가 무겁지?"

"네, 잘해보겠습니다."

고개를 숙인 장택근이 양손으로 잔을 내미는데 최민혁이

지나가듯 물었다.

"근데 지원이랑 매일 연기 연습하려면 힘들지 않아? 성격이 워낙 칼 같아서."

그의 여상스러운 말투에 장택근은 무심코 고개를 끄덕여 주었다.

"그래도 워낙에 꼼꼼하게 가르쳐 주니까, 배우는 건 많아요."

아무 생각 없이 대답을 해주고 나니, 최민혁의 눈이 대번에 가늘어졌다.

"매일 가르쳐 주긴 하는구나. 그 기지배 아무리 아양 떨면서 따라다녀도 절대 누구 가르쳐 주고 그런 적 없었는데."

최민혁의 말에 장택근이 그대로 굳어버렸다. 그제야 그가 자신을 떠봤다는 사실을 깨닫고는 그가 눈을 굴렸다.

아무래도 연기관에 대한 이야기를 할 때 이지원의 이야기를 꺼낸 것이 실수였던 모양이다. 그녀의 성격상 다른 이들에게 연기관에 대해 떠들어대진 않았을 텐데, 술자리의 분위기가 너무도 편하고 기꺼워 저도 모르게 마음을 놓아버리고 말았다.

"지원이랑 무슨 관계야? 전부터 궁금했는데 비공개 오디션 밀어준 것도 지원이라면서."

조금은 날이 선 듯한 그의 질문에 장택근이 진땀을 흘리고 있으니, 최민혁이 술잔을 비워냈다.

"택근이 너……."

그의 날카로운 눈빛에 장택근이 마른침을 삼켰다. 아직 이지원과의 관계는 밝혀져서는 안 됐다. 나중에야 어떻게 될지 몰라도 벌써부터 둘의 관계가 밝혀지면 좋을 게 없었다.

자꾸만 마르는 입술을 술로 적신 장택근이 최민혁의 다음 말을 기다렸다.

"지원이랑 진짜 친하구나! 아마존에서 조난됐을 때 엄청 친해졌나 봐!"

갑작스레 환하게 미소를 지으며 호들갑을 떠는 최민혁의 태도에 장택근이 식은땀을 흘렸다. 아무래도 술 때문에 판단력이 흐려진 것은 본인만이 아닌 듯했다.

"다음에 같이 한번 술 마시자. 그 기지배도 말술이잖아!"

최민혁, 알면 알수록 어딘가 인간미가 넘치는 남자다.

*   *   *

최민혁과의 술자리가 도움이 됐던 탓일까. 장택근은 제법 잘해내고 있었다. 감독의 리드를 이제는 곧잘 따라가게 되었는데 몇 번이나 갑작스러운 그의 변화에 대해 사람들이 이유를 물었다.

그때마다 최민혁의 지도를 언급하니 가뜩이나 우쭐대기 좋아하는 성격의 최민혁은 장택근을 더욱 살갑게 챙겨주었다. 선배도 좋아하고 또 제작진도 좋아하니 장택근의 마음이 전보다는 편해졌다고 할까.

여전히 많은 고민이 그를 따라다녔지만, 그는 지금의 순간에 충실하기로 했다. 어차피 나윤섭의 말이고 나발이고, 애초에 윤신애를 만나지 않으면 끝이다. 어차피 눈코 뜰 새 없이 바쁘기까지 하니, 의도했든 안 했든 간에 자연스럽게 그렇게 되었다.

게다가 요즘에는 연기에 제법 재미가 들려 버렸던 터라 더욱 다른 것을 생각할 여유가 없었다. 단순히 마음가짐을 바꿨을 뿐인데 주변의 반응이 180도 달라지니, 뭔가 소소한 즐거움이 있었다. 마치 RPG게임의 레벨업이라도 하는 듯한 기분이었다.

그렇게 생각하니 한결 마음이 편해져 연기가 더욱 안정이 되어 이제는 크게 기복이 생기지 않게 되었다.

그렇게 장택근의 연기가 자리를 잡아가자 신이 나는 것은 박준규였다. 그는 신바람이 나서 더욱 스태프들과 배우들을 몰아쳤다. 밤샘을 하지 않는 날보다 하는 날이 더 많은 강행군이었지만 영화를 찍는 모든 사람이 박준규의 흥에 덩달아 신바람을 냈다.

"레디이이! 액숀!"

박준규 특유의 사인에 배우들의 표정이 변했다.

김민수가 앞으로 나서며 일행의 앞을 막아섰다. 다부진 표정으로 갑작스레 눈앞에 나타난 사람을 노려보니 상대가 겁을 집어먹고는 물러섰다.

"누구냐, 정체를 밝혀."

으르렁거리는 듯한 음성에 사내가 이내 몸을 돌려 도주할 기미를 보였다. 그 순간 장필수가 앞으로 나섰다.

"어딜 가실까."

진즉에 김민수의 눈짓을 받고 준비를 하고 있던 터라 그는 마치 처음부터 있었던 것처럼 사내의 앞을 막아설 수 있었다.

김민수보다 더욱 사나워 보이는 장필수의 모습에 사내의 얼굴이 사색이 됐다.

"저… 저도 여러분처럼 피해자예요!"

하얗게 질린 얼굴로 외치는 소리라는 게 너무도 필사적이라 김민수와 장필수가 눈빛을 주고받았다.

"우리처럼? 우리가 어떤 피해잔데?"

장필수가 달려들어 그의 멱살을 잡았다.

"컥!"

"말해봐. 우리는 어떤 사람이고, 너는 어떤 사람이지?"

그 우악스러운 손놀림에 사내가 컥컥거리며 말을 잇지 못하는데, 김민수가 나섰다.

"잠깐 이야기나 들어보자."

김민수의 말에 장필수가 거친 손동작으로 그를 김민수가 있는 방향으로 밀어버렸다. 가뜩이나 갑작스러운 상황에 사람들이 혼란을 겨우 추스르고 방을 이동했는데 그곳에서 이 사내가 나타났다. 당연히 수상할 수밖에 없었다.

"저도 정신을 차리고 보니 여기였어요. 저도 지금 무서워 죽겠다고요."

아닌 게 아니라 진짜 겁에 질린 얼굴이라 김민수가 한결 누그러진 얼굴로 물었다.

"음… 그럼 왜 그쪽 방에서 나타났죠? 그리고 왜 우릴 보고 도망치려고 했죠?"

"그게… 갑자기 사람들이 우르르 나타나니까 놀라서……."

하기야 낯선 곳에서 정신을 차렸는데 건장한 남자들이 포함된 일행이 갑작스레 나타났으니 놀라지 않는 것도 무리였다. 김민수가 조금 전보다는 부드러운 음성으로 말했다.

"하긴 놀랄 만도 하네요. 근데 왜 그쪽 방에서 나타났죠?"

"제가 정신을 차린 방이 바로 옆에 방이라서."

그 말에 김민수가 앓는 소리를 내는데, 뒤에 있던 일행들이 아우성을 쳤다.

"잠깐만! 그걸 우리가 어떻게 믿어! 저 사람이 우리를 여기로 데려온 놈들 중 하나 아니야?"

이희란이 날카롭게 외치자 점잖은 얼굴을 하고 있던 남태식마저도 고개를 끄덕이며 동조를 했다. 이준영도 그들의 의견에 맞장구를 치는데, 김민수가 손을 들어 그들을 말렸다. 오직 이예진만이 아무런 말도 없이 불안한 얼굴로 사람들이 소란을 떠는 것을 보고 있었다.

"보셨다시피 저희가 그쪽을 믿을 수 있는 상황이 아니네요."

김민수가 어깨를 으쓱하며 말하자 장필수가 거칠게 사내의 팔을 꺾었다.

"너 이 새끼. 솔직히 말 안 하면 가만 안 둬."

장필수는 사내의 귀에 입을 바짝 대고 속삭이듯 말했다. 그 말에 사내가 아무런 대답도 못하고 그저 팔이 꺾인 고통에 신음 성만 내질렀다.

"컷!"

그 순간 박준규의 컷 사인이 떨어졌다. 긴장감 있던 세트장의 공기가 순식간에 변했다.

"잘했어! 잘했어!"

제법 그림이 잘 나왔는지 박준규가 마구 칭찬을 하자 배우들이 흐뭇한 얼굴로 각자의 자리로 돌아갔다. 장택근 역시 자신에게 팔이 꺾인 채 고개를 숙이고 있던 배우를 놓아주며 괜찮냐고 물으니, 상대 배우가 대충 고개를 끄덕여 주고는 자신의 자리로 돌아갔다.

아무래도 자신이 조금 거칠게 대한 탓에 마음이 상한 모양이라고 생각한 장택근마저도 자신의 자리로 돌아갔다.

"호상아, 연기 좋던데?"

조감독이 방금 전에 장택근에게 팔을 꺾였던 사내에게 다가가 칭찬을 했다.

"진짜 리얼했어. 고통 연기 전문인데?"

비중이 큰 배역은 아니었지만 그래도 대사도 좀 있고 감정 연기도 필요한 배역이라 조감독이 직접 연극판을 전전하던 친한 지인을 데려와 앉힌 게 김호상이었다.

"연기 아냐, 인마."

이호상이 팔뚝을 주무르며 말하는데 그 손목에 시퍼렇게 손자국이 나 있었다. 그 선명한 자국에 조감독이 눈을 휘둥그레지게 뜨는데, 김호상이 저 멀리서 대본에 고개를 처박은 장택근을 질렸다는 표정으로 보며 말했다.

"연기 아니었다고. 나 진짜 아팠다고."

그제야 그의 말을 알아들은 조감독이 장택근이 경험이 없어 힘 조절을 제대로 못한 모양이라며 대신 해서 변명을 했다.

"저 새끼가 그 제3의 주연이지?"

홍보 영상이 워낙 많이 퍼졌다지만 어두운 조명에 분장 그리고 이런저런 편집으로 실물을 알아보기가 쉽지 않았던 모양이다. 조감독의 말을 듣는 둥 마는 둥한 김호상이 묻자 조감독이 고개를 끄덕였다.

"밖에 나가서 말하면 큰일 난다. 너 배역 맡기 전에 사인했지? 거기에 보안 유지 조항도 있어."

"알아, 인마. 장사 하루 이틀 하냐. 근데……."

잠시 숨을 길게 내뱉은 김호상이 조감독에게 작게 물었다.

"저 새끼, 진짜 또라이 아냐?"

지금도 생생하게 들리는 듯한 장택근의 마지막 대사를 떠올린 김호상이 몸서리를 치며 말하는데 그의 온몸에 닭살이 돋아 있었다.

7장

촬영의 끝

장택근의 연기는 날이 갈수록 물이 오르기 시작했다. 처음만 해도 그렇게 욕을 먹어가며 촬영을 하더니, 지금은 그랬던 사실이 무색하게 그의 연기가 끝나고 나면 주변에 침묵이 흘렀다.

꿀꺽.

누군가가 마른침 삼키는 소리가 들렸다.

컷 사인이 들린 게 한참 전이었지만 누구 하나 움직이는 사람이 없었다. 사람들은 뭔가에 짓눌린 얼굴로 장택근, 아니, 장필수를 바라보고 있었다.

낯선 곳에 갇힌 사람들이 자신들뿐만이 아니라는 사실을

깨닫기가 무섭게 살인을 저질러야 했던 장필수, 그 첫 희생자의 몸에 올라탄 채로 숨을 헐떡거리는 그의 모습이 무섭도록 처절했다.

튀어 오른 핏방울로 피칠갑을 한 그의 얼굴이 온통 붉었다. 그 사이로 번득이는 눈동자가 하얗게 번들거렸다. 한 손에 움켜쥔 채 높이 치켜든 손도끼에서 뻘건 핏물이 뚝뚝 떨어졌다.

분명히 연기였다. 미친 듯이 손도끼를 내리찍던 모습도, 덕지덕지 처바른 핏물도 분장일 뿐이었다. 하지만 도저히 연기 같지가 않았다.

희번덕거리게 눈을 뜬 채로 희생자의 위로 손도끼를 내려치는 모습이 너무도 살벌했던 탓이다. 희생자의 몸 위로 올라탄 채 헐떡거리는 그의 모습에 사람들이 마른침을 삼켰다.

"뭐해! 다들 넋 나갔어! 시간 없으니까 빨리 정리해!"

유일하게 촬영장에서 제정신을 유지하고 있는 사람은 박준규 감독뿐이었다. 어쩌면 모니터를 통해 장필수의 살인을 보았기 때문에 다른 사람들과는 달리 별다른 감상이 들지 않았을 수도 있다. 그도 조금은 창백한 얼굴이었지만 그래도 자신이 할 일은 잊지 않았다.

하지만 생으로 장택근의 연기를 지켜봐야만 했던 스태프들과 사람들은 하얗게 질린 얼굴로 박준규의 호통에도 움직일 생각을 하지 못했다.

그나마 정신을 장택근이 몸을 일으키고 나자 촬영장의 공기가 조금은 가벼워졌다. 그제야 스태프들이 분주하게 움직이며 카메라를 정리하고 다음 촬영을 준비하기 시작했다.

"괜찮아요?"

장택근은 방금 전까지 자신의 아래 깔려 있던 김호상에게 손을 내밀며 물었다. 저번 촬영에서도 조금 거칠게 대했던 탓에 자신을 꺼리는 기색이 있던 그다.

꼼짝없이 이번에야말로 더 미움 받게 생겼다고 생각한 그가 미안한 얼굴을 해보였지만, 김호상은 그와 눈을 마주칠 생각조차 하지 못했다.

"괘… 괜찮아요."

고개를 돌린 채 하는 대답이 어딘지 모르게 겁에 질려 있었다. 장택근이 내민 손을 잡을 생각도 못하고 벌떡 몸을 일으킨 그가 마치 도망치듯 그의 시야에서 벗어났다.

"끄음……."

그 모습을 보고 있자니 앓는 소리가 절로 나왔다. 제 딴에는 열심히 한다고 한 것인데 괜한 미움을 받아버린 듯한 기분이라 억울하기까지 했다.

"바로 다음 촬영해야 하니까, 택근 씨는 분장 건드리지 말고 잠깐 기다려!"

"넵!"

박준규의 말에 짧게 대답한 장택근은 어느새 자신의 고정석이 되어버린 촬영장 한편의 의자에 앉았다. 얼굴이고 손이고 할 것 없이 덕지덕지 달라붙어 있는 분장 덕에 찝찝하기 그지없었지만 그는 꾹 눌러 참았다.

"어때?"

이필상이 박준규의 곁에 찰싹 달라붙으며 물었다. 방금 전에 촬영한 부분을 모니터를 통해 다시 확인하던 박준규는 고개조차 돌리지 않고 대꾸했다.

"애매하네. 이게 원래 대본하고는 미묘하게 다르긴 한데 그림이 또 안 나온 건 아니라서."

"대본이 중요한가. 배우들 감정선이 중요하지."

자신의 대본에 그토록 자부심을 느끼던 이필상답지 않은 말이라 박준규가 잠시 모니터에서 눈을 때어냈다.

"웬일이야. 이 작가 원래 이런 거 싫어하잖아."

그의 질문에 잠시 모니터를 더 지켜보던 이필상이 대수롭지 않게 대답했다.

"그거야 같잖은 애드리브보다는 내 대본대로 하는 게 백배 나으니까 하는 소리고. 지금은 그런 시시껄렁한 애드리브가 아니잖아? 나 신경 쓰는 거면 그냥 박 감독 마음 가는대로 해. 감정만 잘 산다면야 뭐 난 상관없어."

"별일이네. 평소엔 배우들이 대본 조금만 비틀어도 난리블루스를 치더니. 오늘은 부처님 강림하셨네."

박준규는 그렇게 이필상에게 이죽거렸지만 얼굴로는 흐뭇한 미소를 짓고 있었다. 사실 버리기에는 조금 아까운 장면이었다. 이필상의 눈치를 보느라 애매하다 말했었을 뿐, 애초에 재촬영에 들어갈 생각도 없었다.

이필상 할아버지가 와서 황금을 처바른 대본을 들이댄다 하더라도 지금보다 더 나은 장면이 나올 거라고는 생각할 수 없었다. 그렇게 마음에 드는 장면인데 그가 뭐 한다고 재촬영을 하겠는가.

"어쨌든 얘기는 해야지. 신인 배우가 어디서 애드리브야. 애드리브가."

마음에도 없는 소리를 하는 그의 모습에 결국 이필상이 미소를 지었다. 그라고 왜 모르겠는가. 박준규가 자신을 챙겨준답시고 하는 행동인데. 이게 다 작가에 대한 배려였다. 아무리 자신들이 친하다고 해도 그렇게 자신의 권한을 고집하기 시작하면 결국 영화는 산으로 갈 수밖에 없었다.

그리고 이필상은 자신의 고집보다 영화가 잘되기를 더욱 간절히 바라는 사람이었다.

"됐어. 이런 애드리브라면 언제든지 환영이니까. 내버려 둬. 괜히 주눅 들어서 나올 것도 못 나오게 꼭 틀어막지 말고."

이필상의 말에 박준규가 씨익 미소를 지었다.

＊　　　＊　　　＊

감독은 흥이 났고, 스태프들은 그 흥에 덩달아 춤을 춘다. 그리고 배우들은 한창 연기에 물이 올라 있다. 그렇게 삼박자가 맞아떨어지니 촬영장의 분위기는 잔뜩 고조되었다.

서로에게 자극받은 배우들이 몸을 사리지 않고 촬영을 하다 보니 열기는 더해지고 이제 와서는 연기 대결이라도 펼치듯 매 촬영마다 배우들이 혼신의 힘을 다해 연기를 펼쳤다. 콘서트장도 아닌데 매일 촬영 때마다 박수갈채가 터져 나왔다.

지금도 자신의 분량을 훌륭히 소화하고 마지막으로 살해당하는 장면을 연기한 장미연에게 스태프들이 박수를 쳐주며 수고했노라 말하고 있었다.

그간 안정적인 연기로 조연을 도맡아 온 장미연이지만 이런 경우는 또 처음이라 벌겋게 상기된 얼굴로 사람들의 인사에 고개를 숙여 보였다.

"수고하셨습니다, 선배님."

장택근이 그녀에게 다가가 물병을 건네주며 말하니 장미연이 얼떨떨한 표정으로 대답했다.

"아, 그래. 택근 씨도 수고했어."

마치 신인 연기자 시절로 돌아간 듯한 얼굴로 대답을 하는 그녀의 음성이 잔뜩 격앙되어 있었다.

"아, 나를 죽인 사람한테 수고했다고 하는 건 조금 그런가?"

뒤늦게 농담처럼 한마디를 건네니 장택근이 머쓱한 얼굴을 해보였다.

"제가 조금 세게 졸랐죠?"

슬쩍 보이는 그녀의 목에 지금도 벌겋게 손자국이 남아 있었다. 기분이 나쁠 만도 하건만 그녀는 전혀 개의치 않았다.

"아냐, 어차피 마지막 촬영인데 뭐. 잘했어, 택근 씨가 어설프게 하면 내 마지막이 허접스럽게 나오잖아."

처음 만났을 때와는 다르게 제법 살가운 미소를 띤 그녀의 대답에 장택근이 마주 미소로 화답을 해주었다.

"되게 신기하네."

그녀의 음성이 마치 꿈을 꾸듯 몽롱하다.

"그간 이 바닥을 20년 가까이 굴렀지만 이런 촬영장은 또 처음이야."

그녀가 한창 스태프들이 분주하게 움직이며 다음 촬영을 준비하는 세트장을 돌아보며 말했다.

주연배우 조연 배우 할 것 없이 몸을 사리지 않고, 혼신을 다해 연기를 하는 촬영자들, 그를 받쳐 주는 역량 있는 감독과 스태프들, 열정이 넘치는 현장에 그녀는 감동이라도 받은 모양이었다.

"나도 조금만 젊었을 때, 이런 현장을 만났다면 지금하고 조금은 달라졌을까?"

아쉬움이 묻어나는 그녀의 음성에 장택근은 아무런 대답

도 하지 못했다.

젊어서는 큰 주목을 받지 못했고, 나이 들어서는 조연 전문 배우라는 이미지가 너무 강해진 그녀였다. 욕심만 내면 주연 자리 하나 꿰차는 건 일도 아니라고 생각했지만 이 바닥은 그렇게 호락호락하지 않았다.

그녀보다 더 젊고 예쁜 여배우들이 넘쳐났다. 게다가 자신 때와는 다르게 체계적으로 연기 수업까지 받은 그녀들은 연기까지 잘했다. 그러다보니 처음의 열정도 잃고 어영부영 조연의 역할에만 만족해 왔는데, 이번 촬영을 하며 사그라졌던 열정의 불씨가 다시 지펴지기라도 한 모양이었다.

"아쉽네. 더 함께하고 싶었는데 택근 씨가 날 너무 일찍 죽였다, 그치?"

그녀의 말에 장택근이 그저 미소로 대답을 대신 해주니, 그녀가 고개를 한 번 털어내고는 다시 표정을 바꿨다.

"나 지금 택근 씨 데려다놓고 뭐래니. 어쨌든 택근 씨 잘해봐, 이번 작품 무조건 대박이야."

그녀의 말에 열심히 하겠노라며 가슴을 탕탕 두들겨 주니 그녀가 곱게 주름을 잡아 미소를 보여주고는 촬영장을 나섰다. 어딘지 모르게 회한과 새로운 각오라는 모순적인 느낌이 짙게 배인 그녀의 뒷모습을 바라보던 장택근은 길게 숨을 내쉬었다.

어쩌면 그녀를 따라다니던 나쁜 소문도 시간이 흐르면 사라질지 모르겠다. 최소한 그가 보기에 지금의 장미연은 천생 배우였으니까.

장미연의 감정이 왠지 그대로 전해져와 그는 기분이 묘해졌다.

아쉬움과 후회.

씁쓸함과 뿌듯함.

그리고 새로운 열정.

그래도 씁쓸함보다는 뭔가 뿌듯함이 크다. 고개를 세차게 털어낸 그는 다시 촬영장의 한가운데를 향해 걸음을 옮겼다.

"자, 다들 힘냅시다! 이번 신이 오늘 마지막입니다!"

박준규 감독의 말에 피곤한 기색이 역력하던 사람들이 환호를 했다. 지나치게 흥이 난 나머지 강행군 아닌 강행군을 하고 있던 사람들이라, 촬영이 곧 끝난다는 소리가 꽤나 기쁜 모양이었다.

"소리만 지르지 말고 빨리빨리 움직입시다!"

박준규의 호통에 스태프들이 분주하게 움직이기 시작하고, 배우들이 대본을 덮고는 세트장에 모여들었다.

그렇게 영화 '도살자'의 촬영은 순풍에 돛 단 듯이 순조롭게 진행되었다.

"택근 씨, 많이 피곤하지?"

강민식의 질문에 꾸벅꾸벅 졸고 있던 장택근이 고개를 번쩍 들었다.

"너무 깊게 자면 얼굴 부어. 피곤해도 조금만 참어. 거기 열면 에너지 드링크 있을 거야. 그거라도 마셔."

그의 말에 옆을 보니 에너지 드링크가 몇 개나 꽂혀 있었다. 장택근은 그중 두 개를 꺼내 하나를 옆에 앉아 있던 이지원에게 건네는데, 그녀는 깊게 잠이 들었는지 그런 기척도 느끼지 못하고 눈을 꼭 감고 있었다.

"내버려 둬. 그 기지배는 원래 얼굴 안 부어. 전날 라면을 세 개씩 드시고 밥까지 말아 드셔도 다음 날 붓기 하나 없는 애니까 그냥 내버려 둬."

룸미러를 통해 장택근을 보며 강민식이 말했다.

"끄응……."

연기력도 타고났다더니 이상한 체질까지 타고 났다. 얼굴, 몸매, 능력까지 뭐 하나 모자란 구석이 없는 이지원의 모습에 새삼 그가 질린 얼굴을 해보였다.

"괜히 지원이가 여신이라고 불리는 게 아니야. 걔 취한 거 못 봤지? 걔는 취해서 자빠져도 모델 포즈로 자빠지는 애야."

강민식의 말이 농담같이 들리지 않아 장택근은 한숨을 내쉬었다. 지금도 피로에 지쳐 잠이 들었지만 꼿꼿하게 허리를 세운 채 마치 명상이라도 하듯 잠이 든 그녀의 모습이 오히려 기괴할 지경이었다.

고개를 절레절레 내저은 장택근이 에너지 드링크의 고리

를 잡아 당겼다. 탁 하는 소리와 함께 에너지 드링크 특유의 달달하면서도 시큼한 향이 퍼져 나왔다. 그는 단번에 캔을 거꾸로 뒤집어 들이켰다.

꿀꺽. 꿀꺽.

목울대가 위아래로 요동을 치고 나니 벌써부터 잠이 깨는 기분이 들었다. 잠시 뺨을 두들긴 그가 창밖을 바라보았다.

오늘 장택근이 향하는 곳은 세트장이 아니라 충무로의 한 스튜디오였다. 촬영이 끝난 것은 아니었지만 오늘은 다른 일정이 있었던 탓에 어쩔 수 없이 오늘의 촬영 분량을 뺄 수밖에 없었다.

"포스터 촬영은 처음이지?"

강민식의 질문에 장택근이 웃는 낯으로 대꾸했다.

"뭔들 안 처음이겠어요. 다 처음이지."

그의 대답에 그도 그렇다며 강민식이 웃어 보였다.

"그래도 진짜 박 감독이 챙기는 모양이네. 촬영 시작할 때는 완전 조연 대우더니, 포스터 촬영 달랑 세 명 하는 데 그중에 택근 씨를 집어넣은 걸 보면."

오늘은 영화 '도살자'의 포스터 촬영이 있는 날이다. 며칠 전부터 슬슬 영화 예고편을 만든다는 이야기가 있더니 포스터도 찍을 모양이다.

"아무래도 제가 민혁 선배 대립각이라 그런 모양이죠. 사실 저 말고 딱히 악역이라고 할 사람도 없어서……."

장택근이 그렇게 대답하자 강민식이 고개를 끄덕였다.

"그런 걸 보면 운수대통이네, 운수대통. 이필상 작가가 사실 복잡한 캐릭터 구도로 유명해서 이렇게 명쾌하게 관계가 나눠지는 경우도 없는데 말이지."

그의 말을 듣자 장택근이 고개를 끄덕이며 운이 좋긴 한 것 같다고 생각했다. 아마존을 다녀와서 뭐 하나 제대로 되는 일이 없더니 엉뚱한 곳에서 운수가 트일 모양이다.

*　　*　　*

"좋습니다!"

포스터에 들어가는 사진 일체의 촬영을 맡은 박수용이 연신 칭찬을 하며 셔터를 눌러댔다.

"오케이! 그대로! 턱 조금만 내밀고!"

카메라 셔터 누르랴, 입으로는 또 감탄을 내뱉으랴 바쁘기 그지없는 박수용의 모습에 장택근이 질린 얼굴을 했다.

"원래 사진 촬영이라는 게 이래요. 건지는 건 몇 장 안 되는데, 찍기는 엄청 찍어댑니다."

곁에 있던 마이더스 영화사의 홍보실장 김인수가 장택근에게 설명했다.

"듣기는 했는데 이건 뭐 생각보다 더한데요."

얼핏 가늠하기에도 최소 1,000장은 찍었을 것이다. 그런데도 셔터 소리는 멈추지 않았으니 대체 얼마나 더 찍으려는 건지. 사진을 찍는 박수용이나, 그 앞에서 온갖 포즈와 표정을 연기하는 이지원의 모습이 사람 같지 않아 보였다.

"아, 이지원 씨는 조금 특별한 경우예요. 아마 수용 씨가 좀 욕심을 내는 모양이에요. 아무래도 이지원 씨만 한 피사체 찾기도 쉽지 않을 테니 조금 사심이 들어간 것 같습니다."

김인수의 말에 장택근이 고개를 끄덕였다.

공포에 질린 얼굴부터 순진무구한 얼굴까지, 수백 가지 표정과 포즈 중 같은 것은 없었지만 단 한 가지 공통점이 있었다.

"봐요. 어떤 포즈, 어떤 얼굴을 해도 그림이 나오는데 찍는 사람은 신바람이 나다 못해 춤이라도 추고 싶을 겁니다. 아마 수용 씨는 지금 계라도 탄 심정이겠죠."

김인수의 말마따나 신 나게 카메라 셔터를 눌러대는 박수용의 얼굴에 피곤한 기색 따위는 없었다. 붉게 상기된 얼굴로 연신 셔터를 눌러대는데, 그 얼굴이 꼭 신들린 사람 같았다.

"춤은 모르겠지만, 확실히 신 나 보이기는 하네요."

바닥을 뒹굴고 앉았다 섰다 이지원만큼이나 다양한 포즈로 스튜디오를 뛰어다니는 그의 모습을 보니 절로 고개가 저어졌다.

스릴러 영화의 포스터니만큼 이지원에게 제공된 의상이라

는 게 하나같이 피투성이에 찢겨진 옷들이다. 본래대로라면 추레해야 할 의상들이 그녀가 입으니 패션으로 승화된다. 상처투성이 분장마저도 그녀의 미모를 가리지는 못했다.

자신이 사진작가라도 꽤나 신이 날 것이다.

"진짜 왜 여신, 여신 하는지 알겠네요."

매일같이 보는 그녀인지라 크게 의식한 적이 없었는데 오랜만에 그녀의 별명이 왜 여신인지 격하게 실감이 됐다고 할까.

"근데 저래서 분위기 살겠어요?"

이제는 오히려 그녀의 외모에 영화가 가려질까 걱정해야 할 판이라 그렇게 물으니 김인수가 웃는 얼굴로 대답했다.

"사진 편집할 때, 알아서 다 할 거예요. 남들은 몸매 보정이니 피부 보정이니 하는데, 이지원 씨는 반대로 다운 그레이드를 해야 하니… 진짜 세상 불공평하죠?"

'무보정 직찍'이라는 말로 갖은 굴욕을 당하는 여자 연예인들이 들으면 기도 안 찰 법한 이야기다.

장장 네 시간에 걸친 촬영이 끝나갈 무렵, 최민혁이 스튜디오에 도착했다. 도착하고도 한참을 기다려야 했던 장택근과 다르게 그는 도착하기가 무섭게 메이크업을 받고 의상을 건네받아 바로 촬영을 시작했다.

"사실 택근 씨는 이렇게 일찍 올 필요가 없었는데, 이거 괜히 제가 다 죄송스럽네요."

"아닙니다. 사실 이런 일은 처음이라 보면서 좀 도움이 되네요."

김인수의 위로에 장택근이 손사래를 쳤다.

어차피 신인 배우의 대우가 다 그렇듯이 스케줄 조정 따위는 애초에 생각도 못 했다. 부르면 부르는 대로 가서 세 시간이고 열 시간이고 대기해야 하는 입장이었지만, 그래도 기다리는 동안 말 상대도 있고 이지원의 다채로운 모습을 볼 수 있어서 그나마 다행이었다.

또한 촬영에 임하는 최민혁의 태도에서 그는 많은 것을 배울 수 있었다. 섬세한 표정 변화로 다채로운 얼굴을 보여주었던 이지원은 아무래도 여자인데다가 존재 자체가 현실 보정이라 배울 것이 사실 그다지 많지 않았다.

반면에 최민혁의 경우에는 같은 남자 배우의 입장에서 배울 것이 많았다. 강렬한 눈빛 연기라든지 남성미 넘치는 포즈라든지, 머릿속으로 자신의 모습을 대입해 가며 촬영을 준비하고 있는데 이지원이 다가왔다.

"사진 촬영이라는 게 장난 아니네. 고생했어."

"고생까지야. 한두 번 하는 것도 아니고."

역시나 도도함의 대명사, 이지원다운 대답이라 장택근도 김인수도 슬쩍 미소를 지었다.

"분위기는 좀 익혔어?"

"아, 조금은? 민혁 선배 하는 거 보니 조금은 감이 오는 것 같아."

그의 대답에 고개를 끄덕인 그녀가 한마디를 더했다.

"잘 보고 다 배울 수 있으면 배워. 민혁 선배가 다른 건 몰라도 사진 촬영은 우리나라 남자 배우 중 톱이야. 저 선배만큼 분위기 잘 뽑아내는 배우도 없어."

그녀의 말이 아니더라도 장택근은 이미 최민혁에게 시선을 고정하고 그의 동작과 표정을 하나하나 다 머릿속에 기억해두었다.

"장택근 씨! 메이크업할게요."

자신을 부르는 소리에 벌떡 일어나니 메이크업 아티스트가 손으로 입을 가리며 웃어보였다.

"그렇게 안 일어나셔도 돼요. 앉아 계시면 제가 다 알아서 하겠습니다."

묘하게 색기 어린 말투에 장택근이 괜스레 무안해져 자리에 앉아 시선을 이리저리 굴리니, 곁에 있던 이지원이 팔짱을 끼고는 자신을 노려보았다. 뜨끔한 장택근은 필요 이상으로 친한 척을 하는 메이크업 아티스트의 말에 짧게 대답을 하며 이지원의 시선을 피했다.

"다 됐습니다."

누가 보아도 추근거리고 있다는 사실이 느껴질 정도로 그에게 친근한 척을 하던 메이크업 아티스트가 드디어 분장을 끝냈다.

안 그래도 은근슬쩍 몸의 이곳저곳을 더듬어대는 그녀의 손길에 곤란하기 그지없던 차라 장택근은 벌떡 일어났다.

"그럼 단체 샷 갈게요!"

세트장을 향해 장택근이 날듯이 달려가니 이지원이 슬쩍 메이크업 아티스트를 노려보고는 그를 따라갔다.

"저 지금 이지원 씨한테 미움 받은 거 맞죠? 뭐 마음에 안 드나?"

너무 노골적인 시선이었는지 메이크업 아티스트가 떨떠름한 얼굴로 말했다.

막상 촬영에 임한 장택근은 생각 이상으로 애로 사항이 꽃피기 시작했다. 그런데 그 애로 사항이라는 게 전혀 엉뚱한 것이었다.

"좋습니다!"

좋기는 뭐가 좋아.

박수용의 말에 장택근은 입을 비죽이며 화를 꾹 참아야 했다.

"오랜만에 같이 촬영하니까 예전에 광고 촬영할 때 생각난다. 그치?"

"집중에 방해되니까 제발 좀 조용히 해."

이지원과 마주 보는 포즈를 취한 최민혁이 입을 놀려대자 이지원이 싸늘하게 대꾸했다. 숨결이 닿을 듯 바짝 붙은 둘의 포즈에 한 발 물러서서 그들을 노려보는 콘셉트를 한 장택근이 다시 한 번 얼굴을 일그러뜨렸다.

"뒤에! 긴장 풀어요! 얼굴이 너무 굳었어요!"

긴장이라니, 나는 지금 폭발하기 직전이라고.

극중 러브라인이 잡힌 둘이니만큼 단체 샷 대부분이 둘이 찰싹 달라붙어 있는 포즈였다. 자신의 연인이 다른 남자의 품에 안기다시피 한 모습을 봐야 하는 장택근은 속에서 천불이 났다. 이미 콘티를 봐서 알고 있었지만 막상 눈앞에서 이지원이 최민혁의 연인 행세를 하니 일이고 나발이고 도저히 참을 수가 없었다.

"오! 좋습니다! 그 표정!"

이제는 짜증을 넘어 화가 나려던 참인데, 박수용은 그 속도 모르고 그의 표정이 살아 있다고 좋다고 셔터를 눌러댄다. 그렇게 부글부글 끓어오르는 화를 참고 있다보니 어떻게 끝났는지 모르게 촬영이 끝이 났다.

"오! 수고했어. 택근 씨도 첫 촬영치고는 제법이던데? 누가 보면 진짜 나랑 원수진 줄 알겠어."

최민혁의 말에 장택근은 억지로 웃는 얼굴을 해보였다. 속으로는 눈치도 없이 입을 놀려대는 최민혁의 인중을 몇 번이고 후려쳤지만 겉으로는 굳은 얼굴로나마 미소를 지어주었다.

"수고했어. 진짜 분노가 느껴지는 표정 연기였어."

이지원마저 놀리듯이 그렇게 말하니 혼자 열을 내던 장택근이 결국 제 풀에 지쳐 버렸다. 혼자 화내고, 화를 내리 누르고 대체 뭐 하는 것인지.

어른스럽지 못한 자신의 태도에 한숨이 나왔지만 어떻게 하랴. 남자의 마음이라는 게 다 이런 것을.

세상 어떤 놈이 자기 여자가 다른 놈팡이의 품에 안겨 있는데 좋아하겠는가. 설령 그런 놈이 있다고 해도 최소한 자신은 아니었다.

그 내심을 다 짐작하면서도 이지원은 오히려 뻔뻔하게 슬쩍 입꼬리를 추켜올려 보이기까지 했다.

"끄응……."

결국 앓는 소리를 내뱉고는 장택근이 고개를 돌렸다.

"지원 씨하고 민혁 씨는 다 끝났고, 장택근 씨만 단독 촬영 들어갈게요."

개인 촬영과 단체 촬영까지 마친 최민혁과 이지원이 자리에서 일어났다.

"택근 씨, 찍는 거 보고 싶긴 한데, 인터뷰도 잡혀 있고… 일정이 아쉽네."

"수고해."

최민혁은 아쉬움이 가득한 얼굴로 스튜디오를 떠났다. 이지원 역시 수고하라는 짤막한 말을 하고는 돌아서서 스튜디오를 빠져나가는데, 다른 사람이 보지 못하게 슬쩍 손으로 전화기 모양을 해보였다.

[차에서 기다릴게. 촬영 잘하고 와. 파이팅.]

그녀의 제스처에 휴대폰을 열어보니 이지원의 문자가 와 있다. 그녀치고는 제법 애교스러운 문자를 보니 그래도 장택근 앞에서 거리낌 없이 최민혁의 연인 행세를 했던 것이 조금은 미안한 모양이다. 일에 관해서는 냉철하기까지 한 그녀의 답지 않은 애교에 장택근은 결국 웃어버리고 말았다.

"자! 바로 촬영 갑니다! 피곤해도 조금만 참고 갑시다!"

박수용의 말에 장택근이 휴대폰을 내려놓고는 부리나케 스튜디오의 중앙으로 향했다.

"턱 더 내밀고! 어깨 펴고, 발은 자연스럽게 벌리세요. 팔도 어색하니까 괜히 힘주지 말고!"

방금 전까지와는 다르게 꽤나 상세한 오더에 장택근이 연신 굳은 몸을 이리저리 움직였다. 이지원과 최민혁과 함께 촬영할 때는 그들을 따라가느라 느끼지 못했는데, 막상 혼자 스튜디오의 중앙에 서자 여간 어색한 게 아니었다.

그러다 보니 자연스럽게 표정이 굳어버리고 가뜩이나 능숙하지 못한 포즈가 더욱 꼴불견이 되었다.

"그게 아니라니까! 자기가 무슨 로봇도 아니고!"

결국 참다못한 박수용이 카메라를 내려놓고는 그에게 다가왔다. 민망한 얼굴로 죄송하다 말하며 고개를 숙여 보이니 한숨을 내쉰 박수용이 그에게 말했다.

"장택근 씨, 역이 살인마 아니에요? 그것도 짐승처럼 사람을 때려죽이는 살인마라면서요. 근데 지금 그 살인마가 마치 면접장에 선 사회 초년생처럼 바짝 굳어 있어요. 어떻게 생각해요?"

"죄송합니다."

"아니, 난 죄송하라고 하는 말이 아니고, 촬영은 해야 할 거 아닙니까."

꽤나 쏘아대는 말투라 화가 났나 했더니 금세 또 그를 달랜다. 뭔가 정신없는 그의 태도에 장택근이 눈만 껌벅거리니 그가 한숨을 내쉬었다.

"그럼 이렇게 합시다. 영화에서 가장 자신 있는 장면 있죠. 그걸로 갑시다. 지금 내가 들고 있는 걸 비디오카메라로 생각하고 연기해 봐요. 그건 할 수 있죠?"

그의 말에 장택근이 알았다 대답하고는 그대로 눈을 감았다. 감정을 잡기 시작하는 장택근의 모습에 박수용이 진즉에 이렇게 주문할 걸 하고 중얼거리고는 카메라에 눈을 들이댔다.

그리고 장택근이 감았던 눈을 번쩍 뜬 순간 박수용은 뭐에 홀린 것처럼 셔터를 눌러대기 시작했다.

*   *   *

피투성이 남녀가 새하얀 복도를 서로 부축한 채로 내달린다. 멀쩡한 곳 하나 없는 모습이지만 복도의 끝이 가까워져 올수록 남녀의 얼굴에 희망의 빛이 차올랐다. 그리고 마침내 복도 끝에 다다라 투박한 철문 앞에 선 남녀는 서로 시선을 교차한다.

지옥 같은 바깥세상을 막는 장벽이라는 게 고작 이런 조잡스러운 문이라니, 김민수의 얼굴에 복잡한 감정이 떠올랐다.

"가자……."

이예진이 그런 사내의 뺨을 어루만져 주며 한마디를 남기는데 그 음성에 벅찬 감정이 역력하게 묻어난다.

김민수가 고개를 끄덕여 준다. 그리고 두 남녀는 함께 문고리를 잡고 세상 밖으로 나섰다.

끼이익.

낡은 문이 듣기 거북한 소음을 내며 세상과 그들을 연결해 준다.

"아아아……."

이예진이 결국 참지 못하고 신음을 내뱉는데 그 안에 마침내 살아남고 말았다는 환희가 가득하다. 김민수 역시 눈부신 햇살에 몇 번이나 눈을 깜빡거리다 이내 환하게 미소를 지었다.

"컷!"

박준규의 컷 사인이 오늘따라 우렁찼다. 그도 그럴 것이 오늘은 영화 '도살자'의 마지막 촬영이 있는 날이다. 혼신의 연기를 다하며 마지막 촬영에 임한 이지원과 최민혁 덕분에 마지막 장면마저도 무사히 끝이 났다.

이후에 내용이 더 있지만 그 내용은 애초에 세트장 촬영을 시작하기 전에 촬영이 끝났던지라 사실상 영화 '도살자'의 길고 길었던 촬영이 끝난 것이다.

장장 1년에 가까운 촬영이었다.

"수고하셨습니다!"

감독과 스태프들과 배우들이 서로 그간의 노고를 치하하느라 바쁘다. 그간 힘들었던 일이나 고생도 잊고 지금만큼은 사람들의 얼굴에 벅찬 감동이 떠올라 있었다.

"지원 씨 수고했어! 민혁 씨도!"

박준규 감독이 눈물을 그렁거리며 말했다. 경험 많은 감독이 마치 초짜 감독처럼 영화 촬영이 끝났다고 울먹이는 것도 우스웠지만, 박준규 감독이 매번 촬영이 끝날 때마다 이런 모습을 보인다는 건 충무로에서 이미 알 만한 사람은 다 아는 이야기였다.

"감독님도 그간 고생 많이 하셨습니다."

"고생하셨어요."

주연배우들이 그런 박준규를 보며 미소를 지어주었다. 영화에 대한 열정과 애정 없이는 보일 수 없는 모습이다. 이런 감독과 함께 작업을 했다는 것만으로도 그들에게는 뜻깊은 기억으로 남을 것이다.

"수고하셨습니다!"

마지막 촬영을 보기 위해 촬영장에 나와 있던 배우들도 감동적인 얼굴로 그들에게 다가가 얼싸안거나 등을 두들겨 주었다.

"우리야 일찍 죽었다지만 지원 씨하고 민혁 씨가 끝까지 고생했네."

오중석이 최민혁의 등을 두들겨 주며 말했다. 곁에 있던 이우혁 역시 첫 영화 촬영이 마무리되어서인지 먹먹한 얼굴로 그들에게 인사를 했다.

"우혁 씨 울어? 어라, 택근 씨도 울겠는데?"

최민혁의 장난스러운 말에 사람들이 이우혁과 장택근을 보며 눈을 동그랗게 떴다. 시꺼먼 사내 두 명이 눈물이 그렁그렁한 채로 있는 모습이 우스워 이내 사람들이 웃음을 터뜨렸다.

그간 박준규 감독의 모진 꾸지람도 들었고 평생 먹을 욕이란 욕은 다 먹기도 했다. 익숙하지 않은 액션 신을 찍다가 크고 작은 부상을 입기고 했었고.

돌아보니 정말로 힘들고 고된 여정이었다.

그의 입장에서는 처음이나 마찬가지인 촬영이었으니 어찌 후회와 아쉬움이 남지 않겠는가.

하지만 그럼에도 불구하고 지금 이 순간에도 그는 벅찬 감동을 느끼고 있었다.

"선배님도 수고하셨습니다."

최민혁이 그런 장택근의 어깨를 두들겨 주었다. 마치 그 심정 다 이해한다는 얼굴이라 괜히 뭉클해진 장택근이 고개를 들고 눈을 껌뻑였다.

"장비 정리하고 뒤풀이 갑니다! 참석 안 하는 분은 통째로 가위질 한다니까 알아서 하시래요!"

박준규 감독의 말을 전하는 조감독의 목소리가 오늘따라 유쾌했다.

"가자."

어딘지 모르게 따뜻한 음성에 멀거니 천장을 바라보고 있던 장택근이 고개를 돌렸다. 이지원이 그를 바라보며 말없이 미소를 지어주었다.

*　　　*　　　*

"이야! 이게 누구야! 미래의 스타 장 배우 아니야!"

만취한 박준규 감독의 음성에 사람들이 와자하게 웃음을 터뜨렸다. 그간의 긴장이 풀린 탓인지 사람들은 허리띠를 풀고 먹고 마셨다. 덕분에 취하지 않은 사람이 드물 정도로 술자리의 열기는 뜨거웠다.

"어휴, 스타라니요. 제 잔 한 잔 받으십시오."

들고 온 잔을 털어내고는 건네주었더니 박준규가 씨익 미소를 지었다.

"그래, 내가 택근 씨 술은 꼭 받아야지."

이미 몇 번이나 술잔을 건넸음에도 박준규가 마치 처음이라는 듯이 얘기했다.

"내가 택근 씨 미워서 그렇게 괴롭힌 거 아니야. 알지?"

촬영을 할 때는 호랑이 같은 박준규였지만, 촬영이 끝나고 나면 이렇게나 소심한 사내가 되어버린다. 진즉에 그의 성격을 파악하고 있던 장택근이 당치도 않는 소리라며 손사래를 쳤다.

"그래, 다 잘되라고 한 소리니까. 너무 마음에 담아두지 말고."

그렇게 말하고 잔을 비우는 그의 모습이 상당히 기분이 좋아보였다. 잔을 비워낸 박준규가 그에게 술잔을 건네주었다. 잔이 넘치도록 술을 채워준 박준규가 장택근의 팔목을 잡고는 높이 추켜올렸다.

"여기! 우리 장필수! 장필수가 한마디 할 거야! 다들 주둥이 다물고 들어!"

갑작스러운 그의 행동에 장택근이 눈을 크게 떴다.

"다들 알지? 지원 씨도 잘해주고 민혁 씨도 잘해줬고 다른 사람들도 다 잘해줬지만, 우리 장필수가 없었으면 이번 영화 폭삭 망했을 거라고!"

이 바닥에서 잔뼈가 굵을 대로 굵은 사람들 앞에서 하는 말치고는 터무니없는 극찬이라 장택근이 민망한 얼굴로 사람들의 시선을 이리저리 피했다.

"자, 한마디 해."

박준규의 말에 결국 자리에서 일어난 장택근이 어렵사리 입을 열었다.

"경력도 실력도 가장 막내인 제가 이런 말해도 될지 모르겠지만, 그간 다들 너무 고생 많이 하셨고 또 부족한 사람을 이끌어주셔서 너무 감사드립니다."

그가 고개를 꾸벅 숙여 보이며 말하자 사람들이 장난스럽게 그의 말을 받아주었다.

"여기가 영화제 시상식장이냐!"

"차라리 노래나 한 곡 뽑아라!"

사람들의 야유에 박준규가 벌떡 몸을 일으키더니 호통을 쳤다.

"이 사람들이 미래의 톱스타께서 말씀하시는데, 떽! 다들 잔이나 들어!"

그 호통이라는 것도 잔뜩 취해 흥청망청 기분이 좋은 종류의 것이라 사람들이 다시 한 번 웃음을 터뜨렸다.

"수고했어, 다들! 내가 욕심 부린다고 괜히 강행군을 했는데 잘 따라와 줬어. 그래도 덕분에 일이 일찍 끝나서 좋잖아! 그러니까 나 없는데서 욕하지 말고. 어쨌든 다들 수고했어.

다 같이 거국적으로 건배!"

그의 말에 사람들이 일제히 잔을 높이 들었다.

"영화 '도살자'의 대박을 위하여!"

"위하여!"

박준규의 선창에 사람들이 목이 터져라 제창하고 술자리
는 다시 흥겹게 흘러가기 시작했다.

*   *   *

그간의 긴장했던 심신이 한번에 풀렸던 탓일까. 평소 스스
로가 주당임을 자처했던 사람들이 하나같이 만취해 테이블의
이곳저곳에 머리를 처박고 있었는데 그마저도 옆자리가 허전
했다.

이미 술을 이기지 못한 사람들이 하나둘 실려 나가고 지금
자리에 남은 사람들은 정말로 충무로에서도 말술로 유명한
이들뿐이었다.

"이제 촬영도 끝났으니 이 늙은이는 할 것도 없어서 뭐 하
고 지낸다냐."

오중석의 말에 짙은 아쉬움이 묻어났다. 평소 주량이 어마
어마하다고 소문난 그였지만 지금만큼은 그도 불콰하게 취기
가 오른 얼굴을 하고 있었다. 하기야 테이블에 깔린 빈 소주
병만 해도 수십 병이었으니 취하지 않는다면 그게 오히려 더

이상했을 것이다.

"뭐, 녹음도 있고. 시사회도 있고. 아직 완전히 끝난 건 아니잖아요."

의외로 멀쩡한 얼굴을 한 장미연이 오중석에게 말하는데, 정작 본인도 얼굴에 아쉬움이 가득했다.

"다시 또 다른 뭔가가 있지 않겠습니까. 이 바닥에서 두 분 찾는 사람이 얼마나 많은데요."

최민혁이 잔을 권하며 한마디를 하자 오중석이 고개를 저었다.

"민혁 씨야 워낙 잘나가는 톱스타니까 찾는 데도 많겠지만, 우리 같은 사람들은 또 일 없으면 집에서 애들이나 봐주고 해야 한다고."

"어머, 선생님 저는 아직 찾는 곳 많아요. 왜 이러세요."

그의 죽는소리에 금세 장난스러운 얼굴을 한 장미연이 핀잔을 주었다. 그 아무것도 아닌 말에 또 사람들이 웃음을 터뜨렸다.

그렇게 사람들이 주거니 받거니 이야기를 나누는데, 이지원은 어쩐 일인지 말도 없이 술잔만 기울이고 있었다.

"어라? 지원 씨는 또 왜 그렇게 혼자 청승이야."

그 모습을 발견한 장미연이 친한 척을 했다. 지난번에 씁쓸한 얼굴로 촬영장을 빠져나가더니 그녀는 많은 면에서 바뀌었다. 일단 조금 과할 정도로 치장을 하던 과거와는 달리 지금은 꽤나 수수한 차림이다.

말투나 표정도 예전보다 훨씬 부드러워진 것이 대하기가 한결 수월해져 오늘 술자리에서 가장 인기가 좋았던 사람이기도 했다. 게다가 간간히 들리는 이야기로는 그녀가 젊은 배우들에게 치근대던 버릇마저 고쳤다며 혹시 돈 많은 스폰이라도 잡은 것 아니냐는 말이 있을 정도였다.

"아, 아니요. 영화 끝나고 나니까 조금 허무해져서."

이지원답지 않은 무기력한 대답이었지만 사람들은 다 이해한다는 얼굴이었다.

저런 배우들이 있다. 촬영 때 모든 힘을 쏟아부어버리고는 촬영이 끝나면 무기력증에 가까운 모습을 보이는 배우들이.

그 한계를 모르는 열정 탓일 것이다. 제 스스로 모든 것을 잊고 연기에만 혼신을 다하니, 정작 촬영이 끝나면 목표를 잃고 방황하는 경우가 있을 수 있었다.

게다가 이지원이라고 하면 충무로에서 유명한 매소드 연기파 배우가 아니던가. 남들보다 훨씬 더 지치고 고단할 게 당연했다.

"자, 자, 아직 다 끝난 것도 아닌데 벌써부터 힘 빠진 얼굴 하지 말고 건배나 하지."

오중석이 잔을 들며 사람들을 다독이니 사람들이 황급히 잔을 채우고, 잔을 치켜든답시고 수선을 피웠다.

"뭐라고 할까."

"최민혁이와 이지원의 영원한 사랑을 위하여?"

최민혁의 장난스러운 말에 사람들이 또 시작이다 하는 얼굴로 고개를 젓는데 그가 제멋대로 선창을 했다.

"최민혁과 이지원의 영원한 사랑을 위하여!"

"어… 위하여!"

사람들이 그의 천연덕스러운 태도에 휩쓸려 건배를 하는데 장택근이 남모르게 한숨을 내쉬었다. 지난번의 일도 그렇고 지금도 그렇고, 왠지 그를 속이는 듯한 기분이 들었던 탓이다. 이번 영화를 촬영하며 꽤나 친해졌다고 생각했는데 나중에 이지원과 자신의 관계를 그가 알게 되면 어떤 얼굴을 할까 걱정이 되었다.

그렇다고 밝힐 수도 없는 것이 최민혁을 못 믿는 것은 아니었지만 이 바닥에서 한 번 사람들 입을 타기 시작하면 소문이 퍼지는 건 금방이었다.

대체 어디서 이야기를 듣는 건지 정말 벽에도 천장에도 귀가 있다는 선배 배우들의 말이 농담처럼 들리지 않을 지경이다.

"지원아! 어떻게 생각해? 사람들이 우리 축복해 주는데?"

"쓸데없는 소리 말고 술이나 먹어."

그녀의 핀잔에도 싱글벙글 웃는 얼굴을 한 최민혁이 슬쩍 주변을 둘러보더니 자리에서 일어났다.

"왜? 벌써 가게?"

오중석의 질문에 그가 씨익 웃더니 이지원을 가리켰다.

"지원이랑 잠깐 할 이야기가 있어서요."

"무슨 할 얘기. 할 얘기 있으면 여기서 해."

이지원이 얼굴을 찌푸리며 이야기를 하는데 최민혁이 슬쩍 주변을 둘러보았다. 원래대로라면 사람이 가득 차 있어야 할 고깃집이었지만 촬영팀이 통째로 대절을 했던지라 관계자들 외에는 보이지 않았다. 그나마도 태반이 만취해서 바닥을 굴러다니고 있었다.

"진짜? 여기서 해? 진짜 한다!"

그제야 사람들이 최민혁의 장난스러운 얼굴 뒤에 떠오른 각오를 눈치채고는 난감한 얼굴을 했다. 이 바닥에서 최민혁이 이지원을 벌써 몇 년째 따라다니고 있다는 사실을 모르는 사람은 없었다.

아무래도 고백이라도 할 모양새라 사람들이 불편한 얼굴을 하니 이지원이 자리에서 일어났다.

"따라와, 짧게 얘기해."

그렇게 말한 그녀가 장택근을 슬쩍 쳐다보고는 미안하다는 눈빛을 보냈다. 장택근은 불편한 심경을 숨긴 채 무표정을 가장했다.

"음, 민혁 씨가 오늘 제대로 작정한 모양이네."

"재작년에 한 번 도전했다가 대차게 까이고 나서 그냥 따라다니기만 하더니 이제 좀 자신감이 붙었나 본데요."

"그렇지, 예전에 고백할 때는 민혁 씨가 아무래도 상대적으로 좀 인지도가 떨어졌었지. 지원 씨는 워낙에 인기가 대단했고."

오중석과 장미연이 주거니 받거니 이야기를 나누는 것을 듣고 있던 장택근은 말없이 술만 연달아 따라 마셨다.

"그보다 택근 씨는 어떻게 할 거야? 아직도 프리라면서?"

"네? 아, 영화 개봉하면 이야기 들어온 곳 중에 한 군데 선택하려고요."

장미연의 말에 그렇게 건성으로 대답을 해주니 그녀가 눈을 좁혔다.

"택근 씨, 솔직히 말해봐."

"네?"

그녀의 가늘어진 눈매가 마치 탐색을 하듯 그의 얼굴을 살폈다.

"지원 씨랑 무슨 사이야?"

최민혁에게 몇 번 받았던 질문이기는 하지만 그 날카로움의 정도가 차원이 다른 그녀의 말에 장택근이 그녀를 바라보았다.

"이 바닥에서 굴러먹은 게 벌써 20년이야. 애들이 몰래 연애를 하는지, 그도 아니면 엔조이를 하는지, 그도 아니면 짝사랑인지 눈빛만 봐도 알아. 그러니까 거짓말하지 말고 대답해봐."

그녀의 질문에 장택근이 머뭇머뭇 입을 오물거리는데 갑작스레 와당탕 소리가 들렸다.

"민혁 선배!"

이지원의 고함 소리가 들리고, 이내 무언가가 엎어지고 깨지는 소리가 들렸다. 그리고 장택근은 순간적인 충격에 눈앞이 노래졌다.

8장

다시 악몽

혼미해졌던 정신이 서서히 돌아왔다. 마치 꿈을 꾸듯 몽롱한 가운데 고개를 돌리니, 사람들이 하얗게 질려서 벌떡 일어나는 모습이 보인다. 그 현실감 없는 모습이 지극히 느리고 느긋해 보여 장택근은 어리둥절해졌다.

분명 뭐라고 외치고 있는 것 같기는 한데, 이명처럼 들려오는 거북스러운 소음 빼고는 들리는 것이 하나도 없다. 이지원이 창백한 얼굴로 자신에게 다가와 머리를 어루만지는데, 그녀의 얼굴이 전에 없이 일그러져 있다.

다른 사람들과 마찬가지로 입을 뻥긋거리며 뭐라고 하는 듯 한데 도무지 소리가 들리지를 않으니 영문을 알 수 없었다. 마치 무성극이라도 하듯 입만 뻥긋거리는 사람들의 모습이 지독스럽게 비현실적이다.

시선을 돌린다.

반쯤 깨져 나간 소주병을 들고 발버둥을 치는 최민혁이 보인다. 오중석이 그의 겨드랑이 사이로 손을 집어넣고는 뭐라고 소리를 치는데 최민혁의 얼굴이 더욱 일그러진다.

악귀처럼 일그러진 얼굴을 한 그가 깨져 나간 술병으로 자신을 가리키는데 그의 손을 타고 붉은 핏물이 떨어지고 있다.

'뭐지? 내가 맞은 건가? 그런데 아프지 않은데? 근데 왜 민혁 선배가 나를 쳤지? 뭐가 화가 났나? 내가 술 먹다가 실수를 했나?

머릿속으로 수많은 생각이 오가지만 정작 제대로 된 판단을 내릴 수가 없다. 그저 꼬리를 물고 이어지는 의문에 또 다른 의문이 튀어나올 뿐이다.

얼굴을 감싸 안는 손길에 눈을 껌벅이는데 갑작스럽게 무성의 세상이 빨라진다. 마치 깊은 물속에 가라앉아 있다 누군가에게 멱살을 채여 수면 위로 급부상한 것처럼 세상이 원래대로 돌아왔다.

"놔! 저 새끼 내가 죽여 버릴 거야!"

가장 먼저 들린 것은 최민혁의 성난 고함 소리였다.

"최민혁! 인마, 뭐 하는 거야!"

오중석이 고함을 지르는데, 비명을 지르는 사람들 탓에 주변이 아수라장이나 다름없었다.

"오빠, 괜찮아? 오빠! 대답 좀 해봐!"

이지원의 절절한 음성에 그가 고개를 돌리니 눈물을 흘리며, 자신을 부둥켜안은 이지원의 얼굴이 눈에 박힐 듯 들어왔다. 도도함이 트레이드였던 그녀의 얼굴이 지금은 엉망진창이었다.

주르륵.

이마를 타고 흘러내린 액체가 뺨을 적시고 뚝뚝 떨어졌다. 그제야 정수리를 쪼갤 듯한 통증이 느껴진 장택근이 얼굴을 찌푸렸다.

"오빠! 피! 피!"

당장 느껴지는 것은 끔찍한 통증보다 그 당당함마저 온데간데없이 눈물을 흘리는 이지원의 애절함이었다. 눈가를 적시는 액체를 손으로 훔쳐낸 장택근이 그녀의 눈물을 닦아주려 했지만, 오히려 새빨간 액체가 그녀의 얼굴을 더욱더럽혔다.

그 선명한 붉은빛에 장택근이 일순간 굳어버렸다. 뒤늦게 코끝을 뚫고 들어오는 그 비릿한 향에 심장이 미친 듯이 뛰어대기 시작했다.

"내가 너한테 어떻게 했는데! 네가! 나를 이렇게 병신으로 만들어!"

최민혁의 고함 소리에 그가 고개를 돌렸다.

이제 이해가 갔다. 아까 전까지만 해도 이지원에게 치근대느라 바빴던 최민혁이 왜 갑자기 자신에게 술병을 내려쳤는지 이제는 알 수 있었다.

필시 이지원에게 고백을 했으리라. 그리고 거짓말 못하는 성격의 그녀는 그의 고백에 모든 사실을 이실직고했으리라. 그간 지내온 정리가 있으니 최민혁이 비밀을 지켜줄 것이라는 사실을 믿고 있는 그대로 말했겠지.

심장이 미친 듯이 벌컥거렸다. 온몸에 열기가 차오르고 당장 비릿한 혈향에 정신이 아찔해졌다.

"오… 오빠?"

이지원의 말소리도 어딘지 모르게 멀리서 들려오는 소리처럼 몽롱했다. 비척거리며 몸을 일으키니 사람들이 자신을 놀란 눈으로 바라보았다.

"괘… 괜찮아?"

그는 오중석의 말에 대답도 없이 꿀렁거리며 흘러내리는 피를 닦아냈다. 섬뜩한 혈향이 다시 한 번 그의 코끝을 찔러왔다. 홀린 듯이 자신의 손바닥을 바라보니 온통 피로 물들어 붉고 또 붉었다.

"좋았냐! 엉! 좋았냐고! 사람 병신 만들고 뒤에서 낄낄대고 웃으니까 좋았냐고!"

오중석과 사람들의 제지에 발버둥을 치며 최민혁이 고함쳤다. 그 적대감 가득한 음성에 장택근은 저도 모르게 입꼬리가 치켜 올라갔다.

　사람들이 순간적으로 주춤대며 물러섰다. 최민혁을 꼭 부둥켜안고 있던 오중석마저도 하얗게 질린 얼굴로 뒷걸음질을 쳤다.

　"너 이 새끼, 내가 오늘 진짜 죽여 버릴……."

　최민혁이 사납게 외쳐대다 입을 다문 채 눈을 동그랗게 떴다. 그게 장택근이 기억하는 마지막 기억이었다.

＊　　　＊　　　＊

　"오빠아아아… 오빠아아아……."

　그리고 다시 정신을 차렸을 때 가장 먼저 들린 것은 이지원의 울먹임 가득한 음성이었다.

　"오빠… 제발 그만……."

　그녀의 애절한 음성에 눈을 깜빡거리며 주변을 둘러보니, 아까까지만 해도 흥겨웠던 술자리가 난장판이 되어 있었다. 테이블은 엎어져 온 바닥에 술이며 안주가 뒹굴고 있고, 여기저기 깨진 그릇과 물컵 따위로 온 사방이 난장판이었다. 그리고 분명 다른 것과는 확연하게 빛깔이 다른 붉은 액체가 온 바닥에 퍼져 있었다.

　"컥……."

　뒤늦게 자신의 손에 닿는 묵직한 감촉을 깨달은 장택근이 눈동자를 굴렸다.

"아……."

저도 모르게 신음이 흘러나왔다. 자신에게 머리끄덩이가
잡힌 채 피 섞인 기침을 토해내는 최민혁의 모습이 처참했다.
대한민국 최고의 미남이라는 수식어는 어디 갔는지, 평소의
늠름했던 모습은 온데간데없고 온통 깨어지고 찢겨진 얼굴이
엉망진창이었다.

"커억… 씨… 씨발… 새… 컥… 끼야……."

피가래를 뱉어내며 숨을 컥컥거리면서도 욕지거리를 하는
최민혁의 모습에 장택근은 온몸이 싸늘하게 식었다.

'내가… 지금 무슨 짓을 한 거지?'

비릿한 피 냄새를 맡는 순간 정신을 잃었다. 그리고 정신을
차려보니 넝마가 된 최민혁의 그의 우악스러운 손길에 머리
가 잡혀 있었다. 바보가 아닌 이상에야 이 모든 난장판을 만
든 것이 자신이라는 것을 알 수 있었다.

저절로 손아귀에 힘이 풀렸다.

"악!"

최민혁이 비명을 지르며 바닥을 나뒹굴었다. 그 모습이 당
장 숨이 넘어가도 이상하지 않을 끔찍한 모습이라 장택근은
온몸이 덜덜 떨려왔다.

마치 영화 '도살자' 속에서 자신의 손에 끔찍하게 살해당
했던 누군가처럼, 최민혁이 피투성이가 되어 그의 눈앞에 있

었다.

아아…….

비명이라도 내지르고 싶은 심정에 입을 벌려보지만 나오는 것이라고는 짓눌린 숨소리뿐이다. 장택근은 그대로 다리에 힘이 풀려 바닥에 주저앉아 버렸다.

"오빠! 오빠!"

이지원이 엉금엉금 기어 그런 장택근에게 다가오는데, 그녀의 꼴도 엉망진창이었다. 늘 단정했던 머리는 산발이 되어 있었고, 얼룩덜룩 피가 묻은 상의는 잔뜩 찢겨지고 늘어나 속살이 보일 지경이었다.

"괘… 괜찮아?"

그 끔찍한 꼴을 하고도 가장 먼저 묻는 것이 자신을 걱정하는 말이라 장택근은 차라리 눈을 질끈 감았다.

*　　　*　　　*

유치장의 한구석에 웅크리고 앉은 장택근은 온몸을 사시나무 떨듯이 떨었다. 눈을 감으면 생생하게 떠오르는 최민혁의 끔찍한 모습에 그는 미처 눈을 감지도 못하고 부릅떠야 했다.

마치 자신이 아니게 된 듯한 기분이었다. 희미한 기억 속에서 떠오르는 것은 온통 살의로 점철된 끔찍한 감정뿐이었다.

그리고 자신은 그런 혼미한 정신으로 최민혁을 죽일 듯이 두들겨 팼다. 아니, 필시 자신이 조금만 늦게 정신을 차렸어도 최민혁은 정말로 죽고 말았을 것이다.

잔뜩 찢겨지고 살점이 떨어져 나간 주먹은 자신이 얼마나 무지막지하게 손을 썼는지 알려주었다.

흔히 사람들이 말하는, 화가 나서 정신을 잃는다는 것과는 다른 종류의 것이었다. 그때의 자신은 정말 무언가 달랐다. 피 냄새를 맡는 순간 미칠 듯한 살의가 치밀어 올랐고, 이내 그 살의에 먹혀 버렸다.

그 순간 자신을 지배한 것은 분노가 아니었다. 오직 새파랗게 번들거리는 살의 그 자체였다.

"오빠!"

이지원의 음성에 고개를 든 그는 눈을 부릅떴다. 마지막에 자신이 보았던 그녀의 몰골이 환상이 아니었는지, 그녀의 꼴은 평소 여신이라 불리던 그런 모습이 아니었다.

야구 모자를 꾹 눌러쓴 그 얼굴은 온통 긁히고 퉁퉁 부어 엉망진창이었다. 그마저도 반창고와 붕대로 반쯤 얼굴을 가린 모습이라 장택근은 눈을 감고 무릎 사이에 얼굴을 파묻었다.

"오빠, 괜찮아?

한결같은 그녀의 태도에 장택근은 이를 악물었다. 조서를 쓰며 들었다. 그녀는 눈이 돌아가 최민혁을 죽이려 드는 자신을 말리다가 저런 꼴이 된 것이었다.

도저히 용서받을 수 없는 자신의 행동에 그는 무릎을 끌어안으며 더욱 몸을 웅크렸다.

"오빠, 나 괜찮아. 진짜 괜찮아."

그의 내심을 짐작한 것인지 괜찮다는 말을 몇 번이나 되뇌는 그녀의 발음은 마치 사탕이라도 입에 문 것처럼 부정확했다.

'제기랄, 정말 최악이다.'

"민혁 선배도 생각보다 많이 안 다쳤어. 몇 군데 꿰매긴 했는데 남자가 그 정도야 뭐, 지금 정신 차리고 퇴원했어."

'그런가, 그나마 다행이다.'

속으로 다행이라 말한 장택근은 흠칫 몸을 떨었다.

그런 끔찍한 일을 벌이고 다행이라고 말하는 건가? 그저 술 먹고 폭력을 휘두른 것과는 질적으로 달랐다. 그 순간의 자신은 정말로 사람을 죽이려 했다.

자신에 대한 혐오감, 두려움, 자책감에 그는 이를 악물었다.

"그리고 오빠 곧 풀려날 거야."

그녀의 말에 장택근이 더욱더 깊게 얼굴을 묻는데, 심드렁한 남자의 음성이 들렸다.

"장택근 씨, 나오세요."

고개를 드니 조서를 꾸밀 때 보았던 형사가 그를 바라보고 있었다.

"뭐하세요. 빨리 나오세요."

뭔가 불만이 가득한 얼굴을 한 그가 장택근을 기다리다가 결국 성질이 났는지, 철창 안으로 들어가 그를 일으켜 세웠다.

"가시라고요. 가뜩이나 주말이라 일도 많은데 그냥 들어가세요."

그의 말에 장택근이 이지원을 바라보니 이지원의 등 뒤로 일전에 한 번 보았던 중년 남자가 얼굴을 들이밀었다. 검찰조사를 받을 때 보았던 변호사 이형준이었다.

"장택근 씨, 다 끝났으니까 나오세요."

그의 말에 몇 번이나 눈을 깜빡거리던 그가 결국 형사의 우악스러운 손길에 철창 밖으로 내몰렸다.

"오빠! 괜찮아? 응? 어디 아픈데 없어?"

이지원이 만신창이가 된 얼굴로 그를 부둥켜안고 눈물을 터뜨렸다. 차마 대답할 염치가 없었던 장택근은 말없이 변호사를 쳐다보았다.

"최민혁이 고소를 하지 않는답니다. 기물 파손과 영업 방해, 기타 경범죄에 대한 벌금으로 마무리되었습니다."

그의 말에 장택근이 고개를 숙였다.

"그래도 좀 적당히 하지 그러셨습니까. 아무리 최민혁이 먼저 그랬다고 해도 하마터면 정말 큰일 날 뻔했습니다."

변호사의 음성이 귀에 박힐 듯 들어왔다.

"그나마 영화 개봉이 코앞이라 다행입니다. 아니었으면 진짜 제대로 고생하셨을 겁니다."

장택근은 계속해서 이어지는 변호사의 질책에 눈을 감았다.

최민혁이 고소를 하지 않은 것은, 아마도 당장 코앞에 다가온 영화 '도살자'의 개봉 탓이리라. 그렇게 고생을 해가며 촬영을 마쳤는데 불미스러운 일로 개봉에 지장을 주기는 싫었을 것이다.

"미안하다."

잔뜩 갈라지고 쉬어터진 음성으로 미안하다 말하니 이지원이 눈을 동그랗게 떴다가 이내 고개를 저었다.

"괜찮아, 괜찮아."

그의 품에 꼭 달라붙어 괜찮다 말하는 그녀의 모습에 변호사 이형준이 고개를 절레절레 저었다.

그렇게 고개를 숙인 채로 경찰서를 나서는데, 저 멀리서 강민식이 달려왔다. 단숨에 거리를 좁힌 강민식이 사나운 얼굴로 장택근의 멱살을 잡았다.

"너 이 새끼!"

그의 얼굴에 숨김없는 분노가 떠올라 있었다.

"내가 지원이 잘 부탁한다고 했지. 언제 저렇게 개 패듯이 패래? 여배우는 얼굴이 생명인 거 몰라! 네가 그러고도 사내새끼야!"

그의 말에 대답할 말을 찾지 못한 장택근이 고개를 숙이며 미안하다 말하는데 이형준이 강민식을 진정시켰다.

"여기서 이럴 것이 아니라 일단 자리를 옮기시죠. 사람들이 봅니다."

그의 말에 강민식이 뒤늦게 주변을 둘러보고는 멱살을 놓아주었다. 하지만 사납게 일그러진 얼굴만큼은 펴지 않은 채 으르렁 거리듯 장택근에게 말했다.

"일단 따라와."

*   *   *

"일단 영화 개봉을 앞둔 상태라 이 문제는 묻어두기로 했어. 최민혁의 소속사에서도 이 일이 퍼져 나가면 먼저 빌미를 제공했던 것도 있고, 이래저래 얽혀 있는 게 많아서 조용히 넘어가기를 원하더라고."

냉담한 강민식의 설명에 장택근은 고개를 들 수가 없었다. 도대체 어쩌다가 일이 이렇게 된 것인지, 할 수만 있다면 시간을 되돌리고 싶을 지경이었다.

피 냄새를 맡는 순간 완전히 이성을 잃어버렸다. 아니, 이성을 잃었다기보다는 무언가 알 수 없는 충동이 일어났고, 자신은 그 충동에 먹혀 버렸다.

"얘기도 그렇게 됐으니까, 며칠간은 자숙하고 있어. 술집에 있던 촬영팀 스태프들도 대부분 술에 취해 있었고, 그나마 제대로 본 사람들은 별로 없긴 한데… 그래도 일단 어떻게 될지는 며칠 내로 결과가 나올 거야…….”

강민식의 차가운 음성을 듣고만 있던 장택근은 갑작스러운 현기증에 눈앞이 노래지는 것을 느꼈다. 온몸이 싸늘하게 식어버리더니 손 하나 까딱할 힘마저 사라져 버렸다. 귓가로 들리던 강민식의 카랑카랑한 음성도 조금씩 작아지다가 이내 들리지 않게 되었다.

그리고 장택근은 그대로 정신을 잃었다.

*   *   *

벌써 3일째다. 장택근이 의식을 찾지 못한 것이.

그날 경찰서에서 돌아오는 길에 갑작스레 의식을 잃은 그를 보고 사람들이 얼마나 놀랐는지 모른다. 잔뜩 화가 나 있던 강민식마저도 그 순간만큼은 놀라서 미친 듯이 도로를 질주해 병원으로 향했다.

병원에 도착한 장택근은 응급실로 옮겨졌다.

“현재로썬 머리에 가해진 충격으로 인한 뇌진탕 증세가 아닐까 합니다.”

의사의 말을 들은 이지원은 그대로 무너져 버렸다.

“한참이나 멀쩡하게 움직였는데…….”

"원래 사고 직후에는 통증을 느끼지 못하는 경우가 많습니다. 술에 취했다거나, 잔뜩 흥분했다거나. 보통 이런 경우에는 어느 정도 진정이 되고 난 이후에 갑작스럽게 증세가 나타나는 일이 많습니다. 교통사고 환자가 멀쩡하게 차를 몰아 집으로 돌아오고는 집에서 정신을 잃어버리는 경우도 있습니다."

이런저런 검사를 했지만 딱히 걸리는 것은 없었다. 장택근은 마치 깊은 잠에 빠진 듯 일어나지 않았다.

그사이 많은 일이 있었다.

먼저 최민혁의 소속사와 이지원의 소속사에서 합의를 보았다. 이지원의 소속사는 장택근의 상태를 들먹여 그들을 압박했다.

이미 이야기가 됐음에도 불구하고 처음에는 꽤나 공격적인 태도를 취하던 최민혁의 소속사였지만 당장 가해자로 내몰았던 장택근이 의식을 잃고 깨어나지를 않자 태도가 바뀔 수밖에 없었다.

그렇게 당사자 간의 문제는 일단락이 되었다. 사실 따지고 보면 이지원의 소속사에서 나설 것도 없는 문제였지만 이번 일은 치정싸움과 다를 게 없었다. 바깥으로 퍼져 나가봐야 이지원의 이미지만 상할 게 뻔하니 소속사에서 나서지 않을 수가 없었다.

그리고 그날 현장에 있었던 이들의 입장 역시 장택근이 의식을 잃었다는 소식에 극적으로 바뀌었다. 원래부터 빌미를 제공했던 것이 최민혁이기도 했고, 비록 그 이후에 장택근의 행동에 많은 문제가 있었지만 당장 의식을 잃고 깨어나지를 못한다니 순식간에 가해자와 피해자를 구분할 수 없게 되어 버렸다.

술을 먹어 판단력이 흐려진 것은 장택근과 최민혁뿐만이 아니었다. 다른 사람들도 그 이상으로 잔뜩 마시고 취한 상태였던지라, 새롭게 전해 들은 이야기와 기억이 합쳐져 나중에는 최민혁의 행동을 비난하는 목소리까지 나왔다.

세상만사 인심이 그렇다. 어차피 본인들 일이 아닌 바에야 사람들은 표면적인 일만 보고, 받아들이고, 그것으로 쉽게 판단하게 마련이다.

덕분에 가장 큰 문제였던 목격자들의 태도도 해결이 되었다. 향후 장택근이 영화 활동을 해나가는 데 치명적인 문제가 될 소지가 있었던 사건은 그렇게 일단락되는 것으로 보였다.

다만 영화 개봉을 코앞에 둔 상태고 대사 녹음도 시작하지 못한 상태에서 일어난 일이라 제작사 측에서 골머리를 썩고 있다는 게 문제라면 문제였다.

그렇게 자신의 주변에 많은 일이 일어나고 있음에도 불구하고 장택근은 정신을 차릴 기미를 보이지 않았다.

"택근아⋯⋯."

잔뜩 어두운 얼굴을 한 여인이 장택근의 뺨을 어루만졌다.

"대체 왜 그렇게 힘들게 사니……."

진재영은 핏기 하나 없이 창백한 장택근을 보며 안타깝게
말했다.

처음 연락을 받았을 때까지만 해도 이 정도로 심각한 상황
인지 몰랐었다. 그저 사내들끼리 조금 거칠게 몸싸움을 했겠
거니 하고 달려왔더니 장택근이 의식을 잃은 지 벌써 하루가
지난 상태였다.

이지원은 말했다. 복잡하게 얽힌 문제 탓에 자신이 그의 곁
을 지켜줄 수가 없노라 하고.

그녀의 얼굴이라도 멀쩡했으면 모를까 엉망으로 망가진
얼굴 탓에 괜히 사람들이 이상한 낌새라도 눈치채는 날에는
그녀는 물론, 장택근과 최민혁 모두에게 좋지 못한 상황이 생
길 것이라고 했다.

그 말에 자신이 꼭 그녀를 대신해 장택근의 곁을 지켜주겠
다고 말한 진재영은 속으로 쾌재를 불렀다. 죄책감 없이 그의
곁에 있을 구실이 생겨 버렸다.

비록 장택근은 눈을 꼭 감은 채 미동도 하지 않고 있었지
만 그의 곁에만 있을 수 있다면 아무래도 좋았다.

"그래도 이렇게라도 같이 있으니까, 좋다."

안타까움도 잠시, 마치 그를 독점했다는 듯한 착각 속에
서 진재영은 음험한 상상을 했다. 이대로 만약 그가 깨어나

지 않는다면 그는 자신의 것이 되는 게 아닐까. 물론 스스로의 생각에 소스라쳐 이내 고개를 떨치긴 했지만 그녀는 순간적으로 떠오른 그 달콤하고 음습한 망상에 희열을 느꼈다.

그리고 지금은 아무래도 좋았다. 그저 곁에 있을 수 있다는 것만으로도 그녀는 행복했다. 그랬었는데, 그랬었는데.

훼방꾼이 나타나 버렸다.

"네가 여기는 웬일이야?"

진재영은 자리에서 벌떡 일어나 장택근과 훼방꾼 사이를 가로막았다.

"언니. 오랜만이에요."

윤신애는 진재영의 말에 씁쓸한 얼굴을 해보였다. 그녀의 입장에서야 그렇게나 살갑게 자신을 챙겨주던 진재영이 이렇게 날이 선 태도를 해보이니 가슴 한구석이 답답한 게 당연했다.

하지만 진재영의 입장은 또 다를 수밖에 없었다. 그간의 의리도 잊고 장택근이 가장 힘든 순간에 연락을 끊어버린 그녀가 아주 괘씸하고 배은망덕했다. 아마존에서 생명을 몇 번이나 구해줬는데 그간 모르는 척 지내다가 이제와서야 얼굴을 들이민다는 말인가.

"오랜만이긴 하네. 거의 1년 만이지? 지원이한테는 종종 연락하는 것 같더니만, 나는 뭐 워낙에 하찮으니."

혀끝에 칼을 세우고 말을 하니 윤신애의 얼굴이 대번에 창백해졌다.

"미안해요……."

그렇게 핏기 없는 얼굴로 몇 번이나 입을 오물거리다가 결국 한다는 말이 사과 한마디라 진재영도 더는 그녀를 비난하지 못했다.

"됐고, 여기는 어떻게 알고 왔어?"

그녀가 퉁명스러운 어조로 물으니, 윤신애가 처연한 얼굴로 대답했다.

"그게 소식을 들어서……."

윤신애의 말에 진재영이 얼굴을 일그러뜨렸다. 이지원과 최민혁의 소속사에서 사람들 단속을 잘한다더니, 그새 소문이 퍼져 버린 모양이었다.

"저 택근이 오빠 얼굴 좀 보고 가도 돼요?"

윤신애가 머뭇머뭇거리다가 물었다.

그 순간 윤신애의 질문에 마치 장택근이 자신의 소유물이라도 된 듯한 기분이 든 진재영은 저도 모르게 입꼬리가 치켜 올라갔다. 황급히 표정을 가다듬고는 퉁명스러운 말투로 대답했다.

"일단 온 거니까, 얼굴은 보고 가."

그녀의 대답에 그나마 밝은 얼굴을 한 윤신애가 장택근의 침상 곁에 섰다.

핏기 하나 없는 얼굴로 미동도 없이 누워 있는 장택근의 모습, 아련히 떠오르는 무언가가 있었다. 일전에 아마존에서도 장택근이 정신을 잃고 깨어나지 않은 적이 있었다. 그때는 자신을 구한다고 몸을 날리다가 상처를 입고 염증이 생겨 정신을 잃었던 것인데, 이번에는 다른 여자와 얽혀 이렇게 되어버렸다.

마음이 쓰라렸다.

"언니, 안 바빠요? 바쁘면 제가 오빠 옆에 있을게요."

윤신애는 조마조마한 심정으로 진재영에게 물었다. 진재영은 그 대답에 코웃음을 치고는 그녀를 밀어냈다.

"됐어, 바쁘신 몸일 텐데 네 일이나 봐. 워낙에 바쁘잖아 너?"

또다시 돌아오는 날 선 대답에도 윤신애는 포기하지 않았다.

"그럼 저도 그냥 여기 있을게요."

진재영이 아는 윤신애의 성격대로라면 이쯤에서 울먹이는 얼굴로 물러나야 정상이었다. 그런데 그녀는 다부진 표정으로 자신을 바라보고 있었다. 정말 그간 변하기는 많이도 변한 모양이었다.

"흥, 마음대로 해."

어차피 자신에게는 그녀를 막을 권리도 없었던지라 진재영은 윤신애에게 자리를 내어주었다. 윤신애가 그런 그녀에게 고개를 숙여 보이고는 가방을 한편에 올려두는데, 그 가방이 꽤나 묵직해 보였다.

*   *   *

윤신애는 얼마 전에 김인숙이라는 여인에게 연락을 받았다. 놀부영상의 이사라며 자신을 소개한 그녀는 윤신애의 번호를 어떻게 알았는지 매니저가 아닌 그녀에게 직접 연락을 취해왔다.

처음에는 그저 캐스팅에 관련된 이야기라도 하려나 보다 하고 생각했지만, 놀랍게도 김인숙은 장택근의 주변을 조사하고 있었다. 아니, 이미 상당 부분 진실에 가까워진 상태였다.

나윤섭. 그 비열한 인간이 김인숙에게 모든 것을 말한 모양이었다. 아마존에서 있었던 일과 돌아오고 난 뒤의 일까지 그녀는 사실과 전혀 다르지 않게 파악하고 있었다.

당장 그 당시에 있었던 나윤섭으로부터 들었을 테니, 사실 이상할 것도 없었다. 이미 모든 정황을 다 파악하고도 전화한 목적이 뭔지 파악되지 않아 조금 경계하는 태도를 취하니 김인숙이 설명했다.

'차동수와 나윤섭은 가해자죠. 그런데 어떻게 가해자 말만 전적으로 믿겠어요?'

아무렇지도 않은 그녀의 대답에 윤신애는 소름이 돋았다. 지금 그 가해자라는 사람으로부터 대부분의 진실을 캐낸 그녀지 않은가. 대체 어떤 수단을 동원했는지 그 수완에 더럭 겁이 났다.

겁을 집어먹고 말을 아끼는 윤신애에게 김인숙은 말했다. 자신은 배우 장택근이 탐이 나는 것일 뿐이라고, 다른 사람의 치부 따위는 관심도 없다고.

거짓말이다. 명백한 거짓말이다. 전부 거짓은 아니겠지만 다른 사람의 치부 따위는 관심도 없다는 말만큼은 거짓말일 것이다. 스스로도 겪은 바 이 바닥에서 믿을 사람은 없었다.

그녀는 말했다. 조만간 장택근의 일들이 대대적으로 공개될 것이라고, 그 와중에 다치는 사람이 있을 수 있겠지만 자신은 장택근이라는 배우가 망가지기를 원하지 않는다고 했다. 장택근이 그런 시한폭탄을 이고 계속해서 이 바닥을 살아가는 게 얼마나 위험한 일인지 그녀는 몇 번이고 설명했다.

그리고 조만간 만나자는 말로 통화를 끝냈다.

윤신애는 그날 이후로 장택근의 소식에 귀를 기울이고 있었다. 촬영장의 분위기는 어떤지, 그는 잘하고 있는지, 주변 사람들을 통해 그의 소식을 전해 듣고 있었다.

그런데 생각지도 않게 갑작스러운 사고 소식이 들렸다.

장택근의 사고 소식을 들은 윤신애는 하늘이 무너지는 듯한 심정이었다. 아무 생각도 할 수 없었다. 그녀가 정신을 차렸을 때는 이미 그의 병실 문 앞이었다.

잠시 망설이다가 병실 문을 열고 들어선 그녀는 전혀 뜻밖의 얼굴에 놀라지 않을 수가 없었다.

이지원이 있을 줄 알았는데 장택근의 곁을 지키고 있는 것은 진재영이었다. 자신이 들어온 것도 모르고 장택근의 뺨을 쓰다듬는 그녀의 모습에 윤신애는 헛기침을 했다.

"네가 여기는 웬일이야?"

자신을 발견한 진재영이 장택근의 앞을 가렸다. 그 적대감 가득한 행동에 그녀는 쓴웃음을 지었다. 그래도 예전에는 그렇게나 살갑게 자신을 챙겨주던 그녀였는데 그사이에 너무도 많은 것이 변해 버렸다.

"언니, 오랜만이에요."

힘들게 마음을 다잡고 인사를 하지만 돌아오는 것은 날이 선 비난이었다. 마음 한구석이 찢겨질 듯 아파왔지만 윤신애는 꾹 눌러 참았다.

지금 당장에라도 자신이 어떻게 살아왔는지, 어떻게 살고 있는지 그녀를 부여잡고 눈물이라도 흘리고 싶은 기분이었지만 윤신애는 참아야 했다.

어차피 자신의 주변에서 벌어지는 일들을 아무리 떠들어봐야 자신만 미친 사람 취급당할 뿐이었다.

그 역한 노린내를 감수할 생각으로 왔건만 어쩐 일인지 장택근에게서는 지난번과 마찬가지로 아무런 냄새도 나지 않았다. 천만다행이었다.

"뭐하는 거야!"

진재영의 날이 선 고함 소리에 그녀는 정신을 차렸다. 자신도 모르게 장택근의 목가에 얼굴을 들이대고 냄새라도 맡는 시늉을 한 모양이다. 그런데 진재영은 그걸 또 다르게 보았는지 잔뜩 화가 난 얼굴이었다.

"너 택근이 지원이랑 만나는 거 알아? 꽤 됐는데. 그러니까 괜히 남의 남자한테 침 흘리지 말라고."

꽤나 원색적인 그녀의 비난에 윤신애의 얼굴에 핏기가 사라졌다.

"힘들 때 모른 척하고 이제 와서 좀 풀리려니까 나타나서는."

계속해서 이어지는 진재영의 비난에 결국 참지 못한 윤신애가 한마디 했다.

"그러면 언니야말로 택근이 오빠한테서 떨어져야죠!"

"뭐?"

그녀의 말에 눈을 동그랗게 뜬 진재영이 얼굴이 바짝 굳어버렸다.

"아까 다 들었어요. 언니가 택근이 오빠 얼굴 쓰다듬으면서 하는 말."

원래부터 굳어 있던 진재영의 얼굴이 이제는 돌로 만든 조각상이라도 되는 것처럼 단단하게 굳어버렸다.

"너······."

그 창백하게 질린 얼굴에 윤신애는 속으로 죄책감이 들었지만 이를 악물고 꾹 참아냈다. 지금 자신은 장택근이 없으면 안 된다. 어떻게든 그의 곁을 지키는 것이 자신이 살 길이었다.

그녀의 각오를 느낀 것인지 진재영이 질린 얼굴을 해보였다.

"걱정 말아요, 지원이 언니한테 말할 생각은 없으니까. 어쩌면 이미 알고 있을지도 모르겠지만."

덤덤한 얼굴을 가장하고 말하니, 진재영의 얼굴이 처참하게 일그러졌다.

'미안해요, 언니.'

윤신애는 속으로 몇 번이나 사과했다. 호락호락하게 장택근 곁의 자리를 내줄 것 같지 않은 그녀의 태도에 마음에도 없는 모진 말을 몇 번이나 해버렸다. 심약한 성격의 그녀였던지라 마음이 무겁기만 했다.

하지만 당장 병실 밖에서 자신을 기다리고 있을 어둠으로부터 벗어날 수 있다면 더 큰일이라도 해낼 것이다.

그렇게 두 여인과 의식을 잃은 한 사내의 기묘한 동거가 시작되었다.

＊　　　＊　　　＊

마치 깊은 잠에라도 빠진 것처럼 일어나지 않는 장택근을 바라보던 진재영은 조금이지만 무료해졌다. 아무리 장택근을 원한다고 했지만, 시체처럼 누워만 있는 그를 바라보며 24시간을 보낼 수는 없는 일이었다.

그래서 진재영은 윤신애를 관찰하기 시작했다.

스케줄도 없는지 윤신애는 병실을 나설 생각을 않았다. 첫날 들고 온 묵직한 가방에는 황당하게도 옷가지를 비롯한 여러 가지 세면도구가 들어 있었다. 아예 살림이라도 차릴 작정인가 해서 비아냥거렸지만 그녀는 개의치 않았다.

저렇게까지 얼굴이 두꺼운 아이였던가 하고 생각이 들 정도로 그녀는 뻔뻔했다. 이따금씩 병실을 오고 가는 간호사들을 대할 때면 마치 자신이 장택근의 마누라라도 되는 것처럼 행동했다.

한창 인기몰이 중인 여배우의 로맨스를 상상하며 저들끼리 눈을 빛내는 간호사들의 모습에 배알이 뒤틀렸지만 진재영은 참고 그녀를 지켜보았다.

어차피 조강지처는 이지원이었다. 지금 저렇게 뻔뻔하게 굴어봐야 다 부질없는 행동이었다.

"알았어……."

병수발을 든답시고 병실에 자리를 잡은 지 4일이나 되었을까, 진재영은 이상한 장면을 보고 말았다.

병실의 문고리를 꼭 부여잡은 윤신애가 누군가와 이야기라도 하는 것처럼 중얼거리는데, 그 어조가 꼭 누군가에게 협박이라도 당하는 듯한 모양새였다.

"…어. 조금만……."

워낙에 목소리가 작아 제대로 알아들을 수는 없었지만 그녀는 시시때때로 문고리를 꼭 쥐고는 혼자서 중얼거리고는 했다.

수상했다. 그간 연락이 없다가 갑자기 찾아온 것도 수상한데 하는 짓까지 수상하니, 진재영은 더욱더 그녀를 세심하게 관찰하기 시작했다. 아니, 그것은 관찰을 넘어 차라리 감시에 가까운 행동이었다.

윤신애의 수상한 점은 그것뿐만이 아니었다. 그녀는 잠을 거의 자지 않았다. 자신 역시 선잠을 자며 장택근을 간호했지만, 늘 윤신애는 깨어 있었다. 단 한 번도 잠이 든 모습을 보지 못했다.

강박증에 걸린 사람처럼 수시로 세수를 하고, 과하다 싶을 정도로 카페인이 든 음료를 복용했다. 피로한 기색이 역력했지만 그녀는 억지로 잠을 이겨냈다.

처음에는 그게 장택근을 걱정해서라고 생각해 조금은 감동했다.

그간 미운 짓을 많이 하기는 했지만 그래도 그를 걱정하는 마음은 있구나 하고, 조금은 그녀에 대한 미움이 풀렸었다. 하지만 그게 아니라는 사실을 깨닫는 데는 오래 걸리지 않았다.

그녀가 병실에 찾아온 지 3일째 되던 날, 깜빡 잠이 든 모습을 보았다. 불과 한 시간도 채 안 되는 시간이었지만 침대에 머리를 파묻고 있던 그녀의 모습은 꼭 악몽이라도 꾸는 듯한 얼굴이었다.

잔뜩 찡그린 얼굴로 이따금씩 알아들을 수 없는 말을 웅얼거리는데, 고통스러운 기색이 역력했다. 그 얼굴이 너무도 안 되어 보여 진재영은 저도 모르게 그녀를 흔들어 깨웠다.

몇 번인가 눈을 깜빡이던 그녀가 소스라치게 놀라 병실의 불을 환하게 밝혔다.

"뭐하는 거야!"

아무리 의식이 없다지만 갑작스러운 그녀의 돌발행동에 장택근이 해를 입을까 걱정된 진재영이 놀라 그녀를 제지했지만, 그녀는 아랑곳하지 않았다.

마치 정신이 나간 사람처럼 온 병실을 밝히고 그것도 모자라 어디선가 꺼내 든 조그만 조명기구를 병실의 이곳저곳에 늘어놓았다.

그제야 진재영은 깨달을 수 있었다. 윤신애는 지금 정상이 아니었다.

그간 왜 눈치채지 못했나 싶을 정도로 그녀의 눈동자는 불안하게 움직이고 있었다. 하얗게 질린 얼굴은 핏기 하나 없었고, 마치 무언가를 두려워하듯 병실의 이곳저곳을 두리번거리고 있었다.

"신애 너……."

공황 장애, 공포 발작.

그녀의 모습은 명백한 공포 발작 상태였다. 뒤늦게 상황을 깨달은 진재영이 그녀와 장택근의 사이를 가로막았다.

"어… 언니… 그게 사라지지를 않아."

이제까지와는 다르게 너무도 애절하게 자신을 찾는 그녀의 모습에 그녀는 가슴 한구석이 싸늘하게 식었다.

"분명 시키는 대로 했는데… 왜……."

뜻 모를 소리를 지껄이는 그녀의 모습에 진재영이 그녀를 노려보았다. 이리저리 그녀의 몸을 훑어보던 진재영은 그녀의 손목을 발견했다. 방금 전에 부산을 떨면서 흘러내렸는지 손목에 감겨 있던 스카프가 풀려 있었다.

날카로운 무언가에 잔뜩 긁혀진 자국, 정신과 전공은 아니었지만 그녀는 저런 상처가 무엇을 의미하는지 잘 알고 있었다.

자해, 아니, 차라리 자살 시도의 흔적이라고 해야 하리라.

진재영이 그녀를 가만히 노려보고 있는데 그녀가 비척거

리며 장택근을 향해 다가서기 시작했다.

"물러서."

도저히 정상이라 할 수 없는 그녀의 모습에 진재영이 경계하는 모습을 취했다.

낮게 그녀에게 말해보았지만 윤신애는 걸음을 멈추지 않았다. 결국 보다 못한 진재영이 그녀의 어깨를 잡고 밀어내었다.

"언니… 왜?"

초점조차 제대로 잡히지 않은 눈동자를 한 윤신애가 의아한 얼굴을 했다.

"택근이한테 가까이 오지 마."

진재영은 낮게 경고했다. 누가 보아도 정상이 아닌 윤신애인지라 무슨 일을 벌일지 모른다는 불안감에 단호한 얼굴로 그녀를 막아섰다.

"언니… 나 오빠가 필요해."

그렇게 말한 그녀가 몇 번이나 장택근에게 다가서려 들었지만 진재영은 그때마다 그녀의 앞을 막아서곤 그녀를 밀어냈다.

"왜? 언니도 오빠가 필요하잖아."

그렇게 몇 번을 반복하더니 그녀가 장택근에게서 시선을 떼고는 진재영을 가만히 바라보며 말했다.

"언니도 그동안 마음고생 했잖아. 응? 지원이 언니는 다 가

졌는데 왜 우리가 이렇게 힘이 들어야 돼?'

뜬금없는 그녀의 말이었지만, 진재영은 순간적으로 흔들리는 마음을 깨닫고 소스라쳤다.

"오빠, 우리가 가질 수 있어. 나는 그냥 오빠 옆에 있기만 하면 돼. 다른 건 언니가 다 가져. 어차피 지금은 지원 언니도 없는걸."

마치 악마의 속삭임과도 같은 그녀의 음성에 진재영은 이를 악물었다.

미쳤다. 그녀는 정상이 아니었다. 그리고 그녀의 미친 소리에 흔들리는 자신도 정상이 아니었다.

"너, 대체 무슨 일이 있었던 거니?"

이제는 희번덕거리게 흰자만 남은 눈동자로 자신을 노려보는 윤신애의 섬뜩한 모습에 진재영은 온몸을 떨었다.

*　　　*　　　*

쏴아아아.

폭우가 쏟아진다.

장택근의 눈앞에는 피투성이가 되어 마지막 숨을 그르렁거리며 내뱉는 검은 재규어가 있었다.

쏟아지는 폭우로도 채 씻어내지 못한 붉은 피가 그 검고 검은 육체를 타고 흘러내렸다.

"하아. 하아."

재규어의 노란 눈동자가 그를 노려보았다. 한참을 그렇게 눈을 부릅뜨고 있던 재규어가 어느 순간 고개를 떨궜다.

장택근은 손에 꼭 그러쥐고 있던 엽총을 그대로 내려놓았다. 질 척거리는 진창 위로 붉은 액체가 잔뜩 묻은 엽총이 나뒹굴었다. 그리고 그 곁으로 장택근이 그대로 주저앉았다.

끝났다…….

이 지긋지긋한 밀림도, 지옥 같은 악몽도 끝이다.

긴장이 풀려 바닥에 주저앉아 있던 장택근이 몸을 일으켰다. 성한 곳이 하나 없어 온몸이 비명을 질렀지만 그는 이를 악물고 걸음을 옮겼다. 절뚝이며 힘겹게 걸음을 옮기며 밀림을 헤쳐 나갔다.

그렇게 한참을 걷다 보니 반쯤 꺾여 나갔던 무릎이 원래의 모습을 되찾았다. 온몸에 가득했던 상처들, 근육과 뼈까지 보일 정도로 끔찍했던 상처들이 마치 빗물에 씻겨 내려가듯 희미해졌다.

걸음이 빨라졌다. 조금씩 가까워지는 목적지에 그는 더욱더 속도를 올렸다.

그가 그토록 간절히 돌아가기를 바라던 곳이 보이기 시작했다. 투박한 문 따위로 가려진 그곳을 향해 장택근은 걸음을 서둘렀다.

그리고 마침내 그 투박하고 조잡스러운 문에 손이 닿았다. 그

까칠까칠한 감촉에 장택근은 마지막 힘을 다해 문을 열었다.

"택근아!"

"조감독님!"

자신을 반겨주는 반가운 이들의 얼굴을 보며 그는 그대로 쓰러졌다.

서울로 돌아가는 비행기를 타는 그의 심정이 착잡했다. 그동안 지겹도록 그를 괴롭혔던 악몽도, 미스터리도 아마존에 그대로 묻어두고 떠난다고 하니 마음이 복잡했다.

"빨리 와요!"

저 멀리서 윤신애가 환한 미소를 지으며 자신을 부르고 있다. 그리고 그 곁에 있던 진재영과 이지원 역시 손짓을 하고 있었다.

"어! 갈게!"

쾌활하게 대답해 주고는 핸드캐리어를 끌고 탑승구를 향해 걸음을 옮겼다.

드르르륵.

핸드캐리어의 바퀴 굴러가는 소리가 경쾌하다. 더욱더 걸음을 빨리 하니, 덩달아 바퀴 소리가 가벼워진다.

슬금슬금…….

그런데 드르륵거리는 바퀴 소리에 섞여드는 기척이 있었다. 무시하고 걸음을 옮기려 했지만 그 기척이 너무도 신경이 쓰여 장택근은 고개를 돌렸다.

하지만 기다란 탑승구의 통로 사이에 보이는 것은 아무것도 없었다. 저 멀리 분주하게 탑승 수속을 하는 사람들의 모습이 보였지만 자신의 뒤에는 아무것도 없었다.

고개를 갸웃거리며 몸을 돌리려는데, 다시 그 예의 기척이 느껴졌다. 무심코 고개를 돌리는데 저 멀리 보이던 탑승 수속 창구가 순간 시꺼먼 어둠에 물들었다.

팟, 팟, 팟.

기다란 탑승구의 복도가 차례로 어두워졌다. 마치 정전이라도 된 것처럼 차례로 빛이 사라져 가는데 어둠이 한 칸, 한 칸 자신에게 다가왔다. 그리고 마침내 그의 눈앞까지 닥쳐온 어둠에 그가 몸을 바짝 굳혔다.

코끝을 스치는 노린내에 저절로 몸이 반응했다. 저도 모르게 온몸의 근육이 긴장을 한다. 어둠 속에서 고개를 두리번거리는데 이지원과 윤신애, 그리고 진재영이 자신을 부르는 소리가 들렸다.

고개를 돌리니 환하기만 한 비행기의 탑승구에 선 그녀들이 손짓을 하고 있다.

"오빠, 빨리 오라니까!"

윤신애가 맑게 미소를 지으며 자신을 부르는데 그녀의 등 뒤로 새까만 어둠이 자리하고 있었다.

"우리끼리 먼저 간다?"

장난스러운 진재영의 말에 고개를 돌리니 그녀의 등 뒤도 시꺼

멓다. 저도 모르게 뒷걸음질을 치는데 등에 턱 하고 닿는 무언가
가 있었다.

폭우 속에서 몇 번이나 제 손으로 움켜잡았던 그 꺼칠꺼칠한 감
촉에 장택근은 저도 모르게 몸을 돌렸다.

그곳에는 노란 눈동자 한 쌍이 자신을 노려보고 있었다.

*　　　*　　　*

몽롱했던 정신이 서서히 돌아온다. 흐리멍덩했던 초점이
제자리를 잡으며 익숙한 천장의 모습이 눈에 들어왔다.

여긴 어디지.

채 돌아오지 않은 현실감에 가만히 눈을 껌벅거리고 있는
데, 손끝에 닿는 따뜻한 감촉이 있었다.

고개를 돌리니 풍성한 머리를 잔뜩 흐트러뜨린 채 잠이 든
여인의 모습이 보였다. 제대로 움직여지지 않는 손을 들어 그
녀의 머리를 쓸어 넘겨주니, 익숙한 얼굴이 보였다.

조그만 상처가 이곳저곳에 있지만 보기 좋은 곡선 탓에 사
랑스러운 이마를 한 그녀, 이지원이 세상모르고 잠이 들어 있
었다.

그녀의 얼굴을 멍하니 바라보다 보니 서서히 현실감이 돌
아오기 시작했다.

그리고 그 생생한 현실감 사이로 정신을 잃기 전의 마지막

기억이 떠올랐다.

저도 모르게 몸을 떨었던 것일까, 이지원이 눈을 비비며 고개를 들었다. 이제는 제법 아물었다지만 여전히 상처가 남은 그녀가 장택근을 보고는 순간 눈을 크게 떴다.

"오… 오빠!"

기지배. 이럴 때만 오빠라고 하더라. 속으로 되뇐 그가 이지원의 뺨을 어루만졌다. 오돌토돌하게 느껴지는 상처의 흔적에 그는 얼굴을 일그러뜨렸다.

"미안해……."

그 커다란 눈망울에 금세 눈물이 가득 고였다. 그는 피 냄새를 맡고 의식을 잃었던 사이에 모질게도 다친 그녀를 바라보며 이를 악물었다.

"아냐, 아냐, 괜찮아."

괜찮다는 말을 몇 번이나 반복하는 그녀의 얼굴을 어루만지며 장택근이 몸을 일으켰다.

"이제 괜찮아? 어디 아프거나 그런 데는 없어?"

맹목적인 애정, 도도하기만 한 그녀가 보이는 그 순수한 감정에 잠시 가슴 한구석이 따뜻해졌지만 그는 다시 얼굴을 굳혔다.

"지원아."

기이할 정도로 낮은 울림을 담은 음성에 이지원이 그를 바라보았다.

"아직… 끝나지 않았어."

영문을 몰라 눈만 껌뻑거리는 이지원을 향해 그가 다시 말했다.

"우리는 아직 완전히 벗어난 게 아니었나 봐."

밑도 끝도 없는 말이었지만 왠지 등이 서늘해진 이지원이 그를 바라보았다.

『얼라이브』 4권에 계속…

즐거운 인생

미더라 장편 소설

FUSION FANTASTIC STORY

A Bittersweet Life

삶의 의욕을 모두 잃은 주혁.
어느 날 녹이 슨 금속 상자를 얻는데……

"분명 어제도 3월 6일이었는데?"

동전을 넣고 당기면 나온 숫자만큼 하루가 반복된다!

포기했던 배우의 꿈을 향해 다시금 시작된 발돋움.
눈앞에 펼쳐진 새로운 미래.

과연 그는 목표를 이루고
인생을 바꿀 수 있을 것인가!

Book Publishing CHUNGEORAM

유행이 아닌 자유추구 -
WWW.chungeoram.com

내일을 향해 쏴라

김형석 장편 소설

FUSION FANTASTIC STORY

1만 시간의 법칙!
'성공은 1만 시간의 노력이 만든다'는 뜻이다.

그러나…
사회복지학과 복학생 수.
전공 실습으로 나간 호스피스 병동에서
미지와 조우하다.

1만 시간의 법칙?
아니, 1분의 법칙!

전무후무한 능력이 수에게 강림하다!
맨주먹 하나로 시작한 수의
인생역전이 시작된다!

Book Publishing CHUNGEORAM

유행이 아닌 자유추구 -
WWW.chungeoram.com

네르가시아 장편 소설
FUSION FANTASTIC STORY

THE MODERN
MAGICAL
SCHOLAR

현대 마도학자

나르서스 제국의 전쟁영웅이자
마나코어를 개발한 천재 마도학자 카미엘!

그러나 제국의 부흥을 위한 재물이 되어
숙청당하는데……

『현대 마도학자』

죽음 끝에 주어진 또 다른 삶.
그러나 그에게 남겨진 것은 작은 고물상이 전부였다.

더 이상의 밑은 없다!
마도학자의 현대 성공기가 시작된다!

Book Publishing CHUNGEORAM

우각 新무협 판타지 소설

FANTASTIC ORIENTAL HEROES

북검전기

2014년의 대미를 장식할, 작가 우각의 신작!

『십전제』, 『환영무인』, 『파멸왕』…
그리고,

『북검전기』

무협, 그 극한의 재미를 돌파했다.

북천문의 마지막 후예, 진무원.
무너진 하늘 아래 홀로 서고, 거친 바람 아래 몸을 숙였다.

살기 위해! 철저히 자신을 숨기고
약하기에! 잃을 수밖에 없었다.

심장이 두근거리는 강렬한 무(武)!
그 걷잡을 수 없는 마력이,
북검의 손 아래 펼쳐진다!

Book Publishing CHUNGEORAM

유행이 아닌 자유추구 -
WWW.chungeoram.com

The Record of

Dragon's Return

재중 귀환록

푸른 하늘 장편 소설

FUSION FANTASTIC STORY

『현중 귀환록』, 『바벨의 탑』의
푸른 하늘 신작!
이계를 평정한 위대한 영웅이 돌아왔다!

어느 날 갑자기 찾아온 부모님의 죽음.
그리고 여동생과의 생이별.
모든 것을 감당하기에 재중은 너무 어렸다.
삶에 지쳐 모든 것을 포기할 때, 이계에서 찾아온 유혹.

"여동생을 찾을 힘을 주겠어요.
…대신 나를 도와주세요."

자랑스러운 오빠가 되기 위해!
행복한 삶을 위해!

위대한 영웅의
평범한(?) 현대 적응이 시작된다!

Book Publishing CHUNGEORAM

유행이 아닌 자유추구 -
WWW. chungeoram.com

용마검전

FANTASY FRONTIER SPIRIT

김재한 판타지 장편 소설

「폭염의 용제」, 「성운을 먹는 자」의 작가 김재한!
또다시 새로운 신화를 완성하다!

『용마검전』

사악한 용마족의 왕 아테인을 쓰러뜨리고
용마전쟁을 끝낸 용사 아젤!

그러나 그 대가로 받은 것은 죽음에 이르는 저주.
아젤은 저주를 풀기 위해 기나긴 잠에 빠져든다.

그로부터 220년 후……

긴 잠에서 깨어난 아젤이 본 것은
인간과 용마족이 더불어 살아가는 새로운 세상이었다.

Book Publishing CHUNGEORAM

유혜(가) 아닌 자유추구 ·
www.chungeoram.com

문용신 新무협 판타지 소설

FANTASTIC ORIENTAL HEROES

한량 아버지를 뒷바라지하며
호시탐탐 가출을 꿈꾸던 궁외수.

어린 시절 이어진 인연은
그를 세상 밖으로 이끄는데……

"내가 정혼녀 하나 못 지킬 것처럼 보여?"

글자조차 모르는 까막눈이지만,
하늘이 내린 재능과 악마의 심장은
전 무림이 그를 주목하게 한다.

"이 시간 이후 당신에겐 위협 따윈 없는 거요."

무림에 무서운 놈이 나타났다!

Book Publishing CHUNGEORAM

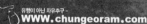
유행이 아닌 자유추구─
WWW.chungeoram.com